新潮文庫

罪の壁

ウィンストン・グレアム
三角和代訳

新潮社版

11710

銅の壁としてこちらを肝に銘じようではありませんか。
やましさがなければ、非難されても青ざめることもない、と。

——ホラーティウス

問いかけたいのだが、
死から逃れるために死ぬというのは狂気ではないか？

——マールティアーリス

ジーンに

罪の壁

主要登場人物

フィリップ・ターナー………航空機メーカー社員
グレヴィル・ターナー………考古学者、元物理学者。フィリップの兄
アーノルド・ターナー………修理工場経営者。フィリップの長兄
ジャック・バッキンガム……グレヴィルの友人
ガニ・パンカル博士…………　〃　助手
ヘルミナ・マース……………アムステルダムの飾り窓の女
ヨーデンブレー………………飾り窓地区をしきる悪党
レオニー………………………謎の女
マーティン・コクソン………元軍人、スコットランド貴族の血筋
シャーロット・ヴェーバー…ヴィラ・アトラーニの主人
チャールズ・サンベルグ……大佐
ニコロ・ダ・コッサ…………画家
ジェーン・ポーリンジャー…ニコロの恋人

1

兄が自殺したとき、僕はカリフォルニアにいたから検死審問にも葬儀にも行けなかった。二週間ほどしてようやく旅立つことができ、空の便で故郷イギリスへ帰ると、南部のドーキング近郊にある兄の自宅へ直行した。電報が打たれた場所だ。ところが家は戸締まりされており、近所の人によると、義姉グレイスは中部のウルヴァーハンプトンにある僕の長兄アーノルドの元に滞在しているという。それで、ロンドンで一泊してから翌日、車で向かった。

グレイスにとってどれだけショックだったか想像できるから、まずはアーノルドに会うことにした。彼から届いた一通きりの手紙はまとまりがなく要領を得ず、本人も混乱していて助けがいりそうなことはあきらかで、最初の電報を補うような情報はないも同じだった。アメリカの各紙もたいして教えてくれることはなく、死因の特定は避けていた。警察はまだなんの結論にもたどり着いておらず、なんの意見も持っていないようだ。とにかくわかるかぎりでは、グレヴィルは極東から帰国する際に数日オランダに立ち寄り、アムステルダムの裏通りにある運河に身投げしたらしい、とされていた。自宅の食器室で靴紐《くつひも》を使って首を吊《つ》ったと聞かされたほうがまだ納得がいく。

　工場まで車を走らせ、通用口に向かった。グリーン・ストリートのあたらしい建物が完成間近なことに目を留めながら、古い看板の下に駐車した。〈ハンフリー・ターナー父子商会修理工場〉。嬉《うれ》しいことにペンキは塗り替えられていない。このままのほうが味がある。ハンフリー・ターナーを本当に知る機会のなかったことがますます残念に思えた。父だ。

　事務所の大部屋に二、三人の若い女がいたものの、誰もタイプライターを打ってはおらず、曇りガラスのドアの奥からアーノルドの太く響く声が聞こえていた。その口述は僕の名が告げられたことで中断され、少ししてから僕は案内された。

　アーノルドは昔から肉づきのいいほうだったが、目方があっても屈強だった。いま初めて肉がたるんで見える。グレヴィルに対する自分の感情は理解していたが、アーノルドの感情は理解していなかった。どうやら、本人もいままで自覚していなかったらしい。あるいはひょっとしたら、語りはじめた彼が動揺しているのは、今回のことが残した不名誉が原因かもしれない。

「ひどいことだ。まだ若く、この先もどれだけのことを成し遂げられたか考えるとな。目的は多少定まらなかったが、これだけの業績があるのに。どういうつもりだったのか、なにを考えていたのか想像するのは無理だぞ」

「アメリカの新聞しか読んでないんだ」

「イギリスの新聞は疑問の余地を残していなかった。不審なところはなかった。オランダの警察から聞いた話でも」

「じゃあ、向こうに行ったんだね？」

「そうだ、グレイスと一緒に。俺たちは——飛行機で遺体を連れ帰ってきた。葬儀は九日だった」

「彼女の様子は？」

「マシにはなった」

「それでペギーは？」

「学校にもどった。俺たち全員にとってひどい時間だった」彼は少し恨みがましく、こちらを見た。家族のなかで僕はいつも厄介事を免れる末っ子だった。「おまえに手を貸してもらえれば、どんなによかったか。もちろん、まだ後始末が必要なことはたくさんあるがな」

「説明すべきこともたくさんあるよ」そう言いながら、椅子《いす》から立ちあがった。すでに整理整頓《せいとん》され、過ぎ去ったことのように、落ち着いて座ったままなにが起こったのか話しあうことなどできなかったからだ。

「おそらく、この先も説明できないことだらけさ」

「グレヴィルは病気でもしてたのかい？」

「しばらく熱病ではあったらしい。しかし、だいぶ前のことだし、熱病になるくらいは想定できる」

「だったら、どんな理由があるんだよ？　グレヴィルみたいな男が――誰よりもこんなことをしそうにない。二カ月ほど前に連絡があった。ジャワ島から手紙をくれたんだ。そこから帰国する途中だったんだろう？」

「グレヴィルみたいな男が」アーノルドはそう言ってやはり立ちあがり、机の端に腰を下ろした。シガレットケースを手にして僕に差しだしたが、僕は首を振った。「最初に知らせを聞いて俺もそう思った。俺たちふたりとも同じ文章を思いつくとは妙だな」

「彼を知る人はたいていそう思うさ」

沈黙を経てアーノルドは慎重に言った。「もちろん、こういった事実は否《いな》めない

――グレヴィルのような才能を持つ頭のいい男、そういった連中は普通の男よりも高いプレッシャーを受けながら生きている。親父《おやじ》もそうだった。ああいった連中はみんなそうだ」

ああいった連中はみんなそうだ。それは不愉快な墓碑銘で、僕がいまでも否定していること、なんとしてでも否定するのが大切なんだと思えることだった。「たしかに、グレヴィルは心の釣り合いにおいては繊細だったよ。でも、僕たち三人のなかで誰よりも正しく考えることができた」

アーノルドは洟《はな》をかんでから顔をあげ、ハンカチ越しに僕を見つめた。昔ながらのまばたきもしないあの凝視だ。「フィリップ、今度のことがおまえはまちがっていると告げているようだな。あいつは俺たちが思っているより調子がよくなかったのかもしれん。それに助手は四六時中、病気でいなかった。あいつがどれだけ自分を追いこむタイプか知ってるよな。最後にはとうとう……」

僕も見つめ返した。「事故の線が除かれる理由は？　暗闇《くらやみ》でうっかり足を踏み外したとか」

「向こうではなかなか話が伝わりづらかった。もちろん、通訳はつけてもらえたが。グレヴィルが運河に飛びこむのを見たと言った女がいたんだ。事情聴取を受けると、少し話が変わって彼はつまずいたのかもしれないとなった。だが、その女がどう捉《とら》えたのかは伝わるだろう。それに、どうしたって、あいつからは不幸な手紙が見つかっているからな。それが決め手になった」

「遺書？」

「いや。どこぞの女からの手紙だ。あいつとのつきあいはやめると書いてあった」

アーノルドがハンカチを顔からどけた。僕は信じられない気持ちを顔に出してしまったかもしれない。「グレイスはそのことを知っているのかい？」

「知らせるしかなかった。だが、公《おおやけ》にはなっていないし、新聞にも出ていない。オランダ政府はこれ以上ないくらい親切だったよ。俺たちがここまで便宜を図ってもらえたのは彼らのお陰あってこそだ。もちろん、向こうはグレヴィルをとても高く評価していたからな。考古学の仕事だけじゃなく、戦時中、あいつとオランダ王室の人たちとが友情を育《はぐ》んだことも理由で。あいつはルイ・ヨアヒム伯爵《はくしゃく》と夕食を一緒にとるはずだったんだ。その約束の前日に死んだ」

僕はのろのろと言った。「その手紙っていうのには、どうしても納得できないよ」

「納得できなくても、なかったことにはできないだろう、フィリップ」

「グレイスと幸せに暮らしてたじゃないか。いつもそう思っていたのに。その相手の女というのは何者なんだ？　彼女から証拠は出たのかい？」

「その女はまだ見つかっていない。手紙にはファーストネームしか書かれていなかった。便箋《びんせん》はグレヴィルが滞在していたホテルのものだったんだ」

じっくり考えた。人というものは、自分のモラルには甘く、他者のそれには厳しいのか？　いや、問題は寛容かどうかじゃない。どうにも引っかかっているのは、不実を大目に見る心が欠けているからではなく、理解できないからだ。

アーノルドが言う。「おまえが帰ってきたんだから、車に乗せていってうちで昼食にしよう。グレイスはうちに泊まっている。それとも、手っ取り早くおまえの車に乗せてもらってもいい。もうすぐ十二時だし、おまえが訪ねてきた後では仕事が手に着きそうにないからな」

ふたりして一階に下り、僕の車に乗りこんだ。

訊《き》かれた。「仕事のほうはどうだ？」

「順調だよ」

「まだあの仕事が気に入ってるのか？」

「ああ、そうさ」

「カリフォルニアに永住するのか？」

「一年ぐらいの予定だよ。兄さんから最初の電報をもらってすぐに帰るべきだったんだけど、仕事の切りがよくなくて、放置はできなかったんだ」

「いつまで滞在できるんだ？」

「一週間ぐらい。ここは景気がよさそうだね」

「まずまずだな。部品調達と納品の期日が最大の問題だ。契約を失いかねん。つい先週もベルギーの会社が……もちろん、グレヴィルの死、突然の予想もしなかった家族の死が訪れて、この商売の先行きについてももっと深刻に考えることになるな」

「そうだけど、兄さんはまだ全然若いじゃないか」

「たとえグレヴィルがこの会社で実際に働いていた一員ではなく、もちろん、親父のような会社の経営者であり設立者でなかったとしても、やはり不穏な影響を及ぼす。先々をもっと長く見通すほうがいいな」

　おたがいになにが言いたいのかわかっていたから、それからは無言で家路についた。昼食は重苦しいものだった。グレイスはいつものように歓迎してくれたが、僕が姿を現したことで、さまざまなことが甦《よみがえ》り、彼女たちが知らせを受けた当初の剝《む》きだしの感情をまた味わう羽目になったのだ。昼食の席では慎重になって本題にまったく触れず、アーノルドが工場にもどった後で彼の妻のメアリーは下手な言い訳をして、僕たちふたりを残して席を立った。それで少しばかりカリフォルニアの話をしたが、とうとう僕は話を途中でやめてこう切りだした。

「グレイス。こんなことが起こったときに、なんとかもっと近くにいて、力になれたらどんなによかったか。僕がグレヴィルをどう思っていたか知ってるね。あの電報が届いたとき、とても信じられなかった」

　グレイスの顔にはあまりにも感情がない。長らく悪いことを抱えて生き、ついにその最悪の部分を目にした者たちに時折見られる表情のようだ。

「あなたがどう感じたかはわかる。アーノルドはあなたに遠回しな伝言を送りたがったの。でも、はっきり言われるほうがいいとわたしは思って」

　それから僕たちは詳しく話を始めた。少しすると、彼女にもいい影響となったようだった。彼女は長いこと感覚が麻痺《まひ》していたのだ。

　聞いていた通り、グレヴィルは十一月にイギリスを発《た》ち、それ以来、ジャワ島にいた。オランダ政府とインドネシア政府の手配で、彼はサンギランであたらしい発掘をおこなっていたのだ。彼《か》の地では発掘作業が戦争によって中断され、それはトリニールでも同じだった。最初のジャワ原人が発見された場所だ。先月末に彼はオランダまでもどり、考古学的出土品の大半をアムステルダム国立美術館に収めた。アムステルダムにわずか二日の滞在で死んだのだ。グレイスは彼がジャカルタを発つ直前に電報を受け取っており、もうじき彼が帰国するものと期待していた。そんなとき、イギリスの警察からアーノルド宛《あ》てに何があったのか連絡が来た。

彼女が話を終えたが、僕は口をひらかずに小さな銀の写真立てに入ったグレヴィルのスナップ写真を手にして見つめた。彼は上背がある苦行僧のように見えるだけで、僕が覚えている特徴はまったく窺《うかが》えない。

「アーノルドからあの手紙のことを聞いた？」彼女は言う。

「どの手紙だい？」

「女からの」

「ああ、なにか言ってたね。ただ、納得できなかったけれど」

「そうなの？」

「聞いた通りの話だとは信じられなかった。この目で見ていないし、どんな内容かも知らない。でも、その人の性格に当てはまると思うことと、そうじゃないことがあるだろう。そういうのは、僕が知っているようなグレヴィルには当てはまらない」

「そうね」

「だから、もし彼が本当に自殺したのなら、それが理由じゃないと思う」

「どうして、〝もし彼が本当に自殺したのなら〟と言うの?」

「ねえ、きみは納得しているのか?」

彼女は立ちあがり、僕の手から写真を奪った。「ほかにどう考えろと言うのよ?」

「二十三年前に起きたことがあるから、きみは信じるほうに傾いているのか?」

彼女は頬を赤らめた。「違う。どうしてそんなことになるの?」

「弱さが家族のなかに受け継がれてるから。才能のように」

「そうとはかぎらない」

「その通りさ。僕はそんなことはないと考えたい」

「そう考えないとだめよ。わたしはアーノルドにもそう言ってたの」

「グレヴィルが自分で命を絶つような人間だと思ったことがあるかい?」

「ないわ」

「それにこの女。きみ、彼女についてなにか知ってるか?」

「まだなにも。グレヴィルの友人やホテルを訪れた人についてはよくわかっていなくて、警察にもほとんど手がかりがないの。ホテルの宿泊者じゃないことはたしかだった」

「その女はなんて署名していたんだ?」

「レオニー。L‐E‐O‐N‐I‐Eよ。オランダ人の名前かどうか知らない」

「アーノルドの話だと、グレヴィルはジャワ島であまり体調がよくなかったそうだが」

「あの人が手紙に書いてきたのは、数日ほどテントから出られなかったことだけ。もちろん、健康を気にしたことなんかない人だった」

「最近の手紙で、気が沈んでいる様子はあったかい？」

「ないわ。よければ自分で読んでみて」

「でも、アムステルダムに二日間しか滞在しなかったのならば、どうやって女と深い仲なんかになれたんだ？」

「前々から知っていた女だったのよ。手紙の文面からそうに違いないの。あの人は出発前、二、三回ほどオランダに足を運んでいた。今回の発掘旅行の手配をして、さまざまな友人たちに会って。あの人がいつ女と知りあっていたのかはわからない」

「ひょっとしたら、機内で知りあったんじゃないか」

「いいえ。乗客名簿は確認済み。すべての女性客の調べはついたの。同じ便にバッキンガムという彼の友人は乗っていた。インドネシアで知りあった男よ。でも、女の知人はいなかった」

「それで、そのバッキンガムはどう話してるんだ？」

「その人も見つかっていないの。警察が捜査を始める前に、オランダからいなくなっていた」

僕は窓辺に向かい、庭をながめた。一、二本の木に新芽が息吹《いぶ》きはじめ、さっきのにわか雨で早咲きのチューリップが銀色に濡《ぬ》れている。

彼女は言った。「この女の存在を信じているなんて、わたしは薄情だと思ってるでしょうね」

「いいや。でも、まだ話していない、信じるだけの理由があるんじゃないか」

彼女はとまどっているようだ。「こんなこと言わなければよかった。ねえ、ほかになんの心当たりもないのよ、今回は。あれは説明のつかない手紙でしかない」

少し間があって言葉のトゲが効《き》きはじめた。「前にもこういうことがあった、と言いたいのか？」

「一度ね」

「気の毒に」

「何年も前のことで、ほかの誰にも話さなかった。あなたがグレヴィルについて違った考えを抱くようなことは絶対に言いたくない」

「今度の件でグレヴィルについてはまったく違った考えを抱いたよ。でも、尊敬の気持ちが減るとでも思っているのなら、それはあり得ない。気に入った人間を裁くことはしないものだろ。そもそも、僕は到底、人を裁ける人間じゃないし。でも、前回のは大きな出来事だったのか？」

「わたしにとっては。当時はそうだった」

「長く続いたのか？」

「あの人にとっては、長いこと本気だったとは思わない。わたしにばれて、状況が変わったの。しばらくして、その関係が終わって少し経《た》つと、わたしたちのあいだのわだかまりもなくなった。それ以来、元のようにしあわせに暮らしてた」

「そうか」

「どうかわかってほしいの、フィリップ。かってひとり女がいたら――いくらそれが八年前のことでも――いまもひとりいたんだと信じるのはたやすいことになる。全然知らなかった。少しも疑ってなかったし。どちらにしても、自殺するなんて理解できないわよ。六人の女がいたといわれるほうがまだ、わかる。でも、現実に起きたことでしょう。起こってしまったこと。信じまいとしても、現実は消せない。少しもね。どれだけがんばってみても、逃げ道はないのよ」

その夜、煙草《たばこ》を一箱吸いながら、長いこと寝室で腰を下ろしていた。帰国途中は今度のことばかり考えながら自分に言い聞かせてきた。ここにやってきさえすれば、すべての事実がわかってアーノルドやグレイスとすべてを語り尽くせる、そうしたら、まずは兄の死によって、次にその死に方からもたらされた自分のなかの苦痛と緊張が和らぐだろうと。これまでのところ、そんなことはなかった。

たぶん、そうなるには時期が早いのだろう。グレヴィルが死んで間もない。今夜は、聞かされたことや、その語り口がいささか断定的だったことで、さらに不満が募っただけだった。

自分のなかの聞き分けのいい部分は、僕が受け入れようとしないものを冷静に受け入れているからといってアーノルドやグレイスは悪くないと囁《ささや》いていた。この僕は遺体の身元確認をしていない。自分の足で現地に向かって、グレヴィルが運河に飛びこむのを見たという女の証言を聞いてもいない。ほかの女からの手紙も見てない。二週間かけて、守銭奴の利子のようにだんだんと小さなことを積みあげ、彼らはこのように考えるに至ったのだ。同じ経験をしていたら、僕も今頃は同じように考えていたはずだ。

でも、いまのところは彼らと調子を合わせる気になれない。グレヴィルと僕のあいだにはいつも特別な絆《きずな》があった。十歳年上の彼は僕にとって平均的な父親をはるかに凌《しの》ぐ存在であり、父親代わりというより仲間めいた関係だった。グレヴィルより四歳年上のアーノルドは、仲間と言える年齢からはもう離れすぎていた。それに突然、設立者を失った家業において別の形で父親代わりに収まっており、僕にとって大きな存在だったことはなかった。グレヴィルこそが大切だった。

それにグレヴィルは才気あふれていた。知的な意味で、努力家で根気強い兄や、分別がなく当てにならない弟を超えていた。最先端の科学分野における才能の持ち主で、九年前に最初に選んだ分野から考古学に転向し、めずらしいほどの——とにかく二十世紀なかばにはめずらしい——安定した価値観を抱いていた。近頃では熱心なカトリック信者でもないかぎりは信仰熱心なことは流行遅れだが、グレヴィルは流行遅れのやりかたで流行遅れになることをまったく気にしていなかった。彼は自分なりの信念において自分なりの人生を送っていたが、それをひけらかすことはなかったし、逆に彼の最大の敵であっても、彼を堅物と呼ぶことはできなかった。

そんな彼が四十回目の誕生日を迎えてまもなく、逝《い》ってしまった。不名誉にも濁った運河で溺《おぼ》れて。ややなで肩に乗ったあの細長い頭、血色の悪い顔のなにも見逃さない目、薄くていつもほほえんでいる口は、すでにバクテリア混じりの土の中で変化を始めている。化学者魂を持つ本人にとっては極めて刺激的な過程だろうが、彼を覚えている者たちにとってはたいへん不満だ。

「愛する者たちの心臓を固い地面に閉じこめるなど受け入れない」あるアメリカの詩人はかつてそうしたためた（エドナ・ミレイの詩より）。おそらく、人は誰でもいつかは愛する者の死を受け入れるしかないのだろう。けれど、僕が受け入れたりしないのは、立派な人生がようやくなかばというところで無駄にされる理不尽だった。

しかし、その件について僕になにができるだろう？　完璧な弔い合戦として質問してまわり、警察相手に一悶着起こしてもいいが、死んだ者は甦らない。期待できるのは、彼の思い出が少しでも正しく扱われることで、たぶんその過程で僕自身の心の平和が取りもどせることだけだ。

アーノルドから一時間前に渡された新聞を手に取った。たいして役に立たなかった。「イギリス人考古学者、オランダにて溺死《できし》体《たい》で発見される」や「イギリス人科学者は自殺との女性の証言」。それに大衆紙のひとつは当然ながら、彼の以前の経歴を見つけだしていた。「イギリス人原子力科学者、アムステルダムで謎《なぞ》の死を遂げる」と。どこよりも詳しい記事はガーディアン紙のものだ。「イギリス人科学者、グレヴィル・プライアー・ターナーが溺死体となって発見され、死因についてアムステルダムで捜査がおこなわれている／医学的観点から、遺体は三時間ほど水中に沈んでいたと考えられる／争った形跡はない／深夜十二時直前に運河を望む家の女性が落下する男性を目撃している／ターナー博士は貴重な考古学の物品を持ち帰ったと考えられており、そちらは現在アムステルダム国立美術館で調査中／ウィンチェスター・カレッジ（パブリックスクール）とオックスフォード大学ニュー・カレッジ卒／まだ二十代の頃に傑出した物理学者となる／後に民俗学と考古学に転向／昨年は長頭頭蓋骨《ずがいこつ》の重要性についての本を刊行」

新聞は重ねて置き、グレイスから預った手紙に目を向けた。ありきたりな話題ばかりで、天気についての話、発掘作業をおこなっている国の状況、仕事の捗《はかど》り具合、あとは夫と妻のあいだで普通にかわされる些細《ささい》な家庭内の話題だった。大いに注目すべきものはなにもない。目についたのは一点だけ。ジャック・バッキンガムという男が、何者にしても、少なくもこの二カ月はグレヴィルにかかわっていて、彼の名前が絶えず登場することだ。グレヴィルは最初、彼のことを「連れのいない白人で、スラバヤで出会うなど驚きだ。しかも彼のように立派な男が。ここでなにをしているのかまだ不明だが、少々幸運に見放されたらしい。だが、話し相手としてなんと楽しい人物か！　もっと彼に会いたいと思っている」と表現している。

次の手紙では状況が変わっていた。グレヴィルのインドネシア人助手であるパンカル博士が病気になり、バッキンガムが彼の代わりとして仕事を手伝っていて、バッキンガムは「彼自身が熱心な素人《しろうと》考古学者で、主なヨーロッパ内の発掘現場のいくつかを訪れたことがある」という。それだけではなく、バッキンガムの提案で、発掘キャンプを三十マイルほど移動させる準備をしているところだった。移動先はウルティニという場所で、そこでは河床で発掘を実施することになった。グレイスから預った手紙の残りはすべて、ウルティニから届いたものだったが、最後のものだけは違った。ある手紙で彼はこう書いている。「パンカルが不在のままで、ジャック・バッキンガムがいなかったらやってこれたとは思わない。彼が良い頭脳の持ち主だと言ったことがあったかな？　おそらく、良い、というのはふさわしい言葉ではない。彼はわたしがなによりも尊ぶ多くの事柄に大反対するんだからね。とは言え、ジェラード・マンリー・ホプキンズを引用すれば、この男の心の動きはすばらしいものだ（詩「陽気な乞食」より）。誰が相手であっても賭《か》けてもいい。とにかく、世間が彼の人柄をどう考えようが、たとえジャンドウィの緊急事態を無視しようが、彼の助けと仲間づきあいは計り知れぬくらい貴重だよ」

日付の早い手紙でジャンドウィの緊急事態について触れていないか探したが、見つからなかった。

最後の手紙にはこう書いてあった。「蛇の飼育小屋のような暑さを経験した後で、一、二日を山の上で過ごすのはほっとする。J・Bも一緒だ。彼への好意は大きくなるばかりだよ。こんな親近感を抱くのは妙なことだ。知りあって間もないのに、これほど共通点が見つかるとは。一緒に帰国しようと説得し、数週間、我が家に滞在するよう招待した。そのあいだに彼は自立して身の振りかたを考えればいいから。きみが気にしないでくれることを願う。彼がお荷物にならないことは保証するし、きみもすぐに彼が気に入るよ。たいていの人はそうなるようだ」

とうとう手紙を読むのはやめてベッドに横になり、バッキンガムの居場所を突きとめたら、本当に僕たちの役に立つだろうかと考えた。なぜ彼はグレイスを訪ねてこないのか、せめて手紙くらい寄こそうとしないのはなぜだ。そもそも彼の足取りをたどろうという動きはあったのか、それともふたつの国の警察はすでに、グレヴィル・ターナー博士、王立協会フェロー、心の釣り合いを崩してひどい最期を迎えた男の捜査記録をかたづけてしまったんだろうか。わからない。見つけだしてやるつもりだ。

何時間も過ぎてからようやく眠りにつくと、生命の木の隣に立っている夢を見た。青々として生い茂っているようだ。けれど、よくよく見ると木は腐っていた。芯《しん》から腐っていて、木の先にある運河を見やると、男の遺体が水門のようなものに引っかかっている。最初はグレヴィルだと考え、それから父親だと考え、ときにはどちらでもないような、ときにはどちらでもあるように思えた。遺体を激しく洗う水は腐敗した明るい泥めいた黄色だった。

2

官庁を訪ねても、門番に敬礼されることはなかった。しかし、グレヴィル・ターナーの名前はいまでもいくらか意味を持ち、無駄な面会ふたつを経て、金曜日の朝に僕は官庁街《ホワイトホール》の賑《にぎ》わいのない一角にあるパウエル大佐のオフィスで腰を下ろした。パウエルは上背があって顔色の悪い男で六十歳近く。大英帝国をひとつにまとめておこうとしてすっかり摩耗したような表情だ。ぶっきらぼうで少々堅苦しく、どうやら根っから内気のようだった。

彼は切りだした。「事件の捜査は中止になどなってませんよ、ミスター・ターナー。わたしどもとしては、この件はオランダ警察によってとても的確に扱われた、いや、扱われていると満足しています。連絡を絶やしていないし、少なくとも二名の人物の足取りをたどるまでは、向こうもわたしどもも本件が解決したと見なすことはないと保証しますよ。足取りをたどることができるかどうかはまた別の話だが、目下、それがわたしどものいちばんの関心事でしてね」

「いまのところ、彼らの手がかりはあるんですか？」

「ありません。ミスター・ジャック・バッキンガムという人物がターナー博士とKLMオランダ航空の便で到着し、ホテルに滞在登録したことはわかっている。しかし、彼は二泊しただけでホテルを後にした。以降、その名前の者はオランダを出国していません。もちろん、オランダ内の知人宅に泊まって滞在登録を怠っているのかもしれないが、テレビやラジオの呼びかけに応《こた》えて姿を現すこともない。女性については、依然として手がかりのないままで。めずらしいものではあるが、ファーストネームだけでは」

「彼女が書いた手紙の写しがありますか？」

「見たいというのであれば、わたしたちが手紙の現物を持っていますが」

一分後、清らかではないものに手を触れるという奇妙な感覚を抱きながら、グレヴィルのポケットから発見された手紙を見つめていた。封筒はよくあるもので破れておらず、便箋《びんせん》にはオテル・グロティウスのヘッダーがあった。どちらも皺《しわ》が寄って色あせているが、ボールペンで書かれたらしき便箋のインクは驚くほど少しもにじんでいない。女のきれいな筆跡で、文面の体裁も整っているが、急いで書かれたもののようだ。特に最後の部分。

これはわたしが今日出発することを知らせるだけの手紙です。今度こそ、わたしたちのあいだのことはすべて終わらせなければだめよ。いいこと、本当にこれで終わりだから。今日の午後、あなたに直接会うつもりでやってきたけれど、いよいよというときになって、急にやめたの。以前に言ったことのほかに言うべきことがあって？　さよなら以外に言うことがある？

ねえ、こんなのは初めからいけないことだったのよ。なにもかも、あなたと同じようにわたしもいけなかった。最初からわたしはいけなかったの。ああ、幸せだった時期もあったのはわかっている。それは否定しない。でも、その結果どうなったかの埋め合わせにはならないわ。少なくとも、わたしにとっては。この二日間に起こったことはすべて、同じ問題の繰り返しよ。

わたしに対してまだ少しでも友情を感じているのならば、どうかわたしを追わないで。そしてどうか手紙も書かないで。

本当にごめんなさい。

僕は手紙を返した。「彼女の英語は上手ですね」

「オランダ人の多くはそうらしい。だが、おそらく彼女はオランダ人ではないですな」

「そう考える理由があるんですか?」

「うむ、あなたのお兄さんが亡《な》くなった日の午後、訪ねてきた女性のおおまかな特徴はわかっているんです。ホテルのフロント係から聞いた話だ。ええと、これだな。〝わたしにフランス語で話しかけてから、次に英語で話しました。二十四、五歳で、ブロンドの短い髪、目は灰色がかった緑で少し茶色が混じっていました。ショルダーバッグを持ち、イギリスかアメリカ風のコート。ほっそりした体型で、身長は五フィート六インチか七インチ。ターナー博士は取り込み中でして、その女性は待つと言われました。女性が博士と会ったかどうかはわかりません。あたらしく到着されたお客様がいらして、忙しかったものですから〟。この証言で少しは女性についてわかったが、たいした手がかりではありません。彼女は問題の女性ですらないかもしれんのですよ」

「では、兄が運河に飛びこむのを見たと話しているもうひとりの女性についてはどうですか？」

パウエル大佐は革のように固い頰を人差し指でなでた。「ヘルミナ・マース？　夜の職業のご婦人ですよ。しかし、彼女の証言を疑う理由は特にないようですが」

「その人がなにか隠してなければの話ですよね」

「彼女がどんなことを隠す必要があると？」

僕は立ちあがり、窓の外を見た。ここからだと、ロンドン州議会（一九六四年まで存在した旧ロンドン行政府）にやってくる者、去って行く者がよく見える。

パウエルが言う。「あなたのお兄さんは強盗にあっておらず、ご遺体にも暴力の跡はまったくなかった。ただし、手の切り傷と額のアザはあったが、これは落下の際についたものでしょう。オランダの医師の話では、そのアザは意識を失わせるほど大きなものではないそうです」

「その女性が運河に落ちる兄を目撃したのなら、遺体が水中に三時間もあったのはどうしてです？」

「どうやら、彼女は窓からその光景を見たらしく、彼女が通りに出た頃にはお兄さんの姿は見えなくなっていたと。彼女が警察に話をして、捜索が始まったんですよ」

Title : THE LITTLE WALLS
Author : Winston Graham

罪《つみ》の壁《かべ》

新潮文庫　ク - 43 - 1

Published 2023 in Japan
by Shinchosha Company

令和五年一月一日発行

訳者　三《み》角《すみ》和《かず》代《よ》
発行者　佐藤隆信
発行所　株式会社 新潮社

郵便番号　一六二―八七一一
東京都新宿区矢来町七一
電話　編集部(〇三)三二六六―五四四〇
　　　読者係(〇三)三二六六―五一一一
https://www.shinchosha.co.jp

価格はカバーに表示してあります。

乱丁・落丁本は、ご面倒ですが小社読者係宛ご送付ください。送料小社負担にてお取替えいたします。

印刷・三晃印刷株式会社　製本・株式会社植木製本所

ISBN978-4-10-240251-1 C0197

L・ホワイト
矢口 誠 訳

気狂いピエロ

運命の女にとり憑かれ転落していく一人の男の妄執を描いた傑作犯罪ノワール。あまりに有名なゴダール監督映画の原作、本邦初訳。

D・E・ウェストレイク
木村二郎 訳

ギャンブラーが多すぎる

ギャンブル好きのタクシー運転手が殺人の容疑者に。ギャングにまで追われながら美女とともに奔走する犯人探し――巨匠幻の逸品。

P・ベンジャミン
田口俊樹 訳

スクイズ・プレー

探偵マックスに調査を依頼したのは脅迫された元大リーガー。オースターが別名義で発表したデビュー作にして私立探偵小説の名篇。

C・R・ハワード
高山祥子 訳

56日間

パンデミックのなか出会う男女。二人きりの愛の日々にはある秘密が暗い翳を投げかけていた。いま読むべき奇跡のサスペンス小説！

J・グリシャム
白石 朗 訳

冤罪法廷（上・下）

無実の死刑囚に残された時間はあとわずか――。実在する冤罪死刑囚救済専門の法律事務所を題材に巨匠が新境地に挑む法廷ドラマ。

J・ノックス
池田真紀子 訳

スリープウォーカー
―マンチェスター市警
エイダン・ウェイツ―

癌で余命宣告された一家惨殺事件の犯人が病室内で殺害された……。ついに本格ミステリーの謎解きを超えた警察ノワールの完成型。

本書は、本邦初訳の新潮文庫オリジナル作品です。

本作品中には、今日の観点からは差別的表現ともとれる箇所がありますが、作品の時代背景に鑑《かんが》み、原書に忠実な翻訳をしたことをお断りいたします。

（新潮文庫編集部）

「では、グレヴィルがジャワで会って一緒にもどってきた男性はどうですか？　機内の誰かから詳しいことは聞けていないんですか？」

「乗務員のひとりから少しは話を聞けたが、細かい点はさっぱりで」

「ほかに話を聞ける人がいるはずでしょう」

「そうとも言えない。ここだけの話、こちらとしてもバッキンガムの足取りをたどりたくてたまらんのですよ。彼がわたしたちの思っている通りの人物ならば。バッキンガムと呼ばれる男が戦争以来、近東と極東で二、三回、揉《も》め事を起こしていましてな。最初に登場したときはパレスチナへのユダヤ人移住を進めており、彼には大きな注目が集まった。最後に彼は移民そのものと衝突したからです。続いて、カイロでの一件。その後、彼はバンコクにいると聞きました。おそらく、姿を現せば多くの者たちが彼に事情聴取したがっていると本人もわかっていますよ。ターナー博士の死についてだけではなく。だから、彼は簡単に網にかかる魚とはいかないでしょう」

「彼はイギリス人なんですか？」

「それはなんとも。イギリスのパスポートで旅をしているが、問題は彼の活動のほぼすべてが、わたしたちの連絡員の手の及ぶ範囲の外で起きていることです。かなり信頼できる人相書はあるものの、ヨーロッパ全土での捜索となるとそれだけではあまり

に心許ないのです」

誰かが聖トーマス病院の炉に火をくべている。僕は言った。「日曜日にオランダへ行きたいのですが、向こうで捜査を担当している人の名前を教えてもらえますか？」

考えこみながら観察されている気配を感じた。「この時点で向こうに行くとは、特別な意味でもあるんですかな、ミスター・ターナー？」

「あるはずです、僕にとっては」

パウエル大佐は立ちあがり、指先で鉛筆をまわした。「オランダでの捜査は終了していません。オランダの友人たちはできることはすべてやっているし、こちらも彼らにはできるかぎりの協力をしているのですよ。意見を言わせてもらえば、この時点で個人が介入するのは過《あやま》ちではないですかね。捜査が終わってから向こうに行って担当者のトレンに会えばいい」

「それでは手遅れですよ。僕はヨーロッパに短期間しかいないので。それにどちらにしても、どんな捜査がされているのか、はっきりと知りたいので」

彼は眉間《みけん》に皺を寄せて鉛筆を見つめた。「わたしたちがたどり着く最終結論が、向こうの捜査陣が現在考えていることと大きく異なるものになりそうだと思っているんですか？　すべてが、あなたのお兄さんはこのこじれた不幸な浮気のために自殺した

と指し示していますが」

僕は窓辺からもどってきた。「すべてがそうだと指し示していますが、例外がひとつ。グレヴィルの性格です。兄のことはよくわかっていると自負しています。誰よりも兄のことはわかっているかもしれない。真相を探りだすつもりです」

「もちろん、わたしはターナー博士に会ったことはないですが。しかし、聞いた話によると彼は衝動的な男だったとか？　突然の決断に流された。気持ちの浮き立つ時期と憂鬱《ゆううつ》な時期が訪れがちだった。ときに尋常ではない決断に流されたと聞いていますが」

「たとえば？」喉《のど》から水分が蒸発した気分になった。

「まあその、少なくとも、いきなり第一線で活躍するようになった若い物理学者が、一九四二年に突然、研究のすべてをなげうって軍隊に入り、士官として務めるのは尋常ではないと言えるでしょう」

「兄は自分の研究の向かう先が見通せたんですよ。原子爆弾の発明です。突然、そんなことは扱えないと思ったんです」

「意思表示にはなるだろうが、いささか無益な行動です。すべての職歴をなげうつというのは――」

「絶対に正気の男である証拠ですよ」

パウエルはこちらを一瞥《いちべつ》した。怒っているとわかったようだ。「まあ、それは考えかた次第じゃないですかね。しかし、理想を追うあまりに犠牲になったものがあるでしょう。信念のために生涯の仕事をなげうった者が、別の機会で命をなげうつという説は飛躍していないように思えますが」

　事務官が書類の束を手に現れた。少しニキビができている男で、世をすねるところがまったくないように見える。彼がやってきて、ふたりとも口を閉じた。話は行き詰まったかに思えた。ついに僕はもっと穏やかに切りだした。「残念ながらあなたのお話を伺って、ますます、自分の目でたしかめたくなりました」

「わたしがバッキンガムについて話したことですかね」

「ええ」

　パウエルは書類をめくった。「大変結構。どちらにしても、サー・デレクからできるかぎりあなたに手を貸すよう頼まれていますから。オランダに行きたいのですね？」

「はい。よろしければ、向こうの責任者宛《あ》てに紹介状をお願いできれば」

「トレン警部です。大変結構」彼は突然、紙を引き寄せると手紙を書きはじめた。少しして、彼は手をとめ、ペン先を見つめた。ペンに不具合でもあったのだろうと思っ

たが、そうではなかった。彼はこう言った。「あなたは出発前にマーティン・コクソンに会っておくのがいいかもしれませんな」

「それは何者ですか？」

「バッキンガムと面識がある男です。もっとも、だいぶ昔のことですがね」

「ぜひ、会いたいものです」

「彼はライに住んでいます。在宅かどうか、こちらでたしかめられるでしょう」パウエルはデスクの上の機械を押して、それに話しかけた。

　また長い沈黙が流れた。パウエルは手紙を書きあげると目を通してから、よくある半円型のブロッターで余分なインクを吸い取り、封筒に入れると僕に差しだした。そこで机の上の機械がまたカチリと音をたて、誰かがこう言った。コクソン中佐が在宅かどうかわからず、家には電話がないので、すぐに見つけだす方法はない。元払いの電報を打ったほうがいいか？

「いや、大丈夫だ」僕が首を振ると、パウエルはそう答えた。通話のスイッチを切り、考えこむように僕を見つめる。「コクソンはいわゆる戦後の民間の生活になじめなかった者で、自力でやっていこうとあれこれ手を出したんですよ。ほとんど成果はなかったですがな。わたしたちは一、二度は彼を雇ったのだが、この仕事に向いた性格で

はなく、最近では彼との連絡も途絶えがちになっていましてね。どうやら、バッキンガムとは四十八年の春にヤッファ近くで会ったらしいんですよ。当時のパレスチナ沿岸でマーティン・コクソンがなにをしていたのか、詳しく聞き取りをしなかったが、彼自身が不法なことで小銭を稼いでいたのではないかとわたしたちは疑っていまして」

　いらだちの瞬間はいまでは消え、彼はとげとげしさがなくなった口調で話している。僕はこの話し合いのあいだずっと、ゴルファーなら前の組がいるのに〝打ち込みしている〟と言われるような、せっつく行動をとったことは重々承知だ。彼はそれに気づいていたが、理由はわかっていなかったことも。僕はこれほどあからさまに激怒した自分自身に腹を立てていた。アーノルドとグレイスでさえ検死官の判断を真のものだとして受け入れたのに、パウエルのような赤の他人がそうではないと判断してくれると期待できるか？　彼は自然な線に沿って考えているのに、なぜそれに憤《いきどお》る？

　こうなったのは、相手は表に見える証拠を根拠として内面の知識はまったくないというのに、こちらが言葉だけで仮説を持ちだしたところでどのように見られるか、前もって気づいていなかったからだろう。

　それでも、冷静さを保ち、この件は古い確執や古い忠誠心を紐解《ひもと》く鍵《かぎ》ではなく、切

り離した問題と見るようにしなければ。

よっぽどマーティン・コクソンに会うのはやめようと思ったが、その午後はほかにすることもなかったから、南東へと車を走らせた。

彼はライから一マイルほど東の海岸沿いに暮らしていた。大きめの近代的なバンガローで、三〇年代に建築家の恩恵を受けることなく建てられたたぐいの家だ。左右を白い大きな石で仕切った乱形石張《らんけいせきば》りの歩道を進み、ロックガーデンのなかの階段を五段あがると鍵の形をした玄関があり、呼び鈴を引くとガラガラと音がした。

ドアを開けたのは、六十歳ほどの黒髪で上背のある女だった。僕がやってくるのを見ていたかのような表情だ。コクソン中佐は在宅かと訊《たず》ねると、彼はいないが、すぐにでももどるはずだと言われた。そこでパウエルの名前を出すと、彼女はリビングに案内してくれた。そこは二十世紀の家具にかこまれていたが、本が散らばってもいて、それでぐっと感じがいい部屋になっていた。

「それほどお待たせせずに息子は帰ると思いますよ」彼女は取り澄ました声で言う。

「わたしのためにライで買い物をしているだけですから。もう帰っていていいはずなんですけどね」

僕は礼を述べたが、彼女は戸口に留まり、リビングに入ることも去ることもない。かつては威厳のある女だったが、瘦《や》せて骨張ったように見える。多忙ならばあなたのお邪魔をしたくないと言ったら、彼女は手を口にあてて咳払《せきばら》いした。

「ごめんなさいね、ミスター——ええと、ターナー。でも、息子になにか仕事を頼まれるのはどうか遠慮してください。彼は本当に体調がよくないんですが、ゆっくりしたり休息をとったりというのが学べないんですよ。どこまでも突き進んでしまうの」

「そんなことはしませんよ。いくつかお訊ねしたいことがあって、伺っただけです」

彼女の威厳のある黒い目が僕をながめまわす。まだ心配しているようだ。「ごめんなさい。こんなことを言ってはいけないのは、わかっているんです。でも、パウエル大佐が使いを送られて何年にもなりますし、最後のときは……」

「僕はパウエル大佐の部下ではありませんよ」

すると彼女は立ち去ったが、僕が窓辺に歩いたところで小型車が道路からバンガローにやってきて、タイヤをきしませて玄関前でハンドルを切り、後方の車庫へと消えた。車のドアをたたきつける音がして、家のドアが開いて閉まる。その直後に、くぐもった会話の声。窓辺のテーブルにはマーティン・コクソン中佐、殊功勲章《DSO》、文学修士《MA》宛ての手紙一通。そしてすこぶる上手で本格的、あらゆる寸法が正しいレー

ス中のヨットのスケッチ。その隣にはエル・トロ葉巻の缶とピエール・ショデルロ・ド・ラクロの『危険な関係』フランス語版があった。ドアが開いて男がやってきた。「ミスター・ターナー？　コクソンだ。用件があるとか？」

「パウエル大佐の紹介です。力を貸してもらえるのではないかと言われて」

「パウエル？　へえ、彼から接触があるのはひさしぶりだよ。彼はなにをしたいと？」

経緯を話した。彼は中肉中背の顔立ちの整った男だった。身体《からだ》の線は引き締まって力強い割に、顔は繊細に見える。豊かな黒髪の下で青白いからでもあり、どうやらその表情が過敏で、内省的でもあり、変わりやすいからでもある。自分がなにを想定していたのかわからないが、この人物ではなかった。これほど若く見える人物ではなかったことはたしかだ。予想していたのはたぶん、見るからに荒波に揉まれたような人物。一見したところ、彼に海の男らしい部分は本当にない。それは古い海軍の戦闘服に思いのままに手を入れて民間の生活に取り入れたような服装をしていても変わりなかった。大きな銀のバックルがついた上等の細工の革のベルトをつけている。僕は説明しながら、差しだされた煙草《たばこ》を受けとり、彼は本をいくらか脇《わき》にどけて窓下のベンチに腰を下ろし、自分にも煙草の箱をつついて横手から勢いよく一本を取りだしたが、

火はつけなかった。一度だけ顔をあげ、僕を見つめた。話が終わると、彼は言った。

「新聞できみのお兄さんが亡くなったことについて読んだ記憶がある。だが、バッキンガムには一九四八年以来、会ってないくらいだからね。なんだってパウエルは俺がきみの助けになると思ったんだろう?」

彼の声は母親とはちっとも似ていなかった。教養があって豊かに響く声だ。「僕は明日オランダに行くつもりで、その前に手に入るだけの情報は全部ほしいんですよ」

「もちろん、バッキンガムについて教えられることは教えるよ。でも、ほんの少ししかない。それに、バッキンガムに重きを置く理由は？　手紙を書いた女のほうが、もっと情報を引き出せると思ってしまったが」

「彼女は見つかれば、情報を引き出せるでしょうけど。でも、姓さえわからないんですよ。それに僕はバッキンガムの足取りをたどれば、この女も見つかりそうだという気がしますね」

コクソンは火をつけていない煙草をくわえた。目の下はたるんでいて、時々くちびるが失望したようにねじ曲がる。それを目にすると失望した理由が個人的に気になってしまう、というたぐいの表情だ。彼の健康を母親が気にかけているのはすぐに理解できたが、本当に病気だとしたら生命力があまりにありすぎる。

「きみは海軍にいたことがあるのか？」彼が訊ねる。

「ええ。どうしてわかりました？」

「さあ。佇《たたず》まいにあるなにかかな。俺はたいてい言い当てられるんだ。所属は？」

「駆逐艦に。二年だけですが」

「俺はイギリス海軍義勇予備隊所属だった。いまではもう、肩書きを名乗る資格はないが、まとわりついている。戦争が始まったときに掃海艇を指揮したが、そのいまいましいちっぽけなオンボロ船は俺の下で沈んだ。その後はコルベット艦。きみの肩書きは大尉《たいい》か？」

「最終的には。困難な段階を踏んだ上でようやく」

彼はようやく煙草に火をつけた。軍について話すほんの数秒ほどは、彼の声に海で指揮をおこなった男の威厳を聞き取った。「すべてカタがついたとき、きみはまだかろうじて一人前になったところだったんだろうな。もうこれほどの歳月が過ぎたとは信じがたい」昔の恋愛でも思いだすような喜びと葛藤《かっとう》が混じった口ぶりだった。

「あなたのほうはすべてが始まったとき、かろうじて一人前になった年頃だったのでは」

「ああ、たしかにそうだった。いま三十九歳だ。そんな歳《とし》だときみは思っていなかっ

たかもしれないが。バッキンガムについてなにを知りたいんだ？」

「教えてもらえることならなんでも。どんな風貌《ふうぼう》をしていますか？」

「身長は五フィート八インチか九インチで、短いあごひげ、やや細い茶色の目、力強い鉤鼻《かぎばな》だ。少し白髪混じりの黒髪。きみがまだ善や悪を信じているとしたら、たぶんきみは彼を悪い男と呼ぶ。彼は世の中で認められるいかなるモラルの決まり事にもしたがわないからだ。だが、彼はあくまでも聡明《そうめい》な男で、知性があり、頭も切れる。だからこそ、彼について詳しく知る者が誰もいない。自分だけの人生を送り、自分だけで折り合いをつけ、法の裏側でなにかをおこなえて、そいつをやってのけ、誰かに嗅《か》ぎつけられるずっと前に消えている」

「あなたは彼が好きでしたか？」

「好きかだと？　いいや」

「なぜです？」

マーティン・コクソンは広げた二本の指で髪をかきあげた。「人を好いたり、嫌ったりする理由とは？　ホルモンの関係？　惑星の配列？　ひとつ言えるとすれば、俺はもっと汚れていない楽しみを好む」

「話せるならで結構ですが、どうやって彼に会ったんですか？」

「ああ、いいさ、話せるとも。彼はユダヤ人をパレスチナに移住させていて、俺はある航海で彼の船を操縦したんだ」

「そのとき、彼は女と一緒じゃなかったですか？」

「正式な相手はいなかった。十九歳ぐらいの小柄なルーマニア系ユダヤ人がいて、ある夜、彼はこの女を自分のキャビンに招いた。彼女と寝ようとしたが、彼女は全力で抵抗して戦い抜いた。彼女の家族がそれを知って大騒ぎになったさ。だが、もちろんこれは六年も前のことだ。ウイスキーはどうだね？」

「いただきます」

彼は立ちあがって戸棚に近づき、ボトル一本とグラス二個を持ってきた。「きみのお兄さんについてもっと聞かせてくれ。ジャワ島でなにをしていたんだ？　バッキンガムとの出会いの詳細は？」

話を聞かせると、彼はうなずきながら注意深く耳を傾けた。彼がほほえみさえすれば、その顔から暗い影が消える様は妙なものだった。僕は話しながら彼を見定め、突然の衝動にしたがうべきかどうか決めようとした。彼はグレヴィルの死について多くのことを訊ね、僕は質問に答えられないときには、それはアムステルダムに行って見つけたいことだと返した。彼の態度は今朝のパウエルのものとはまったく異なってい

る。関心がありそうだし、彼の心はあたらしい物事でも受け入れる用意がある。とても胸のすくような違いだ。ここには閉じられたドアはない。

　とうとう、賭《か》けに出ることにした。「バッキンガムを好きじゃないと言われましたね？」

「彼に出会ったときは気に入らなかった。一度ならず彼にはいらついたよ。なぜそんなことを訊《き》く？」

「彼を探すために僕を助ける気はないでしょうね？」

　彼はグラスにウイスキーを注ぐ途中だった。それを終えると、グラスを光にかざす。

「こうした最近の酒は保税倉庫からあまりに早く取りだされてると誓ってもいい。戦前にスコットランドで飲んだものとはまったくの別物だ……俺はきみにとってどんな使い道がある？」

「少なくとも、バッキンガムを見たら彼だとわかるでしょう」

「彼は今頃、何百マイルも遠くに逃げているかもしれんぞ」

「そうかもしれません。でも、あなたがいないより一緒のほうが、少し期待が持てるようになる。実際、このアイデアをほのめかしたのはパウエルです。でも最初は、僕が下手なことをしないよう、刑事でもお目付役につけるつもりだと思っていましたが。

どちらにしても、僕ならほのめかそうとは思いません。はっきり言います。あなたの態度が好ましいので」

「それはどうも」マーティン・コクソンはためらい、それから神経質に強い調子で急に首を振った。「申し訳ないが、それは納得のいく提案には思えないな」

「納得はいかないでしょうが、それでも提案します。当然ながら、費用は僕持ちで」

ドアが開いて彼の母親が足を踏み入れようとした。彼女は話しはじめてから、口をつぐみ、頬を赤らめた。「ミスター・ターナーにお茶はいかがかお訊きしようとしたんですけど、遅すぎたようね」

「お茶を飲まないで済んだぞ、ターナー。それとも、ひょっとしたら酒より茶のほうがよかったか？」

ミセス・コクソンが言う。「お酒を飲むには早すぎると本当に思いますよ、マーティン。ミスター・ターナーにどう思われるか」

「ひげ剃《そ》りの水がわりにウイスキー入りのタンブラーをいつも置いていた男が昔いたよ。カミソリの切れ味が鋭くなると言っていた」コクソンは僕のグラスにソーダ少々を注いだ。「あなたもどうぞ、母上。神経に障《さわ》ることが少なくなりますよ」

「いいえ、結構」彼女は嫌悪《けんお》感《かん》も露《あら》わに言う。「わたしがそうは思わないことをわか

っているでしょう」

彼女が姿を消すと、彼は申し訳なさそうに額に皺を寄せた。「母親は大人になりきれてなくてね。四十年前、彼女は手違いでアヒルの卵を産み、それ以来、俺が水のなかにいることを心配してきた。心理学者ならこの心理に名前をつけていたかもしれないな。調べようとする者がいれば」

「僕はアムステルダムに行ったことがないんですよ。あなたはあの街のことがわかりますか？」

「ああ。いい街だ。オランダ人は自分たちが享受《きょうじゅ》しているものに興味がない、などということはないんだ。それはよくある誤解でしかない。きみが背にしている壁にヴィンターフーデの写真が飾ってある。最初にアムステルダムを目にしたのは十八歳のときだったよ。古いウィンドジャマー船で上陸した。メルボルンから百十二日かかった。十六週間の禁欲を経て、華々しく爆発した。いまはもう、そんなことはできないね。不身持ちではなく、禁欲のほうだぞ」

「明日の午後に飛行機で向かいます。もし考えなおされるなら」

彼はすでに立ちあがっていて、思案にふけりながらグラスのなかの琥《こ》珀色《はくいろ》のウイスキーを傾けていた。これは言っていなかったかもしれない。横顔の彼は特徴のある頭

の形をしていた。こめかみの小さなくぼみが繊細な雰囲気を漂わせている。

「最後にオランダに行ったのは戦後すぐで、海軍諜報部《ちょうほうぶ》のスパイめいた無意味な一件のためだった。オランダには三週間滞在したよ。主にアムステルダムとロッテルダムに」

「だったら、あなたが思っている以上に僕にとって使い道があることになりますよ。勝手がわかっていれば、だいぶ有利だ。でも、もちろん、あなたがどう感じているかは理解してます。たとえ時間があっても、赤の他人のために時間を無駄にする理由なんてありませんからね？」

　彼は感じのいい口調で言った。「他人を助けることをいやがっているんじゃない。ただ、最近アイルランドからもどったところで、やるべき仕事があってね。それに、ヨットマン誌のために三本連続の記事を仕上げないとならない。たとえ一週間でもきみと一緒に行けば、二十ギニーが排水溝に流れる」

「当然ながら、その金額の埋め合わせもしますよ」

「たくさんのことがきみには当然になるようだな」彼はいらだった鋭い仕草で髪をかきあげた。「きみがなにを狙《ねら》っているのかわからない。仮にきみがバッキンガムを、それにその女を見つけたとしよう。最大の成果は、ふたりとも見つかるっていうだけ

じゃないか。それからどうする？　それでどんなことが導きだせると？」

彼を見つめた。「僕はグレヴィルを知っていた。自殺するとはとにかく信じられません」

長い間を置いて彼は口を開いた。「なるほど。言いたいことは多少わかる。でも、そうなると可能性はふたつしかないだろう？」

「うっかり落下したか……ええ、わかりますよ」

「お兄さんは泳げたのか？」

「得意でした」

コクソンは言う。「だったら、きみはお兄さんが殺されたと思っていると」

僕は答えた。「真相を知りたいんです」

3

彼の関心が増したことはわかったものの、どの程度なのかはなんとも言えなかった。あきらかに凡人とはかけ離れた好みを持つ男で、その表情から誘惑に駆られたことは察せられた。けれど、集中力のすべてを、どんな事柄でも目の前にあるものに向ける性質の男だとも思った。それが海図にない海峡でも、チェス・プロブレムでも、女でも。僕が去った後でも彼の関心をつなぎとめられるだけ、今回の件が大きいかどうかが問題だった。

だから、翌日の早朝に彼から電話があって同行すると言われたとき、努力した甲斐《かい》はあったと感じた。ひとりでオランダに行くだけでは、まるきり暗闇に向かってボールを放り投げるようなものだ。彼が一緒ならば、それが若干マシになるとは言える。

午後三時にロンドン空港（ロンドン・ヒースロー空港の旧称）を出発し、四時二十分にアムステルダム・スキポール空港に到着した。滞在は三日の予定だ。控えめに言って、会社は僕の

していることをあまり好ましく見ていない。兄が死んだからと、重要な職務を投げだして七千マイルの空の旅で帰国すること自体が顰蹙《ひんしゅく》を買った。お悔やみの手紙を何通か送れば、ほとんどの身内の不幸など対応できるというのだ。サンフランシスコのハミルトンともロンドンのウィジークームとも意見は合わなかったが、説明は試みた。今度はオランダへ行くためにさらなる休暇を求めている。彼らの忍耐力の限界を超えてしまったかどうか、自分でもよくわからないのが問題だ。

　北海上空を飛行中、マーティン・コクソンからバッキンガムについてさらに話を聞いた。望んでいた形ではたいして役立たなかったが、行動力があって無慈悲、つかのまの気まぐれでどんなに危険なことでもやってみる心構えがある男について、全体像を築きはじめる取っかかりにはなった。また、マーティン・コクソンがはっきりそうだと言ったわけではないけれど、彼はバッキンガムに仕返しをしたい古い因縁があるという印象も受けた。バッキンガムについて語る今日の彼の口調にはなにかがあったからだ。たぶん、昨日の時点から昔のことを思いだしていたんだろう。それが同行するという決意を後押ししたのかもしれない。

　その後、僕自身と家族について訊《たず》ねられ、話せる範囲のことを教えた。ブリティッシュ・ターボジェット社での仕事について、かつては絵を描く野望があったが達成す

ることはできなかったこと、それから……

「結婚はしているのか？」彼がふいに訊ねた。

「いえ」

それだけで、僕が思った以上のことが伝わったに違いない。

「結婚の予定は？」

「ないですよ。数年前に婚約しましたが、なかったことになりました」パメラについて、ふたりの関係が解消してしまった成り行きについて説明するのは簡単じゃない。どちらにしても、話したくなかった。恋心に火がつくと、世間のしきたりなど目に入らなくなるものだ。僕の場合は反対だった。常識という冷たい突風が僕の目を覚まし、あまりに長いこと抱いていた幻想を追いだしたようだった。

「あなたはどうです？」僕は訊ねた。

「俺か？」彼は首を振る。「結婚を意味するドイツ語——エーエ——が要約してるな。ふたつの母音が合わさって退屈のため息となるのさ。結婚以外のことについては、戦前に、きみには持てなかった時間がたっぷりあった。そして最大限に楽しんだと思うね。ワインと女と歌を愛さない者などいない《ヴェール・ニッヒト・リーブト・ヴァイン・ヴァイブ・ウント・ゲーサンク》……」彼が頼んでいた煙草《たばこ》を客室乗務員が運んできて、彼はほほえんで礼を言った。僕が乗務員の顔を見ると、彼女は背を向

けた。「いまさら、昔を振り返っても少しむなしいようだな。しかし、終わってしまったものは、たぶん、どんなことでもたいしたことじゃなくなる。大切なのは次にどうするかだ」彼は僕に煙草を勧めた。

僕は言った。「そう思っていたら、今日、わざわざオランダまで飛行機に乗ったりしてませんよ」

それぞれ煙草に火をつけると、彼はしばらく黙り、持参したものに目を通していた。マニリウスの天文・占星術の本の第一巻で、ハウスマンによる序文が見えた。まばゆいライトで初めて彼の顔の皺《しわ》が見えた。戦争の一部始終を目にした者だけにできるような皺だった。

僕は十六年前、初めて飛行機に乗ったときを振り返り、それがまたもやグレヴィルのことを甦《よみがえ》らせた。二十四歳で科学者の会議のために飛行機でパリへ向かい、十四歳の学生を連れて行く若者など多くはない。飛行機が離陸する前に特別許可を得て、僕がフライト中の数分だけコックピットで過ごせるようにしてくれたことを思いだす。あの年齢だからとても興奮したものだ。それから、彼がなんとか時間を作ってパリでいろんなものを見せてくれたことも思いだした。画家たちが暮らす地区、オスカー・ワイルドが息を引き取った建物、血痕《けっこん》が残るフランス革命に関連した場所、シテ島、

モンマルトルの丘。

「もう一度教えてくれ」コクソンが本を置いて言う。「お兄さんが自殺ではないとそれほど自信があるのはどうしてだ？」

「兄を知ってるから、それに尽きますね。頭のいい人でしたが、完全に自然で正常な人だった。活気に満ちあふれ、どこまでも心が広かったんです。欠点が見当たらず、絶対に気取り屋でもなかった。ただし、最近の風潮についてとても明確な意見を持っている点もありました。それからひとつ言えることがあるとすれば、なによりも信じていることがあって、それは普通の一個人を重んじるということでした。とてもキリスト教徒らしい視点で、近頃流行の言いかたでは個人の精神の価値ということですかね。そのような考えをする者はたいてい自分の命を絶ったりしません。そんなことをすれば、つねになによりも大切にしてきた信念に穴を開けることになる」

　九千フィート下では、薄く広がるうろこ雲越しにオランダの沿岸が見えはじめた。

「もうひとつは」僕は言った。「父に起こったことです。わかってほしいんですが、家族のなかで話さないようにしてきたことです。父は僕が七歳のときに死にました。事実を述べるとそうなります。そう、父も同じことをしたんです。どんなふうに死んだかは言いません。でも、もちろん、家族として暮らしている以上、たまにそれが話

題に出ることは避けられず、グレヴィルがその件を僕に持ちだすといつでも、兄も僕と同じように感じているという印象を持ちました。そうした前例があるんですから、どう考えても兄がそんなことをするはずがない」

マーティンが勢いよくうなずいた。「今日、来ようと思った理由がそれだ。この件できみが感じているような強い直観はおそらく正しい」

「嬉《うれ》しいですね」

ふたりともしばらく黙っていたが、彼が口をひらいた。「しかし、俺はいまでも海図なしで航海しているようなものだ。向こうに着いたら、どうするつもりなんだ？」

「まず、トレンに会いに行きます。その後、もし彼が――」

「それは事件の捜査担当の男だな？　きみが向かっていると彼は知っているのか？」

「いいえ。紹介状はもらってきましたけど」

「紹介状など、カモメにくれてやったほうがいい。この件に警察を招き入れて助けてもらうのなら、帰ったほうがましだ。ジェット機を売れ」

「どういうことです」

「警察がこの件ですでに結論を出しているのはあきらかじゃないか。きみが彼らの元に行けば、彼らのやりかたで、彼らの事実を突きつけられるだけだ。検死官――向こ

うでどんな呼称にしろ、証拠を見つけるのは彼だし、彼らにはもう結論が出ているんだ。そこにきみが乗りこんで、結論を覆《くつがえ》す意見を出そうとすれば、誰かに妨害されるさ。俺は一、二度、彼ら側だったことがあるから、どんなふうに思われるかわかる」

パウエルが僕を思い留まらせようとしたことを思い返した。「助言は喜んで受け入れますよ」

彼はいつものように水平にしたVサインで黒い髪をかきあげた。「簡単なことじゃないな。だが、前回オランダに滞在したときの知人がひとり、ふたりはいる。ホテルは予約したのか？」

「いいえ」

「だったら、ブーツという男のところに泊まろう。まだ彼がやってればの話だが。ヘーレン運河《グラフト》の近くで小さな宿を経営している。高級ではないが、どの部屋も清潔にはしている。肝心なのは、戦時中の彼は地下組織の一部を仕切っていたことだ。どんなことでも、誰のことでも知っている。それが頼りになりそうだ」

「まずは、このヘルミナ・マースを探したいですね。目撃したと話していることについて聞いてみたい」

「ブーツが手配できるはずだ」

高度が下がってきて、最初の雲に突入すると、落ち着かなくなるほど飛行機が傾いた。

僕は言った。「その人がなんでも手配できるなら、お願いしましょう」

クリスティアン・ブーツはメニューのカードで自分を扇《あお》ぎながら言った。「そいつはいたって簡単だろうね。二週間前の新聞記事に載ってる。古い新聞を溜《た》めてる奴《やつ》を知ってるから、息子に取ってきてもらおう。しかし、そのほかについては、警察が失敗したとなると……わたしにもどうにもできないね。オランダでは戦争が終わると、国民も戦争をやめる。ほかにやるべきことがあるからな。わたしはもう何年もこのホテルを経営しているだけだよ」

「あんたには名前を書いて渡そう」マーティン・コクソンがテーブルを指で叩《たた》きながら言う。「ジャック・バッキンガム。それにレオニー。姓はわからん。むずかしいのはわかっているから、金を払おう」

「金で買えないものもある。誰もその売り物を持ってなけりゃな」ブーツは服がはちきれそうになっている腹をテーブルに預けた。テーブルがきしむ。ズボンの上から、気象観測用のゴム気球のように腹がはみ出している。「わたしにできることはやるよ、

でも、とても小さなことになるね。ほかに助けてくれそうな人はいないのか？」

「警察以外には誰も」僕は答えた。

ブーツが顔をしかめ、マーティンが語気荒く言う。「もちろん、ほかの者にも当たってみることはできるが、いちばんあてにしてるのはあんたなんだよ、ブーツ」

彼がよたよたと歩いて去ると、マーティンは言った。「彼はいつもこんなふうなんだ。やる気を見せようとしない。手間賃をつりあげるための手段だ」

数分後、テラスでコーヒーとフェルカーデのクッキーでくつろいでいると、ブーツが皺くちゃのハンデルスブラット紙を何部か手にしてやってきて、喉《のど》を鳴らす音が響く英語に訳して短い記事を読んでくれた。数ヤード離れれば、オランダ語そのものに聞こえただろう。こうした事件においてイギリスでは通常の手続きである正式な検死審問はおこなわれなかったらしい。ゾーレン通《ストラート》り十二番地のヘルミナ・マースが、その夜、警察に通報した……

僕は訊ねた。「ゾーレンストラートというのはどこです？」

ブーツは息を吐いて目を閉じた。まるで脂肪を腹から絞りだしたかのようだ。「港湾地区の旧教会《アウデケルク》近く、ここから一キロほどってところだな。あまり評判のよくない、地元の者にはデ・ヴァレチェスとして知られる地区にある。橋を渡ると、ゾーレンス

トラートだな」

「デ・ヴァレチェス」マーティンが言う。「それは飾り窓地区じゃなかったか？　まあ、もちろんそういうことか。この女は……」

　僕は新聞のグレヴィルの写真の下に書いてあることを読もうとしていた。「兄が滞在していたオテル・グロティウスから、この通りはどのくらい離れているんですか？」

「まあ、ここからよりは近いな。いいかい」ブーツは三本のコーヒー・スプーンを手にした。彼の太い指につかまれるとマッチ棒のように見える。「これがわたしたちだ。そっちがグロティウス。こいつがゾーレンストラート。七、八百メートルか、もう少しあるかな。ただ、そこは旅行者が見つけるような場所じゃない。それを言ったら住民だって、道を知らないと無理だ。そういうことさ」

　マーティンは僕を見つめていた。「上品な地区じゃないぞ、フィリップ。一度、行ったことがある。きみのお兄さんは自分の意志で行きそうか？」

　写真を見やる。グレヴィルが自発的にそこへ向かうだろうか？　「もう一度、道順が思いだせますか？」

「何年も前のことだからな。でも、ブーツが教えてくれるさ」

「教えてやるよ」と、ブーツ。「だが、一緒に行くのはご免だね」

「夕方のうちに出発しましょう」僕は言った。「すぐに暗くなる時間ですから」

マーティン・コクソンは葉巻の端を切り取ると、橋から運河に投げ捨てた。銃身のように長い葉巻と、考えこんでいる幻滅した青白い顔をライターが照らしだす。続いて、青い煙がそよ風によって彼の前で漂った。僕たちは商店街を後にしていて――もっとも、それほど離れてはいない――今度は栗《くり》の並木の運河沿いを歩いていた。だいぶ静かで、破風《はふ》屋根、塔の向こうでは夕方の空の端が闇に溶けている。

彼は口をひらいた。「三十三年に初めて訪れたときこのあたりに来たが、もう記憶がおぼろげだな。キャバレーのゼーデイクやアウデゼイデは覚えている。十八歳だと、観察眼より欲望のほうが大きいものだからな」

横手に艀《はしけ》がつながれていて、見おろすと運河の壁は垂直の煉瓦《れんが》造りだった。

僕は言った。「ここで落ちたら、這《は》いあがるのは簡単じゃない。それに橋には手すりもないですね」

「お兄さんは酒をたくさん飲んだのか？」

「いいえ」

角に差しかかるとストライプのひさしがある安っぽいカフェから明かりが押し寄せ、

その明かりが石畳の歩道に筋をつけて暗い船着場まで届いた。マーティンが足をとめて道を訊ねる。答えてくれた立派な市民は少しばかり妙な表情をして歩き去った。

　マーティンが言う。「奥さんと一緒だったら、彼は場所を知らないと言っただろうな」

「デ・ヴァレチェスというのは、どういう意味なんです」

「〈小さな壁〉だよ、ブーツによると。正式な名称ではないが、その地区の表現として定番になっている。どういう意図でそう呼ばれるようになったのかは知らないな。そもそも意図があるとして」

「なんだか残念そうな口調ですけど」

「そんなことはない」彼はしばし黙った。「だが、俺にとっては、ここに、この地区に足を運ぶというのは、失われた若い頃にもどろうとするようなものだ。十八歳のとき、これだけの無益でなにも達成できない時間を経て、二十一年後にもどってくることになると思ってなんかいなかった。たぶん、子供の頃から人は中年も、老年も抱えているんだな。まだ開ける用意のない小包みたいに」

　この頃には、街でもっとも古い地区に差しかかっていた。狭い運河は坂になった石畳の船着場にはさまれ、荷役装置が突きだしている。くねくねとした路地が大火前の

ロンドンのように歪《ゆが》んだ破風屋根の家並みのあいだを進む。街角では若者たちの集団が籠《かご》に入った鳩《はと》についてなにやら大声で言い争いをしていた。

「もうすぐだ」マーティンが言う。
二、三分後に、どちら側にも船着場のあるもっと広い運河に出た。背の高い古い破風屋根の建物が運河の両脇《りょうわき》に並ぶ。もう暗くなっていて、一階の窓の多くに明かりが灯《とも》されている。僕たちが前を通ってきたどんな家よりも、見るからに強烈な明かりだ。ほとんどの窓には薄く傷《いた》んだカーテンがかかっている。ちらほらと閉まっているブラインドもあるが、明かりは漏れていた。すべてのブラインドは赤だ。遠くで誰かがマンドリンを奏《かな》でている。
「ここだよ」マーティンが穏やかな声で言った。「だが、少しばかり時間が早いな。商売はまだ活発じゃない」

ごつごつした石畳の道を歩けば、部屋のなかを覗《のぞ》きこめる。大半は寝室と居間兼用の狭い部屋で、シェードランプと安っぽい鏡が何枚かとクッションが置かれていた。どの窓にも女が腰掛けている。年齢はさまざまで、服装も多種多様だった。どんな格好がもっとも通行人の目を引くか、どう考えるか次第だ。長い髪に櫛《くし》を入れながら僕たちを無視している振りをする者もいれば、ガーターの位置をずらしたり、通りかか

る僕たちに手招きする者もいた。ひとりふたりは呼びかけてきて、オランダ語、英語、ドイツ語を試していた。

　赤い明かりは運河の暗い水をきらめかせ、なんの罪もなく反射している。マンドリンの音色は二階から聞こえてきた。僕は見あげようと一歩下がったが、人影が僕と入れ違いに戸口へと向かった。ほどなく楽器の音はやみ、誰かがそこのブラインドを閉めた。

「たぶん、あれはモラルの壁なんだな」マーティンが言う。「平均的なオランダ市民は、そうした壁をたくさん乗り越えてから、汚れひとつない輝く自宅を離れて初めてここに来るに違いない」

「ここにやってくる平均的なオランダ市民も、ロンドンのフリス・ストリートのご婦人たちを訪れるハイゲートの平均的な既婚男性も、大差ないのでは」

「たぶん、きみの言う通りだろう。おい、あの娘は悪くないな。好みにそこまでやかましくなければ。次はあの太ったの。きみが横波に乗せてやったら、あっという間に息切れするな」

「ゾーレンストラート十二番地」僕は言った。「ブーツはどっちだと話してました？」

「たしか、この先だ。どんなものかわかっているだろう。ハーレイ・ストリートと同

じだ。すべての専門家がそこに部屋を持てないから、近くのウィンポール・ストリートにまであふれてる（どちらの通りも開業医や医学関係者の集まるエリアとして知られる）」

向こう側に渡る橋の前で、リーファー・ジャケット（ダブルのネイビー・ブレザー）姿の若者に道を訊ねた。この頃には、誰でも英語を話せるということに慣れていたのだが、彼は例外だった。こちらの求めるものを理解してもらうには少々時間がかかり、その後、彼は指を差し、肩をすくめてから去った。

橋を渡った先の曲がり角までやってきたが、運河の反対側を引き返すかわりに、窓に明かりが灯る角の建物に近づいた。運河も、橋から延びる道に通じる狭い路地も見える位置だ。煉瓦壁に〈ゾーレンストラート〉と黒い文字が書いてある。

では、ヘルミナ・マースの居場所は遠くない。彼女がグレヴィルを目撃した一角がここだとしたら——本当に彼を見たのだとして——この橋のどこか近くで兄は死んだことになる。僕は橋の角まで引き返し、水面を見おろした。ずっと先まで、運河は両側から反射する明かりできらめいている。スエズ運河の東にいるようだ。おそらく、オランダと極東との長い結びつきが、この国にこうした地区を最初に登場させることになったんだろう。そしてグレヴィルはここでなにをしていたんだ？　今夜は曇っていて、海から冷たい風が吹いている。三週間前のこの場所で……

背後でコクソンがご婦人たちのひとりと話す声がした。やがて、彼は僕の元にやってきた。「彼女の話だと向こうらしい。二階の黒髪の女」

しばし返事をしないでいると、彼は隣で欄干にもたれた。僕は口をひらいた。「こうしてこの場所を見ると、ますます納得がいかない」

彼は僕を見やった。「どれだけよく知る人物でも、その行動の動機を推し量るのはいつでもむずかしいものさ。なにかしら特別な目的があってここに来たのだとして、そこで、彼の壁がいくらか崩れてこうなったんじゃないか——思いがけず。そういうこともある」

「たとえが僕には少し深すぎますよ。とにかく、兄があきらかな目的のためにここに来たのじゃないとすれば、ほかにどんな理由があり得ます？」

「さあね。俺は推察しているだけで。彼は高潔な男だったんだな？　状況から正当だと判断できそうなら、無謀になったり、危険なことをやったりもできたか？　ホラーティウスの言葉を覚えているだろう。〝銅の壁としてこちらを肝に銘じようではあり《ヒク・ムルス・アエーネウス・》ませんか。やましさがなければ、非難されても青ざめることもない《エスト・ニル・コンスキレ・ヌッラ・パッレスケレ・カルパ》〟というやつ。暗い深夜にこのような地区にいたら、人にどんなことが起こるか誰にもわからないさ」

彼の影になった顔を見つめ、グレヴィルというより、自分自身の心のありかたにつ

いて読み解いているようだと思った。

彼は言う。「どちらにしても、俺たちは根拠のない推論をしているだけだ。きみのお兄さんは好奇心からここにやってきて、石につまずいてなにも考えないまま死んでしまったのかもしれないし」彼は葉巻を投げ捨てた。水面に落ちて先端がジュッと音をたてる。「向こうの二階だ。行こう」

「まずは僕がひとりで訪ねますから」

「そんなことはさせられない。人数の多いほうが安全だ」

「どうしてもやってみたいんですよ。ひとりのほうがうまく行くこともある」

「彼女はきみの動機を誤解するに決まってる」

「もしかしたら、それが有利になるかもしれません。待たせても気にしませんよね？」

「ああ、気にするものか。俺は手伝おうとしただけさ。だが、きみがそうしたければ、橋に座って見張っていよう」

「ええ」僕は言った。「見張っていてくださいよ」

4

彼女は黒髪で、カーストの印のように髪は一筋ブロンドに染められていた。大きなイヤリングがチリンと鳴る。こうしたタイプのなかでは見た目は悪くなく、たまにいるようにごつくもなかった。みすぼらしい紫の前合わせ式の化粧着、服に合っていないストッキング、くすんだゴールドの室内履きといういでたちだ。あくびをしていたが、僕を見ると立ちあがり、どれだけ身長が高いか目につくほど背筋を伸ばした。そこでオランダ語でなにか言ってから、ブラインドのつまみに手を伸ばした。

僕は言った。「英語は話せる？」

「大丈夫よ、もちろん。英語は上手に話せる。入って、大きな坊や。お近づきになれて嬉《うれ》しいわ」彼女は夜も終わりに近づいてダンスチケットが売れて喜ぶダンスホールのホステスのように僕を歓迎した。

「きみがヘルミナ・マース？」

「そうだけど」ここで彼女は目を細めて僕を見た。いつもはこのように名前から確認されないのだ。「誰かのお勧め？」

「いや」

彼女はブラインドをしっかり閉めるとまた振り返った。「コートをかけて。ドアの裏にフックがあるから。煙草《たばこ》はどう？」

部屋は飾り立てられた独房のようだった。壁紙は茶色の花模様が多すぎるし、ベッドをかこんでピンクのシルクスクリーンがかけられている。片端にひびの入った姿見に、赤いビロードのカウチの底から突きでるスプリングが映り、鏡台にはアンティークの品がわずかばかり置かれていた。立派なものを集めようとして果たせなかったコレクションの戦利品のようだ。ソーサーにはピンクに染まった十本以上の煙草の吸い殻が捨てられ、ピルスナーの空き瓶が三本ある。一本棒の電気白熱ヒーターが姿見の隣で大きく笑うように輝き、壁の上のほうにはカレンダーがあり、スケートをしている少女の絵とこんな言葉が書かれていた。フローレイク・ケルストフェースト（メリー・クリスマス）。誰かが鉛筆で口ひげを落書きしている。

僕は彼女のために煙草の火をつけた。マスカラを塗ったまつげと毛を抜いた眉《まゆ》が火明かりでぱっと照らされると、切りだした。「フィリップ・ターナーだ」

「あらそう、素敵な名前。それじゃ、早速——」彼女は口をつぐみ、顔をあげた。

「ターナー?」

「そう。ここの運河で溺《おぼ》れたのは兄だった」

表面的な歓迎の気持ちは、ライターの火と同じようにあっという間に彼女の表情から消え去った。「あれはもう終わってしまったことよ? わたし、もうかかわってない。警察に行ってよ。たぶん、あの人たちなら話せることがあるでしょ。わたしじゃない」

「なにか聞きだそうというんじゃない。お礼を伝えに来たんだ」

「じゃあ、言ってみれば?」

僕はカウチの傷んでいない端のほうに腰を下ろした。「兄を助けるために精一杯のことをしてくれたんだね? 誰でもできることじゃない。きみと同じ仕事をしている人は誰でも、といかないのは確実だ。どんな結果になるかわかっていたはずだから。警察に通報するということが」

「フン! どうなるか知らなかったの! もしも知っていたら——」

「それでもきみは同じことをしただろう」

彼女は煙の向こうで目を細めて警戒した。「どっちにしても、終わったことよ。そ

れに彼の命を救えなかった」

「兄が死んだとき、僕はアメリカにいた。だから、初動の捜査の頃に来ることができず、先週、やっと故郷にもどったんだ。それでお礼を伝えに来るのが遅れてしまって」

　彼女は少し身じろぎをして、しきりに煙草を吸い、話さなかった。僕は百ギルダー紙幣を取りだした。「これを受け取ってもらいたい。感謝の印に。たとえ、結局は兄を救えなかったのでも」

　彼女は紙幣を鏡台に置く僕を見つめた。紙幣が勝手に動くとでも思っているかのようにじっとにらんでから、また僕に視線をもどした。「ほかにどんなことを期待しているの？」

「なにも」

「じゃあ、なぜわたしにこのお金を渡すのよ？」

「それは話したはずだよ」

「でも、それだけじゃないでしょ？　一晩中、わたしの相手をしたいの？」

「きみに会いに来ただけだ。また違う状況だったなら――わかってくれるね」

「ふーん、そう」彼女は関心なさそうに肩をすくめる。「ここに来る客には、なかな

かいい男がいないのよ」

「兄もいい男だった。そう思わないかい？」

「近くで見たわけじゃなかったから。彼は外の橋のところにいた。でも、あなたよりずっと年上だったわよね？　それに細くて、あまりたくましくないみたいだった」

「では、兄はここを訪れてはいなかったと？」

「ええ、そうよ」

「兄と一緒だったもうひとりの人物の足取りがわからないんだ」

彼女は室内履きの踵《かかと》の部分を少し浮かせ、そこに煙草の灰を叩《たた》き入れた。「もうひとりの人物って？」

「男と女」

「女なんて見なかった」

「彼女はここまでは来なかったかもしれない。でも、男のほうは絶対に一緒だった」

「ねえ、ミスター。わたしは知っていることすべてを警察に話した。いいこと？　九時間もかけてあれこれ質問されたの。それもすべて、わたしが人の命を救おうとしたから。ここの警察がどんなものか知らないでしょ。戦争以来、ドイツ人からたくさんのことを学びすぎたの。あなたのお兄さんなんかに目を留めなければよかった。大き

な口を閉じておけばよかった。申し訳ないけれど、もうあなたを手伝うことはできない」

「警察に近づくつもりはない」僕は言った。「金輪際、近づく気はないんだ。自分だけで、自分のやりかたで決着をつけたい」

「じゃあどうしたいの」

「きみに会えたから、今度は兄が死んだとき隣にいた男に会いたい。小さなあごひげを生やした男のことだ」

「あなた、無駄足だったわね。無駄にわたしに百ギルダーを渡したのよ」

「でも、それはそれでいい。言いたくないことは、なにも言わないでいい」

彼女はしばらく煙草を吸っていた。そこで化粧着の袖《そで》をまくりあげ、肘《ひじ》をかいた。

「わたしが心配しなくちゃならないのは警察だけと思っているのなら、あなたは初心《うぶ》ね」

あたりが静まり返った。建物全体が突然、とても静かになったようだ。彼女は言う。

「わたしは古くない。このあたりの新顔ということね。二、三カ月、それだけ。安全になったらすぐ、ユトレヒトに帰るつもりよ。でも、急ぎすぎるのはまずいから、まだ留まってる。だから口を閉じたままにしているの。そのほうが安全だもの」

「なるほど。その話はやめておこう。申し訳ない」

「わたしにとっていい経験じゃなかった。この地区はよくない。あいつら、わたしの顔を焼くと言うの。本当だから。あいつら、ある女の話を聞かせるのよ……ここがよくない家だとは知らなかった。ここで目にしたことを覚えていてはいけないの。ここに来たときは、よそと変わらないと思ってた。あなたのお兄さんが亡《な》くなるまで知らなかった。外に走っていって、警察を呼んできたら、あいつら、わたしの顔をだめにしてやると言うの」

「あいつらというのは？」

上階のドアがバタンと音をたて、震動で窓枠がきしんだ。彼女は耳を澄ます。頬の筋肉が二度ひくついた。

「あの夜、最初に見たとき、お兄さんは橋のたもとに立っていた。夜十一時よ。あの夜は月が明るいけれど低くて、影もあった。たぶん、お兄さんは来たばかりだった。マッチをすって煙草に火をつけようとしていたから。でも、二回失敗してやっと火がついた。ほかの男たちと同じで、また客が来たんだと思ったわよ。でも、彼は全然注意を向けず、立ったまま煙草を吸っては捨て、また火をつけるの繰り返しだった。彼は何度も橋を行ったり来たりしていた」

「どんな見た目だった？」

「お兄さんが？　背が高くて痩《や》せて、肩幅は広く、少し猫背だった。こんなふうに」

彼女はまさに兄らしく頭をかがめて、僕はたちどころに確信できてうなずいた。

「兄だね。先を聞かせてほしい」

彼女は百ギルダー紙幣を手に取ると見つめ、二度折りたたんでから急いでストッキングの縁にたくし込んだ。

「あなた、ここにいると安全じゃない」彼女は言う。「あいつらに知られたら、わたしにとっても安全じゃない」

「その金でユトレヒト行きの交通費がまかなえる。明日向かうんだ。この地区を出てしまえば、誰もきみには触れられないさ」

「そう？　わたしはそんなに自信が持てない。三十キロでは足りないわ」

「兄の話の続きだが……」

彼女は肩をすくめた。「彼がしばらくそこにいた後で、男がこの建物から出て行ったの。歩き去ろうとしたけれど、お兄さんがその男をとめた」

「その男はどんな見た目だったんだ？」

「そんなのわたしにわかる？　わたしの客じゃなかった。お兄さんより身長が低くて、

小さなあごひげを生やしてた。あなたがさっき言ったように。その男がここにやってきたのは見てなかったけれど、その夜の前に見かけたことはあった。お兄さんたちは足をとめて話をしてた。すぐにそれが口喧嘩《くちげんか》か言い争いみたいになって」

　僕が座っている場所から、長い姿見にドアが映っているのが見えた。するとドアが開きかけた。あまりにゆっくりと動いたから、鏡が歪《ゆが》んでいてそう見えたのかと思った。そこで彼女の顔を見て、思い違いではなかったと知った。また鏡を見つめた。ドアの外に男が立っている。

「煙草をもう一本どうだい？」僕は言った。

「そうね。ありがと」差しだした箱から彼女は煙草をとった。爪《つめ》のマニキュアは剝《は》げかけていた。彼女の手はもう安定していない。

　僕は気楽な調子で言った。「友人がここを勧めてくれたんだ。デ・ヴァレチェスのようなところはほかにないぞと。彼はここによく来ると言ってた」

　彼女が僕と目を合わせた。「そうなの？」

「そうだ。彼は定期的にアムステルダムにやってきたものだった。三カ月に一度かな。船が港に入ったときに。たぶん、僕もまた寄らせてもらうよ。きみがそうしてほしければ」

「もちろんよ」彼女は言う。「そうして。いつでも寄ってね」

ドアが開いて男がやってきた。

僕は立ちあがった。彼は大柄な男で腹の出た中年だった。まるで白髪まじりの時期を飛び越えたように色の抜けた白い髪。八角形の縁なし眼鏡をかけている。服装と目つきがなければ、教師か尊敬される役人で通ったことだろう。

彼はドアを閉め、とても上手な英語で言った。「ここでなにをしている？」

「それがあんたに関係あるか？」

「関係あるとも。こいつは俺の女のひとりだ。どういうつもりで、質問しているのか知りたい」

幸運のお守りがついた懐中時計の鎖、緑のシルクのシャツと赤い水玉のネクタイを見つめた。こうした服装が彼をかえって安っぽく見せている。あまりにたくさんの金の使いどころをまちがえている外見だ。

彼が言う。「おまえの名前は？」

「ターナー」

「俺はミスター・ヨーデンブレー。このあたりに住んでいる」

「言いたいことを言ったら、出ていってくれ」

ほとんど色味のない目で彼は僕を見つめた。瞳孔《どうこう》も虹彩《こうさい》も同じだ。前にもどこかでこういう目を見たことがある。「俺の言いたいこと？　ここで揉《も》め事は起こしたくないってことさ。俺たちは静かにしているのを好むんでね。ミナは静かにしていればいい女だ。しかし、彼女は静かにすることに慣れてないようだな」

「わたし、今夜はなにも言ってないから、ジョー。全然」

「そうともさ、おまえはなにも言わない。なにも話すことがないからな。だが、俺たちはこそこそ嗅《か》ぎまわられるのは好きじゃないんだよ。そろそろ帰りな、ミスター・ターナー」

「帰りたくなったらね。外で待ってくれないか」

彼は静かな口調で言う。「どうやら、こけおどしだと思ってるようだな。俺はミスター・ヨーデンブレーだ。それにピンとこないのなら、幸せなことに無知って意味だ。大急ぎで帰る場合にだけ、無知なままでいられるぞ」

「また警察をここに呼びこみたくないんだ。取引しよう」

彼は丸々としてそばかすのある手でギャバジンの上着のポケットを探った。取りだしたのは銀の笛だ。「俺は昔、犬のトレーナーだった。部屋に入ったら明かりのスイッチを入れ、出るときには消すよう犬に教えたことがある。ダンスするよう犬に教え

たこともある。そのぐらい、俺は辛抱強い。阿呆《あほう》相手に、俺はとても辛抱強い。だが、犬がいつまでも阿呆だったら、殴る。それはいまも同じだ。ただ、自分でやる必要がないだけで」

言葉の間の取りかたや抑揚から、彼が本当にそうしたことをやっていたとわかった。恐怖を抱かせる汚い手口がそこにすべて詰まっていた。振り返ってみると、自分が不安だったかどうかわからない。不安そのものが怒りに姿を変えることがあるから、どちらとも断定できないのだ。

僕は片手を伸ばし、窓のブラインドを動かした。ガタガタと音を鳴らして開き、女は撃たれたかのように飛びあがった。

ミスター・ヨーデンブレーが言った。「それで助かるとでも思うか？　助かりはしない。ブラインドはそのままでいい、ミナ。関係ない」

僕は言った。「小僧みたいに喧嘩するにはふたりとも歳《とし》を取りすぎていると思わないのか？　それに喧嘩をしても、ふたりとも損にしかなりそうにない。取引を申しでたはずだ。まだ有効だぞ」

「どんな申し出だ？　内容は？」無法者になる前の彼に訴える言葉だった。おそらく、彼は行商人として人生を始めたのだろう。いまのは彼が認識し、理解できる言葉だっ

たのだ。

「僕の知りたいこと。それがわかれば、引き揚げるし、これ以上あんたを煩《わずら》わすことはない。いちばん知りたいのは、バッキンガムについてだ」

　これを聞いて、彼は口をわずかに開け、声をたてずに笑いはじめた。かなり面白がっているようだ。それでも笛を握った手は緊張しているから、それは嘘《うそ》だと暴露している。「バッキンガムだと？　そんな名前は知らない。何者だ？」

「兄が殺された夜、あんたが一緒にいた男だよ」

　こうした目を以前どこで見たのか思いだした。戦時中、ジブラルタルの病院にいたモルヒネ常用者だ。「そんなことを言うとは賢いとは思えないな。おまえに辛抱してやっても、見返りはほとんどないとはっきりした。さあ、二分以内に――」

　彼が話しているとその背後のドアがふたたび開き、マーティン・コクソンがやってきた。

　ヨーデンブレーは振り返り、ためらった。くちびるを舐《な》める。そのときのマーティンには繊細な部分も親しみやすさもなかった。無言だ。

「はあ、なるほど」ヨーデンブレーはそう言ってまばたきをした。「こういうことか」あたらしい人物が登場して、彼は動揺したのだ。

「そういうことだ」マーティンが言う。

「来てくれるだろうと思っていたよ」僕は声をかけた。

「そろそろだと思ってね」

ヨーデンブレーが言う。「おまえには友人がいると。これは面白い。俺にも友人たちがいる。単純きわまりない話だ」彼は笛を口元に運ぼうとする。

「その笛を使うな」と、マーティン。「俺にのされたいか」

女は震えていた。煙草を置こうとする手が見えた。どうやら、彼女の心の状態が僕に移ったようだ。このほんの数分で、おかしなほどに緊張感が高まっている。僕自身も人生で初めて本物の邪悪な存在を感じていた。説明はできないが、たしかにそれは存在し、どう対応すればいいのかまったくわからない。

僕はヨーデンブレーに話しかけた。「バッキンガムの居場所を教えたら帰ると言ってるじゃないか。彼はまだオランダにいるのか？」

女は僕の腕をつかんだ。「今すぐにここから出ていって！オランダから帰って！」

僕は彼女に顔を向けた。「兄は殺されたのか？ きみは兄が殺されるのをここから見たのか？」

「見てないってば！」激しい口調だ。「なにも見なかった！ お願いだから、すぐに

帰って」

ヨーデンブレーの顔が怒りに歪んだ。「聞いただろう。イギリスに帰りたければ、いますぐに帰れ」

彼が振り向きざまにマーティンが殴った。懸命な判断だったのか、少しはツキがあったのかわからないが、蛇を思わせる獰猛《どうもう》な一発だった。ヨーデンブレーはこの腰回りだから頑丈だったが、頭をのけぞらせ、折りたたみ傘のように倒れた。その途中で鏡台のこまごましたものも道連れにされた。

女が悲鳴をあげた。「馬鹿《ばか》ね！　なんて馬鹿なの！　あなた、彼に仕返しされるわよ！　それにわたしも！　彼は――」

マーティンは彼女を押しやった。「黙らないと、おまえも気絶させるぞ。口を閉じて座れ！」彼は僕を振り返った。「さあ、彼女に質問しろよ」

僕は電気白熱ヒーターからヨーデンブレーを引き離した。完全に気を失い、上下の歯が力強く合わさった部分のくちびるから血が一筋流れている。眼鏡は片耳からぶらさがっていた。ひどく騒々しいひとときを経て、ここはふたたび静まり返った。喪に服する家での口喧嘩のようだ。女がぎこちなく手探りをして爪でひっかきながら煙草を手にした。息遣いは抑えようとしているがやかましい。

マーティンは片手で鼻をなでた。「二流の小商いは内輪でいばりたがる。なんならこいつを運河に投げこんでもいい。ふさわしい場所だよ」

女は繰り返し煙草を吸い、僕たちふたりを交互に見つめた。化粧の下では青ざめているようだ。

マーティンが彼女を振り返った。「よく聞け——ターナー博士が殺された夜、なにを見たんだ？」

彼女は理性を失ったように言う。「あなた、なぜここに来てこんなことを？　どうしてここに来たのよ？　わたしが悪いと思われる！」

「ターナーの死について真相を知りたい。俺たちは警察じゃない。作り話には騙《だま》されないからな！　彼は殺されたんだろう？　どうやってだ？」

「ほかになにも見てないったら！　なにも——」

「彼は突き落とされたのか？　ここにいる男がやったのか、それともこいつの腐ったお友達がやったのか？」

「お酒がほしい」彼女は言う。「気絶しそう」

マーティンは拳《こぶし》をさすり、怒ったようにさっと振りあげた。

「あの片隅にジンがあるぞ、フィリップ」

グラスに少し注いで彼女に渡した。彼がさらにひとつ、ふたつの質問を投げかけてから、僕は彼の腕に手を置いてやめさせると、彼女に話しかけた。「もう疲れただろう。明日どこかで会えないか？　ここから離れた場所で。きみが安全に話せる場所」

「わたしが安全に話せる場所なんてない！　それに、あなただってどこにいても安全じゃない。国に帰りなさいよ、この馬鹿」

マーティンは彼女が手にしたグラスを見つめ、それから倒れたヨーデンブレーを一《いち》瞥《べっ》した。小声で言う。「今夜は彼女からこれ以上話を聞けそうにないな」

彼女はグラスの酒を飲み干していた。僕は話しかけた。「僕たちを助けられないのか？　それとも助けたくないのか？」

彼女は部屋の外に耳を澄ましているようだった。こちらの言うことに対して注意を向けていないのはたしかだ。そこで高ぶる気持ちを苦労しながら振り払い、僕に視線を集中させた。「お金を持って帰りなさいよ。自分が運河に落ちる前に」

マーティンがドアをほんの少し開けた。僕たちは顔を見合わせ、ここに留まることの利点と危険を推し量った。

「わかった」僕は言う。「いまは埒が明かないようだ」

彼はドアを広く開けた。彼の拳からは出血していた。僕は言った。「でも、この男

をここに残していけない」

「なぜだ？」

「彼女を責めるからですよ」

「どちらにしても彼女は責められる」

「通りに下ろしておきましょう。膝《ひざ》のほうを持ってください」

「こいつに触れるだけで唾《つば》を吐きたくなるのに」

僕たちは彼を運んだ。外に出るとすぐ、彼女はドアを閉めた。階段では手探りして進まねばならなかった。ヨーデンブレーをかなりぶつけてしまった。いちばん下でマーティンが言った。「このぐらいでいい」彼はいちばん下の階段に彼を投げ捨てた。

僕たちは通りに出た。マンドリンの演奏がふたたび始まっていた。その音色が北海からの冷たい風に乗っている。運河に反射する光は溺れた顔のようで、風があたる場所ではちらちらと震えていた。石畳の船着場には誰もいない。マーティンは型押しの革ベルトをぐっと引っ張った。

僕は言った。「助けてくれてどうも」

「たいしてうまい立ちまわりじゃなかった。だが、ああいう男に効果があるのはこの手だけだ」

「まあ、たしかに」

　彼は僕をちらりと見やり、拳の血を吸って吐いた。手の血がうわくちびるにシミを作っている。

「俺に知恵を期待するなよ、フィリップ。思ったらすぐさま行動に移す男だ。どちらにしたって、あいつは俺たちを逃がすつもりはなかったさ。女の前では。奴《やつ》はすぐに友人たちを呼んだだろう。俺はぶちのめされるのを好まないんだが、きみもだよな？　さあ、行こう」

　翌朝、ベッド脇《わき》の電話が鳴って起こされた。帰ったのが遅かったからずいぶん寝坊していた。昨夜マーティンは若い頃の記憶を掘り起こすと頑固に言い張り、宿にもどることを拒み、何年も前に訪れた古い思い出の地を見つけようと次々にさまよった。

　フロイトでも解釈はほぼ無理だろう現代的な壁画で飾られた地下の店で、マーティンはアコーディオンを借り、六曲ばかりの歌を披露した。船乗りのはやし歌でも陽気な合唱でもなく、似つかわしくない歌だ。二曲はシューマンの〈きみは花のよう《デュ・ビスト・ヴィー・アイネ・ブルーメ》〉と〈スペインの伊達男《デール・ヒーダールゴ》〉、数曲はフォーレのものだった。彼が歌うと笑ったときのようになった。顔から影が晴れ、二十五歳ぐらいで幸せで失望とはかけ離れて見える。

おそらくはイギリスだけが真に育《はぐく》めるタイプだ。ハンニバル将軍の戦術で現代のゲリラ作戦を戦うことも、ポケットに忍ばせたリウィウスのローマの歴史書を頼りに死力を尽くす乗り込み部隊を率いることもなしうる人物。彼は行動あるのみ、規律は足を引っ張るだけの典型的な男に思えた。

僕にとっては、この夜後半のもっと穏やかな冒険が、最初の冒険の緊張感を目減りさせ、おそらくは少しばかり軽く感じさせる効果があった。だから、ようやく寝床に入ると、数時間もぐっすりと眠ったのだ。

受話器を取った。

「ミスター・ターナー？」

「そうですが？」

「警部のトレンです。おはようございます。オランダに来られたとは知りませんでしたよ。いつ到着されたんで？」

「昨日来たばかりですよ。そのうち、お会いできればと思ってました」先手を打つ。

「ええ、もちろんですよ。わたしもそうご提案しようと思っていました。パウエル大佐からあなたが来られると聞いたので」

なるほど、彼なら連絡しそうだ。電話の声は続く。「今日はいかがですか？　ええ

と……午後はだめだ。昼食をご一緒するというのは？」

「ありがとうございます」

「一時にアメリカン・ホテルでどうでしょうか？　よかった。おひとりですか？」

ためらった。「いえ、コクソン中佐という人と一緒です。そちらが会ったことがあるかわかりませんが」

「会ったことはないですね。でも、よければ、その人も一緒にどうぞ」

十分後、マーティンが部屋にやってきてベッドに腰掛けた。

「もう朝食をとったか？」

「いや」

「もうすぐ九時三十分だぞ。俺は六時から起きてる」

「なにか理由でも？」

「習慣でね。どんなときでも、長くは眠らない」

「ゆうべは、僕を酔わせようとしていたとか？」

彼は髪をかきあげてほほえんだ。「いいや。だが、ゆうべは最初の出来事の後できみはピリピリしていた。肩の力を抜いていい頃合いだったから。そのために俺にできるのは、あのやりかただけだった」

「ありがとう。たしかに効き目はありましたよ」

トレンの電話について話した。彼は言った。「いまいましい男だ。助けになりそうな別の男を見つけようとしていたんだが、俺たちが警察と連絡を取っていると知られたら……俺の存在を教えたのか？」

「どちらにしてもトレンは僕が友人と一緒だと最初から知っていたか、すぐに知ることになるか、どちらかでしたからね。でも、一緒に来るかどうかはお任せしますよ」

「ああ、行くとも。彼がどんな話をするのか聞きたいね」

5

トレン警部は葉巻の灰を落とした。煙がテーブル越しに漂ってくる。「昨日のうちに、わたしに会いに来てくれたらよかったのにですね、ミスター・ターナー。あなたのその訪問はとても分別のないものだ。無事でよかった」

「ゆうべ、僕たちが危険だったと思われるのなら、兄のことにおかしな犯罪が絡《から》んでいないとそこまで確信されているのはなぜですか?」

「おかしな犯罪はおかしな跡を残しますんで。医学的な証拠をご覧になるといい」

「ヘルミナ・マースのほかに目撃者はいないんですか? ああした場所には絶対――」

「ああした場所で目撃者を見つけるのは困難でして。みんなブラインドは閉まっていたと言う。しかし、わたしたちはまだ調べていますよ」

ファン・レンクムが言った。「お兄さんは神経衰弱になりがちな人でしたか、ミス

ター・ターナー？　刺激薬か鎮静薬を飲んでいたか、ご存じで？　フェノバルビタールは世界的に使われていて、今日の万能薬だ。誰にでも処方され、入手がむずかしくありません」

「兄は大酒飲みでも、薬物依存症でもありませんでしたよ。そういうことを言われたいのなら」

「いいえ、そんなつもりはありません。けれど、頭のいい人になればなるほど、神経が張り詰めているものです。バルビツール系の薬の危険性は記憶の喪失で、それは過剰摂取につながることもありますので」

　アムステルダム有数のホテルで警部から昼食でもてなされていることに慣れようとしていた。イギリスではこんなことは起こりえない。おそらくはこの地でも、グレヴイル・プライアー・ターナーのような男が不幸な結末を迎えたのでなければ起こらないことで、兄は生前と同じ扱いを受けているということだ。たぶん、それでファン・レンクムがいることの説明がつく。とても高い地位にあるオランダ人で、僕よりきれいなアクセントで英語を話し、公的な資格で同席しているのではなさそうだ。マーテインが無口な四人目で、整って青白い顔は打ち解けておらず、謎《なぞ》めいて、物思いにふけっている。

すでに八人でもじゅうぶんな量をたいらげていた。特大のチキンムースをトリュフやピメントとゼリー寄せにしたもの、フォワグラを添えた分厚いステーキ、ストレートのボルス（オランダのジン）を何杯も。働く農民に見えるトレンは早いペースで食事をして、合間に何度も葉巻を楽しんだ。そうすると、煙が鼻、口、耳といたるところから出てくるように見え、ポケットからも立ち昇るように想像してしまうくらいだ。

僕は訊《たず》ねた。「バッキンガムについて、その後なにかわかりましたか？」

「ジャカルタとかなり連絡を取りあったんだが、完全に連携を取るにはまだちょっとむずかしいんですよ」トレンがそわそわと連れを見やる。

ファン・レンクムは顔をしかめながら、カフスボタンに視線を落とした。「トレン警部が言いたいのは、わたしたちの国とインドネシアとのあいだの感情がまだあるべき姿ではない、ということです。わたしたちとしては、戦後の苦境にあるあいだに、オランダ領東インドの完全な独立がわたしたちの手からもぎ取られたと感じています。国連による大失策のせいです。オランダ領東インドはまだ独立の準備などできていなかったのに。よちよち歩きの子供を手引き紐《ひも》もつけずに放置すれば、転びますよ。共産主義の手に墜《お》ちることは疑いようがない。一方、彼ら――インドネシア人は、わたしたちがあたえた独立は、しぶしぶあたえたもの、悪感情を持ってあたえたものと感

じているんです。ですから、国際的な事件について協力を頼んでも、常に協力が得られるとはかぎりません」

トレンが熱心にうなずく。「だが、わたしの部下のひとりを捜査のためにジャカルタに送って一週間になるんで。昨日、彼は帰国の途についたから、明日にはもっと情報が得られますよ」

黙りこんでいたマーティンがついに口をひらいた。「バッキンガムがジャワ島にいたことはわかってますよ。いま知りたいのはどこでバッキンガムが見つかるかだ」

「ええ。だが、警察の仕事では、その後を教えてくれるのは過去に起こったことである、というのが少なくないんで。コクソン中佐、あなたの人相書きに加えられるバッキンガムの完全なる風貌《ふうぼう》が知りたいと思いましてね。できればたしかな身元確認の手段を、たとえば写真が入手できればと。すでに部下から続報の電報は受け取っています。バッキンガムがターナー博士とどうやって出会ったかはわかってるんですよ。去年の後半から今年初めにかけて、三、四カ月ほど北京《ペキン》号という船がフィリピンから武器を運んでいた。ジャワ島にはダルル・イスラムが押さえている港がある。中央政府に反対するイスラム教徒です。北京号を所有していたのがこのバッキンガムという男だった。だが、二月に政府の爆撃機に穴を開けられ座礁《ざしょう》。バッキンガムはすべてを失

いましてね」トレンは毛深い顔を僕に向けた。「あなたのお兄さんはとても親切な人で、この溺《おぼ》れた犬を助けた。思いやりのある強い友情からです。お兄さんの助手は病気になった。バッキンガムが役に立った。というわけで、バッキンガムは一文無しなんで、ターナー博士が帰国の旅費を払ったのはまちがいない。だが、アムステルダムでターナー博士は亡《な》くなり、バッキンガムは消えた。彼は飛行機で出国してはいないようだ。おそらく、まだ彼を見つけられますよ」

「それで、レオニーという女のほうはどうです?」僕は訊ねた。

「その名前でオランダに出入りした外国生まれの女はいないんですよ。おそらく、愛称だ。もちろん、彼女がオランダ人ならば話は違う。国内のターナー博士の友人たちに詳しく話を聞いたし、去年の二回の訪問についても訊ねたが、これまでのところ、なにもわかってないんで」

チーズが運ばれてきた。少しして僕は音を上げたが、ほかの三人は完食していた。ファン・レンクムが言う。「もうひとつあるんですよ、ミスター・ターナー。お兄さんは最初の原子爆弾の実験にどこまでかかわっていましたか? この件を話題にするのはためらわれますが、近頃では考えつかないようなおかしなことが起こるものです。外交官たちが姿を消し、自分の親友が飛行機でロシアに向かう」

「兄は十二年のあいだ、研究とは無縁だったんですよ。当時、兄が知っていたことはすべていまでは時代遅れのようなものだ。でも、もちろん、兄のような頭脳の持ち主ならば、本人が頭脳を使うことを選べば、どんな国にとっても資産になったでしょうね」

「わたしが懸《け》念《ねん》しているのはそこなんですよ。お兄さんの意図に染まないことをやらせるなんらかの圧力がかけられたかどうか」

マーティンはファン・レンクムに差しだされた葉巻を受け取った。「ヨーデンブレーという男をご存じで？」

ふたりのオランダ人のあいだですばやく視線がかわされた。トレンが言う。

「旧教会広場《アウデケルクスプレイン》に住んでいる男？　あなた、ゆうべ彼と会ったんですか？」

「そうですが」

「まともな人物ではないですよ。あの地区一帯に影響力を持っている。彼の友情は受け入れないように」

「友情を差しだされたとは思わないですが」

トレンが言った。「明日、ジャカルタからもどる部下にぜひ会ってください。証拠も見てほしい。通訳を用意しますから」

マーティンはこだわった。「このヨーデンブレーという男ですが。彼に事情聴取はしたんですかね？」

「ええ。だが、もちろん、彼はその夜、遠く離れた場所にいたという証人がいましてね」

「そいつは、本当は違うというほのめかしですか？」

「そういうわけではないですがね。なにか問題が起これば、ミスター・ヨーデンブレーはほかのどこかにいたという証人がいるんですよ。彼にとっては、保険のようなものでしょう」

「彼はどうやって食ってるんですか？　ああした女たちから金を吸いあげてる？」

「彼はあのあたりの建物を所有していまして」

　マーティンは葉巻に火をつけた。もどかしそうにマッチを振り消す。「俺はミスター・ターナーを助けようとしている立会人にすぎないですからね。心づもりなどはない。ただ、話を聞けば聞くほど、納得できなくなっていく。グレヴィル・ターナーがホテルの寝室で頭を撃ち抜いたというのなら……そう、自殺として受け入れられる。だが、この経緯と場所を考えると受け入れられない。あの地区では。ヨーデンブレーのような男たちがいる場所で。ターナーの死は自殺に見えるよう仕組まれたものだっ

た。なんらかの方法で、そしてなんらかの理由があって彼は殺された。あの女が目撃して通報しなければ、彼は姿を消してしまっていたはずです。数週間後、〝溺死《できし》体《たい》となって発見〟され、不運な事故による死と判断されて」

「だが、ヘルミナ・マースの証言では――」

「彼女はほかの誰もが話したがらない場面で話をするほど愚かだったんですよ。しかし、際《きわ》どいところで自分の身が危ないと気づき、自殺の話をでっちあげたんだ。いまでも、彼女は命の危険を感じながら生きている」

「では、彼から見つかった手紙は？」

「あれは俺にとってはなにも証明していないですね」

「では、彼はどうやって亡くなったというんです？」ファン・レンクムが冷たく言う。

「そんなことわかるもんですか。水中で押さえつけられたとかじゃないですかね。病理学者でも騙《だま》す方法はいくらでもある」

　かすかにきらめく日射《ひざ》しが外の並木にはさまれた運河を照らした。

　トレンが言う。「あなたの言う通りだったのかもしれませんけどね。わたしはそうは思わないが、真相を見つけだしますんで。それはともかく、あなたたちふたりは勝手に行動すると大変な危険があるでしょうな。それは理解できますね？」

「はい、それは」

「勝手に行動することはないと、約束してもらえると嬉《うれ》しいんですが」

僕は言った。「それはできそうにないです」

トレンはこちらを見つめた。推し量るような重々しい視線だ。「残念ですよ、ミスター・ターナー」

「厄介事を探すつもりはないんです。でも、時間がかぎられている。自分が適切だと思うように使わないと」

レストランを後にすると、ファン・レンクムが僕を脇《わき》に引き寄せた。「ルイ・ヨアヒム伯爵《はくしゃく》から伝言を預かっています。オランダを離れる前にきみと食事を共にしたいと。明日の夜ではどうでしょう?」

「ありがとうございます。楽しみにしていますよ」

マーティンと僕は行き交う自転車と騒々しい路面電車に混じってライツェ通《ストラート》りをぶらぶらと宿へ引き返した。彼はふたたび無口になり、僕もあれだけの料理と酒のせいで、率先して話そうという気がなくなっていた。

もうじき宿に到着というときに彼が言った。「なあ、これだと俺たちには動ける余地がなくなるな?」

「トレンの態度のことですか?」

「そうだ。おとなしく受け入れなければ、必要な手続きを踏むぞ、ということさ」

「警部にどんな手続きが踏めると?」

「たぶん、俺たちを尾行させるんじゃないか。こいつはパウエルのやりそうなことだ。四六時中、手引き紐につながれるんじゃ、はるばるここまでやってきた意味がなかったよ」

「そんなふうに思わせて申し訳ない」

「きみはそう思ってないのか?」

「僕が言いたかったのは、警察の監視下に置かれるようになってあなたが興味を失ったなら僕としては申し訳ない、ということですよ」

「俺はちっとも興味を失っていないぞ。むしろその反対だ。ただし、この方向性では成果を出せるという信念は失いかけているね」

「だったら、どんな方向性が?」

「さあ」

「ブーツはまだなにも情報を手に入れてない?」

「なにも。ただ、あいつが俺たち最大の希望だな」

「とにかく、あと二日しか残ってません」

「その後はアメリカへ帰るのか？」

「そうなります」

「少なくとも、なにかやり残して自分を責めるはめにはなりたくないだろ」

「実りあることをやっても、自分を祝福することはできませんけど」

「トレンとファン・レンクムは俺たちにありのままに話してたと思うか？」

「いえ。ヨーデンブレーについてのあなたの質問をはぐらかしたように見えました。彼は賄賂でも受け取っているんじゃないですよね？　そうしたことはオランダでは起こらないですか？」

「さてね。そうしたことは、どこでもあり得ると思うが」

しばらく黙って歩いた。そこで彼は言った。「この件が未解決のままアメリカにもどったら、気になって仕方がないだろ？」

僕は肩をすくめた。「どうするか選べないので」

彼はうなずいた。「そうだな、そこが問題さ。人はいつでも選べるとはかぎらない」

この日の夕刻に、マーティンは母親から電報を受け取った。自宅に押し込みがあっ

たという。長い電報で、彼は苦笑いした。

「母はいまだに頼れる人間が必要な、為《な》す術《すべ》もない若い花嫁のように思う節があるんだ。そして、俺は夫代わりと。でも、母はひとりでなんとかできるさ」

夕食で彼は自分についてさらに話を聞かせた。父親はスコットランド貴族の長男ではない息子で、女優のロッティー・バーンスタインを迎えて劇場プロデューサーになった。「父は大成功して、ご婦人たちに大人気だった。人気すぎて、身体《からだ》を壊し、三十五歳で死んだよ。父のことはたいして覚えていないが、ファイフで暮らす祖父のカラード卿《きょう》の元に滞在したものさ。祖父は意地悪じいさんだったが、指の先まで貴族の血統だった。父と結婚したときの母は幼稚園の先生だった」

食事の終わり頃に彼は受け取っていた電報を読み返し、朝に電話をかけるよう母親に電報を打つことにした。母親は隣家で電話を借りられるという。

彼が電報を打つあいだ、僕はふたたびオテル・グロティウスへと歩き、グレヴィルを訪ねてきた女についてフロント係と話すことにした。前にも僕は話そうとしたが、彼女は非番だった。今回は見つけることができた。彼女の話では、グレヴィルのその友人が訪ねてきたとき、内線で彼の部屋に連絡しなければならないから名前は訊《き》いたそうだ。しかし、フロント係はその名前も、ミセスだったかミスだったかさえも、全

然思いだせなかった。外国の名前で短かったこと、おそらくイギリス人だろうとぼんやりと感じていたことぐらい。その女は美しく、やや苦労しながら英語で話していたらしい。

「彼女は外国語のようにして話していた、ということですか?」

「そうですね、何度かあの人は言葉を探して口ごもっていたと思いますよ」

ほかのフロント係がその前日、グレヴィルが金髪の女、そして男とロビーにやってきたことを覚えていた。彼らは一杯やりにバーへ向かったそうだが、バーテンダーは彼らを覚えていなかった。

宿に引き返しながら、ここまで僕たちが苦労したことからはなにひとつ価値ある事実は見つけだせていないと感じた。三週間前になにが起きたのか見つけだそうとすることは、しぼみかけた風船をつかもうとするように大変だった。つかんだとたんに、するりと手から逃げだしてしまう。警察でさえもあてにならない。そして時間は尽きかけている。

翌朝、朝食をとっているとミセス・コクソンが電話をかけてきた。通話を終えてもどってきたマーティンは、やはり帰国せねばならないようだと言った。母親はかつてのように若くないし、保険をめぐって面倒なこともあると。あと二日残ってもたいし

た違いはないと僕は提案したが、かなりためらってから彼は帰るべきだと思うと言った。

彼は調査をやめる言い訳として電報を利用したんじゃないかとなかば勘ぐった。衝動の男であることは見て取れるし、おそらくはまったく突然に自分は僕のために大いに意味あることができると確信し、オランダへ旅をすると決めたのだ。けれど、九年越しの知人たちでもなんの成果もあげられず、彼の熱意は尽きはじめていたのだ。そしてトレンが登場すると、マーティンは自分が役に立てるのはここまでだと思った。

あくまでも本当にできると信じて、自分に実行できる以上のことを約束する人間に出会うのはめずらしいことじゃない。とにかく、僕には彼を非難することなどできない。彼がここにやってきた責任は僕にあるのだから。

彼は十二時三十分の飛行機を予約し、僕は彼と一緒に空港まで向かった。旅立つ前に彼は僕の考えを見透かすように言った。「これ以上助けることができず、申し訳ない。信じてほしい、助けてやりたい気持ちがないからじゃないんだ。たぶん、きみはひとりのほうがうまく動けるんじゃないか」

「僕にどんなことができると？　どちらにしても、真相を探るなんて絶望的な願いだったんですよ」

「まだ進展は見込めるさ。もし、なにかの理由できみがアメリカにもどらないのなら――ここでなにかが起こって俺が必要になったら、電報を送ってくれたらもどってこよう」

「そうしましょう」

彼は一瞬、僕をじっと見つめた。「この調査でどんなことがわかるとしても、俺たちは連絡を取りつづけるのがいいと思うんだが。どうだい？」

「ぜひ」

「アメリカにもどる前に知らせてくれ。それに、もどってからなにか思いついて俺に手伝えると思えば、手紙を頼む。自殺という説明はでっちあげたものだといまでも思っているし、きみがそれを証明するのを喜んで手伝うから」

「どうも。覚えておきます」

スキポール空港からもどると、どこか取り残された気がして彼が一緒にいないことを寂しく思った。知りあってほんの数日だが、彼と知りあったことには、初めから大きな意味があった。たぶん、この段階で真相を探ることを諦《あきら》めて僕も帰国すべきなんだろう。たぶん、こんなふうに固執するとは正常なんかではないのかもしれない。今度のことはまだ僕にとって大きな意味があるが、マーティンに言ったことはまったく

の真実だ。どうするか選べない。昔からそうだ。七歳の子供だった頃から。

市街地にもどるとトレンに連絡した。彼は僕を失望させた。ジャカルタに向かわせた部下はあと三、四日必要だと電報を打ってきた。つまり、来週まで帰国できない。今朝のトレンはいささか人当たりがよくなったようだった。話をした通りに僕がこの地を去らねばならないのなら、後日、手紙で部下からの報告を知らせると約束してくれた。

その日の大半は、青い目と赤ん坊のような肌をした礼儀正しく若い警官が読んでくれるたっぷりとした捜査と検死の報告書に費やした。まだ早い時間にホテルへもどると、トレンから住所を聞いておいたパンカル博士に手紙をしたためた。グレヴィルはたいてい助手たちと個人的な友人にもなったから、信頼してくれるとしたら、オランダ警察の人員よりもグレヴィルの弟のほうではないかと思ったのだ。その後、ルイ・ヨアヒム伯爵との夕食のために着替えを始めた。

着替えの途中でブーツの妻が二階にやってきて、僕に理解できるかぎりではコクソン中佐を訪ねてきた者が下にいると言った。彼女は英語を六単語しか知らず、ブーツは外出中だった。でも、僕は手振りで訪問者を部屋にあげてくれと伝えた。

上着を身につけたとき、若者が姿を現した。色白で痩《や》せていて、とても厚い縁なし

眼鏡をかけ、ジョークのひとつにも接したことがなく、誰かと居てくつろいだこともないような様子だった。服装は悪くなく、下級事務員かなにかのように見える。

「コクソン中佐？」

僕はためらった。「どんな用件で？」

「あなたはコクソン中佐？」

うなずいた。

若者は背中を刺されるのではないかと思っているように部屋を見まわす。

「中佐、ミスター・ローウェンタルという人が、あなたが買ってくれる情報があると知らせてきたんです。中佐、知り合いですか？」

僕はふたたびうなずいた。

「あなたは三月三十日にこの国を離れたあるご婦人について知りたがっていた」

表情を隠すために身をかがめて煙草《たばこ》を手にした。「ああ、そうだよ」

「だったら、情報があります。報酬として二百ギルダーを約束されたんですが」

千ギルダー出してもよかった。「いいとも、払おう。それが僕のほしい情報ならば」

「だったら、まず金を」

「きみが話さねばならないことを話したらね」

おたがいに見つめあったが、僕の視線のほうに圧があった。しばらくして、彼はポケットを探り、紙片を取りだした。

「彼女は三月三十日に、二十一時十五分発ローマ行きのKLM三四一便でオランダを出国しています。ローマでの滞在先はクイリナーレ通り《ヴィア》二十一番地のオテル・アゴスティーニ」

煙草を勧めたが、彼は首を振った。「どうも。ですが、吸わないので」

「それで、彼女はまだローマにいるのか？」

「当然ながらそこまではなんとも」

僕は煙草に火をつけた。「それで彼女の名前は？」

彼は厚い眼鏡越しに僕を見つめた。「名前？」

「そうだよ、当たり前だ」

彼はさらに金を要求するのかと思ったが、彼は要求しなかった。代わりに彼はまた紙片を取りだした。「ヘレン・ジョイス・ウィンター」

「ミセス、それともミスなのか？」

「ミセス」

「イギリス人？」

「ええ、中佐」

「それで男のほうは？」

彼はまばたきをした。「男と言うと？」

「男が彼女と一緒じゃなかったのか？」

「さあ、中佐。自分の知るかぎり、彼女はひとりで旅をしています」

僕は考えた。名前を変形したのか。ヘレンからヘレナ、エレノーラからレオノーラ、そしてレオニー。

「ほかに情報はあるかい？」

「ありません、中佐」

僕は札入れから百ギルダー紙幣を二枚取りだし、彼に渡した。彼は疑うように顔を近づけてちらりと見てから、細い神経質な指ですばやく折りたたんだ。札はカサカサと音をたてて消えた。

声をかけた。「一杯どうだい？」

「どうも。でも飲まないので」

彼を帰したくなくてさらに質問したが、それ以上はなにも知らなかった。彼は特定の情報を売るためにやってきたのであり、仮にさらなる情報があったとしたら、喜ん

でもっと売ることはまちがいないだろう。こうなると、いまの彼の関心は金を手にしてここを去ることだけだった。ふたりして一階に下りると、ブーツが巨体を引きずるように帰宅し、なにやら質問が、おそらくは文句がいまにも口から出そうになっていたが、若者の背後で僕が顔をしかめてみせると、ブーツは引き下がっていった。

マーティン・コクソンの問い合わせはどうやら、結局のところ無駄ではなかったようだ。

6

ルイ・ヨアヒム伯爵《はくしゃく》はとてもシンプルな暮らしをしており、旧友の弟に礼儀正しく親切だった。食事をした部屋は彼らの共通の関心事にまつわる品があふれていた。ヒッタイトの粘土板、ウセルハト墓から出たパピルスを収めた額、エジプト第十二王朝時代の黄金のマスク、フィラコピで出土した装飾のある陶器。

彼は二十年近くになるグレヴィルとの長きにわたる友情について、そして彼がジャワ島に旅立つ前に最後に会ったときのことについて語った。発掘の目的について夜通し話をして、グレヴィルはその際、人間の起源についてのあらたな概念について自分なりに手探りで進んでいる気がしていると語った。これから二、三年の彼の発見で現在の考えが裏づけられれば、人類学における年代を完璧《かんぺき》に再編する道が見つかると考えていると。

「有望な若者たちは大勢いるが」ルイ・ヨアヒムは言う。「きみのお兄さんは誰より

も重要な人物で、有望で成熟した男だった。古くささはまったくなく、かつ円熟味もあり、絶えずあたらしいことに挑戦することは言うまでもない。彼の若い頃の取り組みはなにひとつ失われなかったんだ。大きなことを成し遂げられる準備がすっかり整っていた。だからこそ、今度のことはこれほど悲劇的なのだよ」

「そして不可解です」

「そう、不可解だ」彼はしばらく黙りこんだ。

僕は訊《たず》ねた。「この件に説明はつきますか？　自分を納得させることだって、できますかね？」

「できるとすれば、ただひとつ。グレヴィル・ターナーは善人で、たぐいまれな男だったと思いだすことだけさ」

「それでどんな結論が出るのかわかりませんけど」

「出ない。どんな結論も。彼の死が投げかけたこのヴェール越しに見通そうと努めるしかないと感じるだけだ。ああでもない、こうでもないと考えて……」ルイ・ヨアヒムは思案しながらしかめ面《つら》を僕に向けた。「いつだってきみのお兄さんは、ほぼ不可能な課題に取りかかる人だった。対象がなんであっても、失敗したら彼はどうやって耐えただろうと、わたしはずっと考えてきたんだが」

「どんな人間だって耐えるしかないのでは？」

「ああ、それはそうだ。ただ、ありきたりな人間は最初からそんなリスクを負ったり、大変なことを成し遂げられると思ったりしないよ。ここだけの話、そんな者の基準は変わりやすい。そのときの必要に応じてあっという間に揺れ動く。ところが、きみのお兄さんのように達成できるだけの十分な能力を持ち高い理想を抱く男は、気持ちの上でのあいまいさというものがなく、妥協できないことがある。妥協できない、あるいは妥協しようとしないんだ。完全にやり遂げてみせるか、あるいは引き下がることができずに死ぬしかない」

また思い知らされた。グレヴィルの死の謎《なぞ》についての憶測では、アーノルド、パウエル大佐、マーティン・コクソン、今度はルイ・ヨアヒム伯爵と、本当にすべての人が熟考を投影させるのではなく、自分ならどうするか、自分ならなにができたかを想像しているだけだ。ひとり残らず、自分自身をグレヴィルの立場において、みずからの性格にしたがって解釈したり、思いを巡らしたりしている。ひとりとして本当はグレヴィルが考えたことなど知らないし、理解してもいない。たぶん、そんなことは不可能なんだ。おそらく、この厄介な問題を解くのは僕しかいない。僕ならばいかなる精神的曲芸でもなく、深い愛情と理解によってやれる——あるいはまったく太刀打ち

できないか。

夕食の終わり近く、ルイ・ヨアヒムが彼の祖国はグレヴィルに借りがあると二回強調したことが印象に残った。一九四〇年から一九四二年のあいだ、兄が王族にあたえた好意と手助けゆえだ。その言葉は本心から出たものだったが、言っておかねばならないから言った、そんな感触を受けた。僕よりも警察の内部事情に通じているんだろうか。

十時頃に彼の家を後にして、十時三十分には市街地にもどった。その日はある思いが膨らんでいく一方だった。帰る前に、このアムステルダム訪問を終える前に、まだひとつやることがある。もう一度、ヘルミナ・マースに会いたい。

二度目の訪問でさえ、デ・ヴァレチェスは簡単には見つからなかった。二回、道を曲がるところをまちがえ、結局は反対側に出た。それで少なくとも、明かりに照らされた窓の横を歩かずには済んだ。

小雨が降っていた。濡《ぬ》れてきらめく石橋を渡る。遠くで男が酔っ払って歌を叫んでいる。楽しげには聞こえず、孤独でとまどったように聞こえた。明かりの灯《とも》った小さな部屋は石棺のようだ。そこにいる身体《からだ》は死体が朽ちるように、肉が最後には堕落するという証《あかし》。どれだけ飾りたてても、基本的に悪徳は浅ましく憂鬱《ゆううつ》なもの。性の営み

は昔から詩人たちが歌いあげてきたようなものでもあれば、たんにトイレの壁に落書きされているものでもある。

橋を渡りきったとき、背後の石畳でコトンという足音がしたように思った。パッと振り返った。動くものはない。すると、向かいの家から男が現れ、僕に近づいてきた。彼は威勢のいい若い黒人だった。世界中の人が集まる港の外ではあまり見かけないタイプだ。身長六フィート三インチか四インチの上背のある男で、黒檀《こくたん》のような顔、袖《そで》が短すぎる明るい色の上着、つばを前の部分で折り返した灰色のフェルト帽といういでたち。頭をぐっとあげ、肩を前後に揺らす様子は多くを物語っている。僕は足をとめ、男が追いつくのを待った。彼は白眼を光らせて僕を見ると、なにか言おうと口を開けたものの、そのまま通り過ぎて道を進み、角を曲がって姿を消した。

ゾーレンストラート十二番地の二階の窓は暗く、一階の窓のブラインドは閉まっていた。ミスター・ヨーデンブレーがあの奥で待っているんだろうか。家に入って階段をあがった。

踊り場は暗く、手探りして彼女の部屋を見つけないといけなかった。指先が取っ手に触れ、そこでノックした。返事はない。足元の床板がゆるんでいて、それ以上きしまないように体重を預ける位置をずらした。突然、もう絶対に物音をたててはならな

いと思った。二階の誰かがラジオをつけていて、向かいの通りでは犬が踏みつけられたかのように甲高く鳴いている。ドアの取っ手をさわってみた。取っ手は動いてドアが開いた。

すぐに部屋には入らず、壁をなでて照明のスイッチを探した。少しして見つけたが、すでにスイッチは押された状態だ。何度かカチカチと動かしたが、明かりは灯らない。部屋に足を踏み入れかけて、昨夜のことを思いだそうとした。部屋はテーブルランプで照らされていた。おそらく、そこに第二のスイッチがある。ブラインドは閉まっておらず、目が暗闇《くらやみ》に慣れてくると姿見の鋭い角と、ランプシェードの丸いシルエットのようなものが見えた。

自分を神経質なタイプだと考えたことはないが、部屋に入るには思い切りが必要だった。やめておけとやかましく言う声が頭のなかで響く。なんと言っても、もうひとりの女の居場所がわかっているのだ。それでじゅうぶんじゃないか、どうしてここにいなければならない？

理由はひとつだけだが、それがとにかく重要だった。

転ばずにランプまでたどり着き、力強く支柱をなでおろし、土台のスイッチを見つけた。明かりが灯る。

この十分間というもの暗闇にいたから、あまりにまぶしく、あからさまで、無防備になったように思えた。急いで窓に近づき、ブラインドを下ろした。

部屋でなにを見つけられると期待していたのか自分でもわからない。これほどすばやく視線を左右に動かしたことはなかった。ボロボロのソファ、ベッドにかかる汚れたピンクのカバー、茶色の壁の茶色の花、カレンダー、伝染したストッキング、緑の水玉で前面にシミのあるワンピース、口紅、ヘアピン、煙草《たばこ》の吸い殻。

彼女はここにいなかった。

まだ調べを続ける必要があると感じ、抽斗《ひきだし》をひとつ、ふたつ開け、ベッドカバーを持ち上げ、走り書きされた封筒を手に取ったが、読めなかった。ドアは開いたままで、ここを去る頃合いだと思った。ドアに近づいてスイッチを押したが、明かりは消えない。テーブルランプまでもどり、そこで照明を切ってから手探りしてドアまでもどらねばならなかった。

踊り場に出てから、ブラインドを閉めたままだと思いだしたが、もどる気にはなれなかった。ドアを閉め、手探りしながら階段を下りた。一階のドアをノックして情報を求めようかとも思ったが、下にたどり着くとそんなことはできそうにないと知った。男がふたり、建物の戸口で僕を待っていたからだ。

ほかに出口はなく、彼らは階段を下りる足音を聞いたはずだ。そのとき、マーティン・コクソンが一緒にいればと思った。でも、今夜は都合よく橋に友人はいない。

この男たちのなかにヨーデンブレーはいなかった。これは彼の玄人《くろうと》の刺客だ。おそらく、あの若い黒人から警告され、棍棒《こんぼう》とカミソリを手に待ち構えていたんだ。少なくとも、無傷で運河に投げこまれる自分は想像できない。

「ミスター・ターナー」ひとりが言った。

「なんだ？」

「一緒に来てもらいたい」

やはり、こうした目立ちにくい方法が使われたのか。グレヴィルがどうやって死んだのか、自分で経験して学ぶことになりそうだ。

僕は一歩、踏みだした。逃げるか？ でも、外で助けが簡単に見つかるはずもない。

その男はさらに言った。「トレン警部の指示でね。この地区を俺たちと一緒に後にして、ホテルへもどってもらいたいんだよ」

握りしめていた拳《こぶし》が痛くなっていた。ゆっくりと拳をひらく。あまり大きな音をたてないようにして、息を吐いた。

「トレン警部の使いだって？」

「そうとも」

「ずっと僕を尾行していたのか？」

「昨日からね」

膝《ひざ》の力が抜ける気がした。「ヘルミナ・マースを見つけにきたんだ」

「彼女は保護拘置になってる。さあ、すぐ帰るぞ」

語気の荒さに、彼ら自身もあまり安全だと感じていないのだと悟った。

彼らと一緒に歩きはじめた。「なぜ、彼女を保護拘置に？」

「あんたとその友人が火曜日に訪ねた後だぞ、そうするのが彼女にとっていちばんだと思わないのか？」

「じゃあ、ミスター・ヨーデンブレーは？」

返事はなかった。橋の上で三人の男が話している。雨脚が強まっていたが、彼らは気にしていないようだった。すれ違いざま、ひとりはあの大柄な黒人だと気づいた。黒人がもうひとり、それに厚手の船乗り用セーターを着ている白人。彼らは話をやめ、通り過ぎる僕たちを見つめた。

僕と一緒にいる男が言った。「あんたを尾行していてよかったよ、ミスター・ターナー」

アーノルドが言った。「ローマを訪れてなにがわかるというんだ？　理解できん」

「僕にもまだわからない」

「オランダで見つけたことを俺に言いたくないのか？」

「なにもないのと同じなんだ。これまでのところは」

「会社からなにか言われるんじゃないのか？」

「これを知ったらなにか言うだろうね。でも、まだ知らないから」

アーノルドの脳が目まぐるしく動いているのが見えるようだ。たいして話すこともないのにイングランド中部地方までわざわざやってきたというのは、たぶん驚きだったのだ。そのとき、突然、結論が降ってきた。

「会社は怒って厳しい態度に出るぞ」

「僕がいないと話が進まないんだ。カリフォルニアでの業務はとても重要な段階にある。僕を外すんじゃ、仕事が進まない」

「じゃあ、おまえはどうするんだ？」

「誰か僕の代理をカリフォルニアに送るよう頼むよ。どんな反応があるかはわからない。会社は親切かもしれないし、もしかしたら、家族に伝わる精神錯乱の印と見なす

かもしれない」

アーノルドは洟《はな》をかみ、じっくり考えて言葉を選んだ。「おまえは生活の保障が必要な人間じゃないのはわかっているがな、フィリップ。たぶん、普通の人間のようには。絵描きになろうとしていたあれだけの歳月に、断固として俺たちからほんのわずかな施ししか受け取らずそいつを証明した。だが、おまえ自身とブリティッシュ・ターボジェット社のあいだがまずいことになれば——特に今度の件で——イギリス国内でもおまえの職がまだあるかどうか確認しなけりゃならんぞ。臨時でも、終身でも」

「それはたしかめるべきなんだろうね。でも、どうでもいい」

アーノルドは立ちあがり、電話帳の折った端を平らにした。「ずっと考えていたことがあるんだ、フィリップ。グレヴィルが死んでからはますますな。ああした出来事は考えさせるものだ。ぜひとも、おまえにうちの工場にかかわってほしいんだよ。だが、いままでの俺のやりかたはたぶん正しくなかったらしい。もしふたりしてじっくりとその件で工夫すれば、事務所のデスクを前に座っているよりおまえに合ったことを手配できるはずだ。やる気を出せる機会を——出張とかな」

「ああ、それならよさそうだね」

「俺は同じ名前の人間に近くにいてほしい。この世代は子だくさんじゃない。俺自身

は子供がいないし、グレヴィルには娘がひとり、おまえはパメラと別れてから真剣に身を落ち着けようっていう気配が見られん。家族はこれ以上、増えそうにない。もちろん、わかってるんだ」――彼はいったん口をつぐんだ――「おまえとグレヴィルがいつも、俺が工場に入れこみすぎていると思っていたのは」

「その工場から生まれる金で、僕たちみんなは食いつないできたんじゃないか。グレヴィルは物理学をやめたとき、僕は戦後ぶらぶらしていたときに。僕たちはとても恩知らずで、工場からあたえられるものを見下したり、兄弟のなかでずっと頭を下げて工場を存続させてくれたただひとりに偉そうにしていたんだ。グレヴィルは特別な男だから、特別に扱って然《しか》るべきだった。僕は違う。いつも手綱にあらがっていた自覚はあるけれど、年齢と共に慣らされるのかもしれない」

アーノルドは自分のデスクへ向かった。彼は誰にも自分の感情をさらけだす男ではないが、彼はこの成り行きに満足していそうだ。そして奇妙なことに、僕も大人になってからの人生でずっとこうなることに反発してきたというのに、申し出を否定しないままにしておくのも悪くないと思った。家業があれば、イギリスに帰国してからやりたいことがなんであっても、始めやすくなる。それにたぶん、グレヴィルの死、あるいは彼の死が残した隙間《すきま》がいままでになく僕たちを固く結びつけたんだろう。

とはいえ、それは未来の話、まったく不確かな未来の話だ。グレヴィルが頭から消え去るまでは――そんなことが起こりえるとして――落ち着ける未来など、そもそも訪れそうにない。

「ところで、フィリップ。もうひとつ、伝えなくちゃならんことがある。おまえもグレヴィルが持ち帰った品のことは知っているんじゃないか。発掘の成果、そのなかの持ち運べる大きさのもの、その大半はアムステルダム国立美術館のためだった。だが、彼自身の裁量でわずかだがイギリスに持ち帰るものもあったんだ。こうした品々は彼と同じ飛行機でアムステルダムに運ばれた。美術館には小型の木箱が四つ、彼自身のものとしてひとつ。彼が死んで、オランダの警察は所持品を没収した――一時的にということだが――彼らの話では捜査の役に立つからと。その品がやっと返却された。身のまわりの品々はうちに送られてきたから、幸運にもグレイスに見せてつらい思いをさせないで済んだ。だが、発掘品の箱は大英博物館のリトル教授に送られたんだ。それでな、今日リトルから手紙を受け取ったんだが、箱の中身は三分の一しか入ってなかったというんだよ」

「オランダの警察が残りの品をちょろまかしたと言いたいのかい？」

「そうらしい。まあ、どうかわからんが、オランダの考古学者たちがグレヴィルの死

で取り決めはご破算となって、興味のあるものはすべて自分たちのものにする資格があると感じたのでなければな。個人的な身のまわりの品まで、いままでずっと保管していたというのも妙だし」

「リトルはようやく送られてきた品々をどう考えているんだ?」

「木箱の中身か? たいしたものではないらしい。ただ、彼はグレヴィルの発掘の備忘録を転送してきた。俺たちだけの速記法で書かれている。読み解くのは骨が折れてな。俺が使っていたのはずっと前のことだ。だから、ひょっとしておまえが見たければ——」

「ああ、もちろん見たいよ。どこにある?」

父は多種多様なことを手がけていて、自分だけの速記法を編みだしていた。大々的に広めることには失敗したが、息子たちには伝えた。年上のふたりには直接、僕には兄たちを経由して。グレヴィルはいつもこの速記法で寄宿学校にいる僕に手紙を書き、自分の備忘録もこの方法で続けていた。習得した者以外には読めない言語を使えると便利だとよく口にしていた。

アーノルドは抽斗からルーズリーフのバインダーを二冊探りだした。「読み解けたら、リトルは全文の書き起こしをもらえればありがたいそうだ。それにひょっとした

ら、この備忘録はグレヴィルが死ぬ前の状況にいくらか光を投げかけるかもしれん。少なくとも、これでオランダが自分たちの手元に留めておくことにしたものについて、手がかりが見つかるさ」

「そうだね。ローマに持っていくよ」

出発前にマーティン・コクソンには会わなかった。会うべきではあった。手元にある情報は彼のおかげでしかないからだ。でも、次のステップにはどうしても自分だけで進みたかった。

さらに休暇を要求するとウィジークームはかなり不機嫌になり、僕には彼を責めることなどできなかったが、彼はすぐさまカリフォルニアに飛べるほかの人間を見つけるのはむずかしいと強調するぐらいしかできることはなかった。少なくとも僕は解雇されず、自分から退職しなければとも思わなかった。ただ、社内での今後の展望は期待できないことはわかった。この仕事は好きだから残念で、すべての成り行きについて落胆しながらローマへ飛んだ。

ある一点でウィジークームは助けてくれた。先月の月給をドル建てで海外送金することに同意してくれたのだ。

この段階では、僕がどれだけ国を離れることになるのか、どれだけの金が必要になるのか見積もることは不可能だった。

夜行便に乗ると機内でほんの少しだけ眠り、コロンナ広場の雑踏とすでに暑い早朝の日射《ひざ》しのなかで朝食にした。十一時には、オテル・アゴスティーニのエントランスの階段をあがっていた。なんとなく、ここで人捜しは終わらないと予測していて、その通り、終わらなかった。ミセス・ウィンターはアゴスティーニには二泊だけで、その後、ナポリに旅立っていた。僕の苦難は始まったばかりだった。けれども、駅へ歩くとちょうど列車が出るところで、切符もないまま飛び乗り、午後二時を少しまわった頃にはナポリ湾の景色が見えた。

ナポリは人捜しをするには大きな街で、目的を果たすにはふたつの方法しかない。一週間をかけてホテルをまわるか、警察へ行くかだ。

僕は警察へ行った。

ミセス・ヘレン・ウィンターは昔なじみの親しい友人なのだと語った。彼女がこの街にいると聞いたが、どこに滞在しているかはわからない。個人的な理由からどうしても彼女の跡を追いたいのだ云々と、話をでっちあげた。僕の話を聞いた男は同情し、自分にやれることをしてみようと請け合ってくれた。外国人の滞在登録についての情

報はもちろん警察しか使えない記録だが、彼はそうした事情ならばやれることをやってみようと言ってくれたのだ。僕は彼の目を見て申し訳なさそうにほほえんだ。これは家族の問題のようなものだと明言した。まだ家族ではないとしても、家族になりたいのだと。彼は事情を完全に理解してふたたびうなずき、少し時間がかかると言った。もし滞在先を教えてくれたら、なにかわかれば連絡すると。

　翌朝、なんの知らせもないまま、ふたたび警察に赴いたが、昨日の友人はいなかった。代わりにもっと手強《てごわ》そうな男が僕を出迎え、待つように言った。一時間待った。すると、昨日の男が紙切れを手にやってきた。彼に会えて嬉《うれ》しかった。

「あなたが求める情報はこれだよ、シニョーレ。ミセス・ヘレン・ウィンターは四月四日にオテル・ヴェスヴィオで一泊しているね」

「一泊だけ？」

「そうだ。翌日、カプリ島に向けて出発し、そこではオテル・ヴェキオに滞在している」

　ミセス・ウィンターはじっとせず動いてばかりだ。「そこから先はわかります？」

「彼女が残した記録はないな。ただ、もちろん、まだ決まってなかったんだろうが」

　彼にしっかりお礼を述べた。このとても親切だったほうの警官は僕を見送ってくれ

た。そこで僕はタクシーをつかまえて港へ向かった。午後二時三十分に出発する汽船があり、それに乗った。

7

カプリの中央広場を通り抜けていると、時計塔のうつろな鐘が二十七回鳴ったが、針は五時十分を指していた。ここは一度訪れたことがある。一九四六年、この島がまだ戦後の仕切り直しをおこなっている頃。あれは八月で混雑する月だった。今日は広場で腰を下ろす人々は多くなく、かなりの数のカラフルなパラソルが風に持っていかれないようにたたまれていた。オテル・ヴェキオは大聖堂から少し入った細い切れ込みのような路地の先にあった。腕を左右に伸ばした程度の幅しかない路地で、頭上では三階建の高さのアーチがいくつも渡されていた。うつむいて木材を運ぶ地元の人、ビーチハットとブルージーンズ姿の外国人居住者、ロバと一緒の老人、女の子と一緒の若者と、日常を過ごすたくさんの人々に続いて石畳の路地の突き当たりまでやってくると、ホテルに続く坂をのぼった。

ナポリで警官に聞いた話から、これが旅路の最終地点になると予想し期待していた

が、ミセス・ウィンターについて訊《たず》ねるとフロント係は首を振った。ミセス・ウィンターは一泊しかしなかった。彼女がどこへ向かったのか知らず、次の滞在先住所は残していかなかったという。これを聞いてかなり失望した。あてがまったくなくなったように思えたからだ。ホテル支配人に会いたいと頼んだ。留守だった。そこで副支配人に会わせてくれと頼んだ。黒髪の若い女がブラウスにカメオのブローチを留めながら現れると、僕は部屋が必要だと告げた（たしかにその通りだった。今夜、島を離れる手段はない）。彼女が部屋に案内してくれると、ふたたびミセス・ウィンターについて探りを入れ始めた。彼女がまだ島にいるという情報を知っており、彼女の跡をたどるためにどうしてもあなたたちの助けが必要だと説得した。しばし質問をかわしてから、大いに安堵《あんど》したことに、彼女は折れて、じつはミセス・ウィンターは遠くには行っておらず、友人の元に滞在していると打ち明けた。くれぐれも、ひょっこりやってきた見知らぬ者にあたらしい住所を教えるなと言い残したそうだ。ミセス・ウィンターは注目を集めるようなことを是非とも避けたがっており、記者連中にはかかわりたくないようだったと。僕は記者ではないし、最大限の分別を持ってどんな秘密でも扱うと告げた。このハッタリがばれたとはいまでもまったく思っていない。黒髪の若い女は寝室の鎧戸《よろいど》を開け、夜が近づいてコバルト色になりつつある海を見せた。そこ

で少し僕を覗《のぞ》きこむようにして、その住所とはヴィラ・アトラーニのマダム・ヴェーバー気付だと言った。

　ひとつの道筋をひたすらたどっていると、道そのものが終わってしまえば、考えがそこから先へ進まないことがある。それがいまの僕に起きたことだった。グレヴィルの死と結びつくふたりのうちひとりをどうしても追いかけたくて、どうやらやっとのことで追いついたようなのに、次にどうしたらいいか途方に暮れている。まずは、本人にまちがいないかたしかめないと。その後は……

　夕食のあいだずっとそのことを考えつづけ、食後は散歩に出た。


　日が暮れてからカプリをぶらつくのは、いつも謎《なぞ》めいた出来事になる。数少ない大きな〝通り〟や広場から離れたら、黎明《れいめい》期のイギリス映画のように照明がとぼしく、小道や路地は曲がりくねって上下しており、真っ白な家の壁や個人宅の庭のあいだは高さが六段階も異なっていて、自分が向かう先、やってきた場所の視界が遮られる。出くわしたカプリ島民は、たいていはちらりと視線を向けるか、低い声でこんばんはと言って急いで通り過ぎる。ときには、数少ない街灯が扇状に投げかける光のなかで、若いご婦人たちが隣に子供たちを座らせて噂話《うわさばなし》に花を咲かせる姿もあり、彼女たちは

おしゃべりをやめてこちらが通り過ぎるのを見守る。すべてに静けさがつきまとい、旅行者や外国人のうわっつらの世界にはなんの関係もないことをやっているという雰囲気があるのだ。

　聞いた通りの方角へ向かい、二回迷ってから、対になった石の門柱と中央に紋章のある錬鉄の門にたどり着いた。門柱の片方に〝ヴィラ〟、もう片方に〝アトラーニ〟とある。家は見えなかった。少なくとも、こう暗くては無理だ。二本の大きな木生《もくせい》シダとユッカが数本、カーブした小道しか見えない。

　僕のいる狭い道のさらに数歩先は暗闇《くらやみ》に消えていた。照明と言えば、下の層にある古い家の裏手の高窓から漏れるものだけ。ヴィラ・アトラーニの庭も暗い。ゆっくりと門を開けると、ミラノのスカラ座のソプラノのような音がした。門のなかへと足を踏み入れる。

　すぐに家の照明が目に入った。大きな家だが高さはそれほどなく、平らな屋根がついている。前面には、小さなコリント式柱で支えられた長く低めのベランダがある。照明は家の両端にあった。歩みを進めると足元の砂利が音をたてたから、下草の端に足を踏み入れた。

　リビングのブラインドは閉められておらず、低い位置からでもなんとか室内が見え

た。上背があってがっしりした体格の女が動きまわり、一度、窓辺に近づいて花瓶の枯れた花びらを摘み取った。そこで男の姿が見えた。黒い髪に顔立ちの整った男でおそらく四十歳ほど。彼はリーファー・ジャケットとポロ用のセーターといういでたちで、隣には長身の痩《や》せた女がいて、桁外《けたはず》れに長いシガレット・ホルダーをくわえている。彼らは共に僕の視界にないものを見ている。そのとき、最初の女が腰をかがめると、犬が吠《ほ》えた。

ほかにも耳にしたものがある。背後で門が鋭くきしみ、歩道をやってくる足音だ。下草のさらに奥へ移動するには手遅れだった。まわりにある草はすばやく踏みつけると大きな音をたてる種類だったのだ。僕はヤシの木に隠れた。

三人だった。すぐ近くを通り過ぎていく。緋《ひ》色《いろ》のブラウスに黒いスラックス姿のほっそりした金髪の若い女、鉤鼻《かぎばな》でとても色が黒くて若い男、白いセーターとジーンズのぽっちゃりした若い女。三人でしゃべっている。男が英語で言った。

「誘惑が多くて気が散るよ。きみたちは本当にすばらしい。ふたりとも」

金髪の女が言う。「これまでそんなことを考えたことないでしょ。そうよね、ジェーン？」

「そうね、わたしの前ではそんなこと、考えたことがないはず」

玄関前の階段をあがりながら、男が金髪の女に僕には聞き取れないことをさらに言うと、彼女は声をあげて笑った。

家のドアがひらいて、彼女たちは室内に消えた。たぶん、この中断を警告として受け取るべきだったのだがそうせず、もっと室内が見えるよう窓に近づけないかと考えた。

一匹の蛍が小道を飛びまわるなか、僕は前へと向かった。十数歩ほど進んだところで家のドアが突然またひらいた。僕は下草へと後ずさりをした。最初に部屋にいるのを目にした大柄な女が照明を背にシルエットになっている。彼女は杖《つえ》をついて歩き、それからすぐ二匹の大きな犬が彼女の背後から飛びだしてきた。一匹は喉《のど》の奥深くから絞りだす声で吠え、まっすぐに小道を走りはじめた。マスティフだ。

「メイシー！」女が叫ぶ。「メイシー、敷地から出てはいけないよ、いいね！」

犬はまっすぐ僕に向かってくる。僕はじりじりと後ずさりをしたが、なんの役にも立たなかった。そのオスは小道を駆けてきて、一ヤード手前でとまった。口を開け、吠え声のような咳《せき》のような声を出す。

僕は低い声で話しかけた。「いい子だ。いい子だね」

マスティフは動かなかったが、僕が逃げだすのを待っているようにただこちらを見

た。そこから喜劇が始まった。下草が踏みつけられる音。もう一匹も遠回り気味にやってきたのだ。

　僕は片手を差しだした。

　第二のマスティフは枯れたカンナのなかをやってきて、やはり僕を見て足をとめた。このオスは低く深い声でうなった。どちらのマスティフも大きな頭をしている。後からやってきた犬はあごの両端によだれを垂らしていた。

「メイシー！　ギンベル！」女が言う。「庭を出ちゃいけないよ！」彼女は階段を下りはじめた。

　最初の犬がさらに数歩近づき、僕の手のにおいを嗅《か》いだ。においに喜んだようには見えなかったが、少なくともためらっている兆候ではあった。僕は動かなかった。第二の犬がまたうなった。

「ギンベル」僕はつぶやいた。

「そこにいるのは誰？」女が言う。「そこに誰かいるの？」

　とても長く感じる時間を経て、メイシーが背を向けて葉っぱのにおいを嗅ぎだした。自信は持てなかったが、その尻尾《しっぽ》は振られているようだ。もう一匹は僕のところまでやってくると、ズボンを吟味していた。この犬の尻尾も振られていれば、もっとよか

ったのに。

女は階段のいちばん下までやってきたが、それ以上は近づかなかった。煙草《たばこ》に火をつけようと足をとめたのだ。僕は両手に命を預けてメイシーの頭をなでた。犬は頭を振り、首の小さな鈴が鳴った。ギンベルは僕のにおいで喘息《ぜんそく》でも起こしたかのように、異様に大きく息を吸う音をたてている。メイシーは身体《からだ》を伸ばし、頭が僕のベストのいちばん上のボタンと同じ高さになった。

女がまた犬たちに呼びかけた。ゆっくり、あきらかに嫌々とメイシーは僕から身体を振りほどき、小道をぶらぶらともどっていった。ここに後からやってきたギンベルは、なかなか離れようとしない。

金髪の女が戸口に現れた。「大丈夫なの、マダム・ヴェーバー？」

「そう願いたいわね、レオニー。ギンベルとメイシーはとてもやんちゃでね。わたしと一緒にいて、庭の草が茂ったあたりには行ってはだめだとわかっているくせに。頭にくる。なにがあるかわかったもんじゃないでしょう、蛇が出るかもしれないし」

若い女の返事は聞こえなかった。その瞬間、メイシーがマダム・ヴェーバーの視界に入り、じゃれた声を出して彼女に尻尾をぶんぶんと振ったのだ。彼女はすぐに神の怒りのような言葉で叱《しか》りつけたが、あの甘い口調では犬は褒められていると思ったこ

とだろう。

嫉妬《しっと》がギンベルのなかに沸き起こり、突然、僕から離れると小道をもどっていった。ほどなくして、ふたりの女と二匹の犬は室内に入り、ドアは閉められた。僕はメイシーのよだれで濡《ぬ》れていた手をおあつらえのバナナの木の葉で拭《ふ》き、庭を離れようとした。その前に二階の寝室のひとつに明かりが灯《とも》り、レオニー・ウィンターが身を乗りだして鎧戸を閉める姿が見えた。

歩いてホテルへ帰ると、女副支配人とまた数分ほど会話をした。最初の関門を譲ってしまった彼女は、率先して話をしたがっているようだ。マダム・ヴェーバーはこの島の有名人物で、地元の画家を支援しているそうだ。

その後、一時間をグレヴィルによる発掘備忘録の冒頭数ページの解読と書き出しにあてた。五ページ目にバッキンガムへの言及があった。「この地区には政府による秩序というものがほぼ存在しない。農園主たちは地所に住めず、護衛されて週に一度、様子を窺《うかが》いにやってくる。インドネシア人でさえも盗賊をおそれて夜間は外を出歩こうとしない。ゴムの木は薪《まき》にするため何千本と伐採される。わたしたちが襲撃されたのもふしぎではない。そんなときのバッキンガムの態度は、こうした情勢に対するいつもの態度と変わりない。この世では至極、自然なことだと彼は主張するのだ。彼の

持論では、わたしたちの知る文明社会は死んで滅びたものを保存する氷河の状態であり、氷が溶けて流れてしか起こらない真の進化を阻《はば》んでいると。それは完全なる戯言《たわごと》だと、わたしは彼に言っている。日が落ちてからわたしたちは友好的に長いこと意見をたたかわせる。ウルティニの河床における化石についての彼の報告をたしかめることにしたから、明日ジャンドウィを旅立つ。彼は考古学についてとても見識がある。わたしが語りさえすれば、夜通しでも彼はわたしの話を聞くことだろう。だが、彼の実地の経験についてはまったくの未知数だ。木曜日までにもっと判明することはまちがいない！」

　それからふたつほどの項目を経て、最初に「ウルティニ」とタイトルのある備忘録が現れた。「この場所は最初のトリニールの発掘現場下のソロの古代河岸段丘と似ていなくもなく、類似点があることはより励みとなる。もっともこれまでのところ、すべての発掘品は疑いようもなく更新世のもの、おそらくはシェル文化（現在ではアブビル文化と呼ばれる）の時期のものだ。昨日発掘したふたつの歯はとてもすり減っており、結論が下せないたぐいのものだ。歯髄腔《しずいこう》が拡大した形跡はあるが、横径が重要だ。オランウータンのものだとするパンカルは絶対にまちがっている。

　ここには数週間滞在することになりそうだ。バッキンガムはたしかにできる男だと

証明した。多くの才能に恵まれているが、同時に自己中心的で破壊的な人生観も持っている。もちろん、戦争を経験したこの世代の典型ではあるが、わたしに言わせるとあまりに長くそうした考えを引きずっている。あのように立派な男がこの体たらくであることを、目の前で見せつけられるといらいらする！」

その名をふたたび見つけようと視線を急いで走らせた。だが、それから数ページには現れなかったから、元にもどって解読を続けた。

翌朝はまぶしく晴れ渡り、イタリア最高の季節に見られる魔法のような日となった。寝ているあいだに世界が作りなおされたようだ。ここには清らかさがあり、いずれ風や雲が汚すだろうが、ひとまずはそうしたものの存在が考えつかないくらいだ。

ヴィラ・アトラーニにどうやって近づくか計画はさっぱりないけれど、こんな朝にたいていの人々がやりたがることはしっかり見当がつくから、朝食後にあのにぎやかな広場へ赴き、水着とジュート底の靴を買ってバスに乗った。

海にやってくると、すぐに泳いだ。水は冷たく爽快《そうかい》でとても軽々と身体が浮いた。その後、カヌーを借り、岸から離れないようにして小さなビーチの周辺を漕《こ》いでまわった。もっとも西のどこよりも手つかずの場所で、四人が日射《ひざ》しを浴びて横たわっているのが目に留まり、あれがそうではないかと思った。ふたつの岩のあいだを漕ぎ、

海底に興味があるふりをしていると、ようやく彼らが身動きした。そこであのとても色の黒い男とレオニー・ウィンターの頭の形を認めた。

カヌーを方向転換させ離れていくと、とても堂々としたモーターヨットが入江にやってきて岸に近づいた。レオニー・ウィンターが手を振り、操縦している男はゆうべヴィラ・アトラーニでリーファー・ジャケットを着ていた人物だとわかった。

僕は陸にあがると、その日光浴をする者たちと車道のあいだに陣取った。彼らの移動手段がなんであっても、ここを通るしかない。

この頃には正午になっていて、僕は煙草を吸って淵《ふち》の隣で日射しを浴びて横たわった。今朝の人出はそれほどでもなく、新顔として自分が目立っているように感じる。十二時四十分にレオニーたちふたりの女が隣を通り過ぎた。どうやら男たちは留まっているようだ。十二時四十五分発のバスに人が集まっていた。あの女たちもその人混みに加わった。僕もそうした。

ここで初めてしっかりと彼女を見た。

セーラーカラーの青いリネンのブラウスと、サイドに白いストライプの走る青いリネンの短パン、そして緋色のジュート底の海水浴用の靴という軽装だ。

イタリアでは列というものを作らない。先着順は彼らの気質にとって相容《あいい》れない原

則だ。バスが到着すると無秩序に乗りこみ、僕はふたりの女たちの近くにいることをなによりも気にかけていたから、生憎《あいにく》と座ることができなかった。その代わり、ふたりの隣に立ってすぐ上の吊革《つりかわ》にぶらさがった。背の高いイタリア女に背後から肋骨《ろっこつ》に肘《ひじ》を押しつけられた格好になったが。

もうひとりの女がアメリカのアクセントで、ほとんどひとりで話していた。話題はニコロという人物と自分がいちゃついていることについて。レオニー・ウィンターは心ここにあらずといった様子で、たまに金髪の頭でうなずくだけだ。短めの髪は無造作に乱れているように見えるが、実際は一流の美容師がカットしたものだ。バスのなかで、彼女の脚は日射しを受けて金色となり、日光のなか以外では目にすることができないごく細い産毛《うぶげ》が磨かれた黄金の光沢をあたえていた。とてもいい形の脚であると白状するしかない。

バスは活気にあふれ、中折れ式のドアが最後にもがく人々を車内に押しこめると、運転手はガタンと勢いよく発進した。最初のヘアピンカーブで突然車体はぐっと揺れた。ぐしょ濡れのジュート底の靴を持っていた僕は手を持ち替え、レオニー・ウィンターの脚に最初の滴《しずく》が垂れたのを目にした。

ニコロとジェーンについての話は続く。ふたりはアイスクリームを買おうとした。

するとニコロはこう言った。茶色のアイスクリームを白いものに載せるとまるで……それに対してジェーンの返事は……レオニー・ウィンターは右脚を動かした。僕はまた手を持ち替え、海水の滴は彼女の左脚に落ちはじめた。

「それで、あたしはニコロに言ったわけ。〝ねえ、そんな意味だなんて、絶対、絶対によ、思わないで……〟ってね」

第二のヘアピンカーブ。バスは最初のまっすぐな坂で加速した。僕の腕に手が触れた。見おろした。それはぽっちゃりとした女ジェーンで、気さくで親しみやすい目で僕を見つめていた。

「ごめんなさいね、でも、あなたの靴から水滴が友達に落ちてるの」

僕はレオニー・ウィンターを見た。彼女は水滴を受けないように脚を動かそうとしてきたが、全然うまくいっていなかった。彼女は顔をあげることも、特になにか言うこともなかった。

「すみません」僕は別の手で靴を持った。「本当にすみません」

アメリカ人ジェーンは愛想よくほほえんだ。当の本人は身じろぎもしない。僕は彼女の脚を見て、胸ポケットから清潔なハンカチを取りだした。

「本当にうっかりしてた」僕は身をかがめ、彼女の脚にハンカチを軽く当てた。僕が

数回水を拭くと、彼女は脚を動かした。それでも、顔をあげない。

ハンカチをポケットに入れ、ぽっちゃりした女にほほえみ返した。

彼女は言う。「バスのせいよ。すっごくひどいんだから。バスが行儀よくしているかどうか、わかったもんじゃないの」

「あるいはバスに乗っている人間も」

彼女は笑い声をあげた。「それはどうかわかんないけど。人間は本性のままに振る舞うんじゃないの」

「きみが正しい気質をもっていれば大丈夫」

彼女は言う。「誰だって、時間をかければ正しい気質を育てられる」

「どうやら、きみはそうした時間が持てているみたいだね」

バスが急停止し、全員が多かれ少なかれ折り重なるように投げだされた。角を曲がったところでロバの引く荷馬車二台が並んでとまり、御者たちは地方選挙について語り合っていたのだ。

「やれやれ」イタリア女が言う。「ごめんなさいね、シニョーレ。いまのはあなたのつまさき？」

バスは道路の幅すれすれに荷馬車の隣を通り抜けた。また加速して走る。終点まで

数百ヤードほどで、停車した。ヴィラ・アトラーニの裏口らしき場所だ。ふたりの女とほか数人が懸命に乗客のあいだを縫って降りた。

レオニー・ウィンターは初めて僕を見た。そしてうつむいた。ジェーンはほほえみ、親しげに会釈《えしゃく》して別れの挨拶《あいさつ》とした。


その午後、僕は幸運に恵まれた。広場に向かい、シエスタを経てまた開いたばかりの銀行のそばを通った。ドアの外の石柱にリードでつながれていたのは、黄色がかった茶色のライオンの子のような子犬二匹だった。

人が行き来し、銀行も混雑していた。僕はぶらりと近づいて腰をかがめ、子犬の一匹をなではじめた。今日は指の二本や片脚の半分を失う危険はない。この二匹は愛らしく小さな動物で、たがいにじゃれあって僕になついてくれた。がに股《また》のふらつく脚で靴に乗り、小さな尻尾を空に向かって振った。二匹はお座りをして身体を引っ掻《か》き、鼻先を震わせてから、もっと遊んでほしそうにもどってくる。そして、僕は視界に入ったのがあの女の足と先端がゴムになった杖だと、彼女がイタリア語で話す前から確信していた。

僕はすぐに立ちあがった。「失礼しました。犬たちが寂しそうに見えたので」

彼女はおそらく五十代後半で、でっぷりしているとは言わないが大柄だ。身体は肉がついていたものの、足首と手首はまだ細さを保っている。具合が悪いようで、化粧の下の肌は黄色がかっている。

「あなた、イギリス人ね」彼女は軽くほほえみかけた。「後頭部でわかったようなものよ。面白い。この子たちを連れてきてはいけなかったんだけど。銀行はいつも時間がかかるから。この紳士が親切にあんたたちを楽しませてくれたんだよ、いい子たち」

「僕が楽しませてもらったんですよ」

「わたしは芸をする犬が大嫌いでね。曲芸の輪っかをくぐったり、平均台を歩いたり。不自然だから」彼女は僕を探るように見た。「サーカスには行ったことがない。あなた、メイスティフには興味がある？」彼女はマスティフを独特の発音で言った。

「以前、飼ってました」

「いまでは飼う人もめっきり少なくなってね。餌《えさ》代が理由だろうけど。それに場所もたっぷり必要だし。グランドピアノみたいに。あなたが飼っていたのはオス、それともメス？」

「オスです」

「うちのヴィラでは成犬を二匹飼ってるの。運動させるのがとてもむずかしくてね。この島は人が多すぎて場所がない」こうして一、二分ほど話した。彼女は杖にどっしりともたれ、そのあいだも銀行には人が出入りし、子犬たちはふざけて喧嘩《けんか》しながら転がった。すると、彼女は杖の端で二匹を引き離し、帰ろうとした。「たぶんまた会えるかもしれないわね。ミスター――ええと――」

「……フィリップ・ノートンと言います。ええ、またお会いしたいです」

「この島では遅かれ早かれ、みんながみんなに会うの。まるでポール・ジョーンズ（パートナーが替わっていくダンス）。あのダンスは宝くじだといつも思ってた。自分では全然選べなくて。島には長いこと滞在されるの？」

「一週間ほどですね。少し絵を描きたくて」

「おや……」彼女は充血した目をきらりとさせてふたたび僕を見た。「画家なの？」

「いまでは余暇のときだけですけど」

「みんな訪れては去って行く。やれやれよ。この島は磁石。ラングドン・ウィリアムズをご存じ？」

「会ったことがあります」

「今月後半に島にやってくるはずよ。風景画。セザンヌ風か水彩画がいいとわたしは

いつも思ってるんだけど。でも、彼はもう地位を築いているからね」彼女は一歩踏みだしたが、また足をとめた。「あなた、今夜の予定は空いてないでしょうね？　何人かが一杯やりにわたしのヴィラに来ることになっているのよ。とても退屈な集まりになりそうで、誰を招待したか忘れてしまったけれど、あなたにメイスティフたちに会ってもらいたくて」

　メイスティフたちに会いたくてたまらないと答えた。

「気をつけなさい、バーグドーフ。強く噛《か》みすぎてるよ。冗談になってない。では、六時から六時半頃に待ってますからね、ミスター・ノートン」

「あなたのお名前と住所を知らないんですが」

「マダム・ヴェーバー。ヴィラ・アトラーニ。街の外れにある。誰に聞いても教えてくれるから。それにイギリスのジンも置いてある」

8

六時二十五分、ヴィラ・アトラーニに二度目の訪問をした。日があるうちだと、庭の大半に雑草が茂っていることが見て取れる。けれど、家そのものはしっかり手入れされ、戦争の直前にモダンなイタリア式に調度品を整えなおしたと見てよさそうだ。家具や装飾はみずからの手を使うことをまだ知っていた者たちの仕事によるものだ。案内されると、広く白いリビングには十数人がいた。だが、リーファー・ジャケット姿の黒髪の男はすぐに見分けられたし、彼が深い知り合いであるかのように話をしているのはレオニー・ウィンターだった。

まず、僕は犬たちに会わないとならなかった。

マダム・ヴェーバーはメイシーとギンベルが僕をすんなり受け入れたことに感心した。「いつもこの子たちは人になつくまでにそれは時間がかかるのに。びっくりだね。ベルモット、それともカクテルにしたほうがいい？　わたしは毎年ジンを断つの。炭

水化物を絶つ人みたいにね。もちろん、たぶんあなたにもそんな悪徳があるんじゃないの。メイスティフはとても信頼できる番犬。メイシーとギンベルはこの家や庭に押し入る者の喉《のど》をあっさり嚙《か》みちぎるだろうから」

僕はメイシーの鼻先をなでた。「でも、越えてはいけない一線を犬たちはわかっているものだって、そういう輩《やから》は察知しますよ」

「ああ、レオニー。フィリップ・ノートンを紹介させて。こちらはミセス・ウィンター。とても夏らしい格好をしてるけどね。ミスター・ノートンは高名な画家で、数日滞在されるの。犬をなつかせるのが上手。メイシーがじゃれあうくらいにね。それから、そちらはサンベルグ大佐。とても古くからの親しい友人」

僕はサンベルグに声をかけた。「今朝、立派なモーターヨットに乗っているあなたを見かけたことをもちろん覚えていますよ。マリーナ・ピッコラで」

サンベルグは思ったより背が高く、肩幅も広く、もっと若い男のように引き締まった腰をしていた。整った奔放な雰囲気の顔、有能そうな見た目。力のある目は警戒しているがまつげは長く、口は大きくほほえむと牧神パーンのようだった。

彼はマダム・ヴェーバーに言った。「ほら、シャーロット。わたしたちは悪名高くなってしまったよ。わたしとわたしのサッフォー号は。すでにわたしは目をつけられ

た男だ」

マダム・ヴェーバーは答えた。「それはチャールズのあたらしい愛の対象でね、ミスター・ノートン。見てられないくらい夢中よ。二週間前にアスティ・スプマンテを飲みながらわたしが命名したの。名前に見合わない船でね、彼女が追いかけるのは男たち」

「だが、あの船は一月からずっとわたしを待っていたんだからな」

「そのうち、僕にも見せてもらいたいですね」

彼は関心なさそうだが、僕の顔をじっくりとながめまわし、見極めていた。その表情は特に友好的ではなかった。「まあ、いいだろう」

「チャールズは明日の午後、わたしたちの何人かを乗せてくれるの」マダム・ヴェーバーが言う。「みんなで船酔いになりましょう」

「ぜひ。サンベルグ大佐がよければ」

「まあ、いいだろう」サンベルグはまた同じことを言った。

レオニー・ウィンターはこのあいだずっと話さず、僕は彼女に視線を向けなかった。

僕は世間話の口調でサンベルグに言った。「ずっと留守だったんですか?」

「留守?」

「ヨットは一月からあなたを待っていたと言われましたよね」

「ああ――そうだな。船を注文したのは去年だった。そしてわたしはしばらくここを離れていたから」

僕はさらにたたみかけようとしたが、マダム・ヴェーバーに腕を引っ張られた。

「ミスター・ノートンをご存知？　こちらはカイル殿《マスター》（貴族の子孫の敬称）。こんな素敵な夜にしょげているようね、ミスター・カイル。スコッチでよろしくて？　うちのベルトが準備してるから、運ばせますよ」

禿頭《はげあたま》の年配のスコットランド人は、気むずかしく、打ち解けない表情で僕をながめた。一分ほど彼と会話しようと試みた後、朝ビーチにいたほかの三人に引きあわされた。ジェーン・ポーリンジャーはアメリカの若い女。ニコロ・ダ・コッサは足を引きずっている男で、近くで見ると思ったほど若くなかった。それからアメリカ人弁護士でハミルトン・ホワイトという人物。上背があって痩《や》せた男で五十歳近く、白い肌は日焼けで赤くなっている。ダ・コッサのことは気に入らなかった。内側の歪《ゆが》んだ部分が外に現れているような雰囲気なのだ。

僕はパーティのあいだずっと、レオニー・ウィンターに視線を向けることもなければ、話しかけることもなかった。一度、フィレンツェ彫金の鏡で彼女が僕を見ている

ことに気づいたし、そのずっと後で、彼女が熱心にサンベルグ大佐と話しているのを絵画を覆うガラスへの反射で僕はながめた。サンベルグ大佐を見て考えた。あの風貌《ふうぼう》はどう表現したらいいだろう？　髪は黒く、こめかみのあたりが白髪になりかけていて（軽く染めてある）、短いあごひげ（軽く剃《そ》ってある）、中肉中背、茶色の目はやや細く、力強い鉤鼻《かぎばな》。

「わたしが買った絵に見惚《みと》れているの？」マダム・ヴェーバーが背後からやってきた。「ニコロがそれを描いてね。技法的にすばらしいと思う。花火。わたしの最初の夫は花火が大好きだった。本物の、ということだけど。祝祭《フィエスタ》には補助金を出したものよ。ニコロはとても才能があると思わない？　あなたはパステルで絵を描くの、ミスター・ノートン？」

　額縁のガラスのなかにある絵を初めて見た。マダム・ヴェーバーが言うように、少々派手だが、印象に残る。「たしかに、とてもいい絵ですね。それから、いいえ、僕はたいてい油絵の具を使います」

「風景画に？」

「すべての絵に。肖像画でも同様です」

「あなた、レオニーを描くべきよ、フィリップ。フィリップと呼んでも構わない？」

ぜひそう呼んでほしいと答えた。

「ねえ、レオニーを描きなさいよ、フィリップ。美しさというのは無味乾燥なことも多い。でも、彼女には氷と炎がある」

「氷には気づきましたけど」

「あの肌に、あのとても濃いまつげ。ニコロが描きたがってる」

僕は四杯目の酒を飲み終えた。「誰かを描くとしたら、これまで会ったかぎりではあなたになりそうですね」

シャーロット・ヴェーバーは僕をちらりと見た。洗練された一瞥《いちべつ》のようでもあり、その奥にどこか媚《こ》びたきらめきが見える気もした。年配の女の目を使っている若い女のようだった。

「優しい坊や、なんて嬉しいことを言ってくれるの。でも、わたしは病気でね。もう何年にもなる。戦争の直前に、あと数カ月しか生きられないと言われたのを知ってる？　メロドラマのようだった。ここには、死ぬために来た。それ以来、ここにいる。クライマックスを逃したまま十六年生きていた女を描きたくはないでしょうに」

「僕が描きたくないものが、どうしてあなたにわかるんですか？」

彼女はため息を漏らし、煙草《たばこ》を手探りした。僕は火をつけてやった。「フェルメー

ルやファン・ゴッホのような人たちは、いつも七カ月かけて女の絵を描いた。ヴィクトリア朝の人たちには無神経なことに見えたに違いないわね。父はそうした絵を〝さらし者にした挙げ句の永久保存〟と呼んでいたっけ。画家はみんな取り繕えない女に特に関心を抱くもの？」

「ほとんどの画家はうわべを装《よそお》う必要のない性質を好むんですよ。わかりませんか？品格のある皺《しわ》、人生とそれをどう生きるか知っているシミ」彼女に灰皿を渡した。

「フィリップ、なんていい人。レオニーも当然、それなりの人生経験がないわけじゃないんでね。いつか教えてあげましょう。ニコロ。わたしたち、あなたの絵を賞賛していたところよ」

「それはどうもご親切に」ニコロが言う。デーツを思わせる大きく薄暗い目は、子供の頃に傷つけられて立ち直っていない印象を受ける。でも、片持梁《ハンマービーム》屋根のようにすっと伸びる鼻と鋭く小さな歯から、結局いちばん傷ついたのはほかの人間だと感じさせた。「そいつはもちろん、サン・ジャコモ修道院近くから見たファラリオーニ岩礁《がんしょう》群《ぐん》だよ。紫の朝焼けでひらめきを得てね。そういう最初の衝動がどうしても必要になるよね。わかってくれると思うが」

話をしていると、チャールズ・サンベルグが僕を見つめていることに気づいた。レ

オニー・ウィンターが彼になにか言ったんだろうか。すでになにか疑われているというのは考えにくい。でも、ヴィラを後にする前に見たサンベルグの目には、かすかにだが敵意と怪しみがたしかにあった。

歩いてホテルへもどりながら、シャーロット・ヴェーバーとの冗談まじりの取り決めはいくらかでも現実になるだろうかと考えた。

最後に筆に触ってから三年になる。最後の作品はパメラを描いたもののひとつで、完全な失敗作だった。おそらく、当時ちょうど破局へとゆるやかに向かっていた僕たちの関係のなにかが反映されたのだ。あの絵がもっと大きな問題を指し示すことにもなったようだ。あのとき、なにもかもが僕のなかで崩れていくように思えたからだ。ダ・コッサが調子よくしゃべっていたひらめきも――いずれにしても、ひらめきの主成分はつねに努力だが――額に汗して絵を描こうという衝動でさえも崩れた。口実ではあっても、紙を買ってふたたび鉛筆を握ると考えると、少し不安だった。僕自身の一部を地面から掘りだすようなものだ。

宿にもどると、またグレヴィルの備忘録の解読を始めた。バッキンガムについての記述をひとつ、ふたつ見つけたが、重要なものはなにもなかった。だから五ページほどなんとか進めてから終わりにして、煙草に火をつけると自分の吐く煙をながめた。

こんなふうにグレヴィルの速記を読むと、寄宿学校にいた頃に定期的にもらっていたこの速記法での手紙を思いだす。冗談と他愛ない話が多いものの、賢明な良識もケーキのなかの干しブドウのように投げこまれていた。僕がやがて自分自身をカンバスに表現していくことになったとき、おそらくいちばんの強みだったのは、ありふれたものの真価に光をあてる力だった。多くの意味で、それは兄のおかげだ。ひとつには、トラハーン、ブレイク、ジェフリーズ、ホイットマン、リルケといった詩人や随筆家たちに初めて触れさせてくれたのが兄だったからだ。兄は、いい加減だったり、根気に欠けたりといった態度にいつももどかしさを見せていた。自分自身のしたいことがわからない人間に割く余地は兄になかった。一度、劇作家ベン・ジョンソンを引用してこう言っていたことを覚えている。「わたしは時代、場所、世論の寄生者になどならない」（*Every Man Out of His Humour* より）と。実際、兄は生涯にわたってその格言にしたがった。

二十五歳の誕生日の直後に兄は手紙を寄こした。来週結婚するから僕に最初に知らせたかったという内容だった。僕は十五歳だった。覚えているのは、特別に扱われて満足したけれど驚いたこと。その前の週に帰宅していたのだが、誰も結婚について知らず、相手の女に会ったこともなさそうだったからだ（実際、会っていなかった）。友好的ではあったけれど、兄はいつも家族に反発しがちだった。特に僕、そして画

家になりたいという望みの肩を持ち、アーノルドに反発した。もしかしたら、いつかその件で口論になったかもしれないが、ヒトラーがその戦いは救った。僕が十七歳になる頃には兄はパリで定職についており、イギリスからやってくる画学生を励ましてなどいられなかった。

今夜そんなことを思いだしたのは、グレヴィルのことと共に、絵を描くという考えがふたたび脳裏に浮かんだからだ。たぶん、気に入っている弟に親切にして、励まし、街を案内し、その子が楽しむ様子を見て楽しむことと、自分自身の野心と折り合いをつけた、仕事に手こずっている二十代なかばの男が、人への気遣いを持ちつづけることとは話が違うのだろう。

自分がなにかに打ちこんでいる最中のグレヴィルは一時《いっとき》として迷ったことがなく、僕と喧嘩《けんか》したのは、ほぼ一度きり、僕がすべてを投げだしてありふれた仕事に就くと言ったときだった。最初、兄はそんな行為に正当性があるなどと絶対に認めようとしなかった。パメラとの破局のせいだと非難し、半年後には違う気持ちになっているだろうと言った。そんな説得がうまくいかないとなると、こう言いだしたことを覚えている。「おまえが飢えているというのなら理解できるがな」それに対して僕はこう答えた。「それなんだよ。うちの工場からはわずかな収入しか受け取っていないし、し

っかり働いてもいないんだからそんな権利さえない。グレヴィル、僕は金を稼ぎたい、自分の力で暮らしていきたいんだよ。それがいままで生きてきてなによりも優先したいことなんだ。絵を描きたいっていう欲求よりもね。いつまでもこんなことを続けていられる幸運な人間はごくまれだよ。いまじゃ、プライドの問題でしかなくなってる」

その後、兄は多少なりとも受け入れてくれたが、特に快く思ってはくれなかった。

でも、僕はあの決断を後悔したことはない。

9

物事に対して内心ではどのように感じていても、この島にある〝雰囲気〟は一日ほど経《た》つと影響を及ぼすようになった。グレヴィルの死はこれまでと変わらず僕にとってすべてを意味したが、その現場は九百マイル離れている。僕が目にしたアムステルダムの美しさは、悪徳という背景幕となかば覆《おお》われた暴力行為のなかに浮かびあがったものだった。

翌日の午後に入江へ降りると、サッフォー号の背の高い二本のマストはオリーブグリーンの海の上に倍の長さの影を落としていた。時々、気まぐれな風が水面を打つと、渦巻くように揺らして影を変形させる。そこで、僕を運ぶために搭載艇が下ろされ、影を砕いて日射《ひざ》しのモザイクにした。

少々驚いたことに、僕が最初に船に乗った人間だった。船内に降りるとすぐ、次の手を考えなければならないと知った。サンベルグの表情は昨日から変わっておらず、

ますます険しくなっているくらいだった。僕が彼に疑いをかけているとしても、彼もどうした理由からか僕に疑いをかけている。

一通り案内されてから——これはイタリア人なら作りだせるとにかく優雅で品のいい見事なヨットだった——小さなキャビンに入り、彼は酒を勧めた。世間話をしたが堅苦しいものだった。彼の本をながめた。イタリア語、英語、フランス語、そしてどの言語もほかより多いということはない。カール・マルクスが聖トマス・アクィナスやリチャード・ハクルート（地理学者・航海史研究者）、マキャヴェリとわけあう書棚にはめったにお目にかからない。

サンベルグがグラスを渡すとき、美しく爪《つめ》を整えた手に気づいた。「あなたはイタリア人なんですよね？」

「どうしてそんなことを訊《たず》ねるのかね？」

「いや、くだらない好奇心ですよ」

「きみは好奇心がくだらないなどと思ったことがあるか？　わたしはいつもそんなことはないと思ってきた」

「そんなこと、考えたことがなかったです。あなたはほぼ訛《なま》りのない英語を話すんですね」

彼はなにか言いたげな視線を僕に投げた。「わたしはどの国にも完全に属していないからかもしれない。わたしが国そのもので、自分なりの法を作り、自分自身を支配している。わたしの王国は長さ四十フィートの甲板で、開拓の前線は水平線だ」

僕は酒を飲んだ。「あなたは自分自身でパスポートを発行するんですか？」

彼の目の奥でなにか動きがあった。僕はまた注目された。「きみは言葉の綾《あや》というものを評価しないんだな、ミスター・ノートン」

「いや、その反対に評価しますよ。よさそうな考えですし、実際問題、どんなことが妨げになるのか考えていました」

「妨げは克服するものだ。きみもヨットを買えばわかる」

「僕に金を見つけてくれたらそうしますよ」

「ああ、なるほど。金ね。だが、それもまた妨げに過ぎないんじゃないか？　願いがじゅうぶんに強ければ――」

「おのずと道も見つかると？　そう言いたいんですか？」

「たいていは。人は工夫するものだ。不快なことであっても特別な手段を使ってね」

「不快な手段とは？」

彼はカクテルのスティックでグラスのなかのレモンの皮を軽く押し、沈めてからま

た浮かべる動作を繰り返した。「すべての労働はわたしにとって不快だよ、ミスター・ノートン。どんな教養ある人間でもそうだ。そうでなければ、それは労働ではなく遊びとなる。それが定義だ」

「たいていの教養ある人間はあなたに賛成するでしょうね。でも、労働を避ける方法を知らない」

「なぜ避けねばならない？　働かなかったら、遊びと比べるものが欠けてみじめになる。均衡と釣り合いが重要なんだよ」

　彼は人生の機微に満ちたことを話しているのか、それとも大げさなことを言っているのか、どちらなんだ。舷窓《げんそう》を背にした横顔はとても大きく角張って見える。今日は幅の広い口の両端が上にあがることがない。「それできみ自身についてはどうだね？」彼は突然言いだした。

「僕のなにがです？」

「きみは絵を描くことが趣味にかなうだけではなく、収益にもなると思うか？　わたしはそうではないと考えてしまうが」

「あなたの考え通りですね」

「もっとも、趣味として絵を描くことは――時に有効だろうとは想像するがね」

実践する前からたくらみを見抜かれているらしい。僕は言った。「あらゆることは、適切な場所で使えば有効ですから」

「それで、きみの適切な場所はどこなんだ、ミスター・ノートン？　それはカプリ島ではないだろう」

「ここですよ。僕の意志でそうするかぎり」

「それはいつまでだ？」

「ここにいるあいだに、どんなことが起こるか次第かと」

「だと思った」

彼のグラスが空っぽになり、彼はお代わりを注ぎに向かった。「アドバイスを一言いいかね？」

「僕にはあなたをとめられない」

彼はもどってきた。「あまり長く滞在するな。気候が気力体力を奪うから。せいぜい一週間あれば、誠実な画家にはじゅうぶんのはずだ。それ以上は無駄だ」

「あなたはそれより長く生き延びているようですけど」

「わたしは画家ではないぞ、ミスター・ノートン。それにおそらくは誠実でもない」

「それは信じます」

「今週中に、きみがほかにもあれこれ信じるようになればと願っている。そのなかに含まれるのは……」

「なんです？」

「マダム・ヴェーバーが愚かな友情をすぐ結ぶこと」

「それは簡単に納得できます」

彼は言った。「納得したうえで、それを利用しないように」

一秒ほど見つめあい、僕は追いこまれてもう少しですべてを打ち明けそうになった。そこで、甲板に足音が響き、話すのは手遅れとなった。彼は目を伏せた。「ほかの人たちが到着した。あがろうか？」

レオニー・ウィンターがライターのスイッチを押した。火はついたが、煙草《たばこ》を押しつけることができる前に風が火を消した。彼女はまた火をつけたが、同じことが起きた。いいチャンスに思えたから、隣に近づいた。

「僕のならうまくいくかも」

僕がライターの蓋《ふた》を開けると、彼女はうなずき、火をつけようと顔を近づけた。風がその火を消した。僕はライターを一度閉じ、ふたたび開けた。今度は火そのものがまったくつかなかった。僕は何度か試したが、火花が散るだけだ。

彼女が言う。「気にしないで」

「申し訳ない。きみのを貸してくれませんか。風は防げるようにできるので」

彼女は自分の小さなゴールドのライターを差しだし、僕は上着の前を開け、それを風よけとして火をつけた。彼女は輝くブロンドをふたたび近づけ、煙草に火をつけた。

「ありがとう」

最初の煙がたなびくと、彼女は僕を見た。これがようやく二回目だ。以前、砂色混じりの緑の目について誰かが話すのを聞いたことがあるが、レオニー・ウィンターの目を見るまではどんなものなのかわかっていなかった。シャーロット・ヴェーバーが話していたように、豊かでとても濃い色のまつげにかこまれている。この色は海の淵《ふち》でしか見たことがないが、岩が多すぎて砂がそこまで明るい色ではないイタリアでは見かけない。

僕は言った。「煙草を吸うには風が強い。風が僕の火をあらかた持っていってしまった」

「ええ、そうみたいね」

僕は自分の煙草を船外に投げ捨て、なにかしようと、もう一本を取りだした。自分のライターで火をつけようとしてみると、今回は天邪鬼《あまのじゃく》なことに、すぐについた。

彼女は背を向けて手すりの先を見やった。僕たちの背後にはナポリ湾がピーコック・ブルーの靄《もや》のなかでまどろんでいる。そして左舷にはソレント半島がヴェロッキオの描いた背景のように信じがたい崖《がけ》をそびえ立たせていた。

僕は言った。「どこへ向かうんだろう？」

「今日の午後に？　アマルフィでしょうね。マダム・ヴェーバーがあそこに家を持っているの」

「サレルノ湾に行くのは、四三年以来だ」

「一九四三年？　戦時中に？」

「僕は上陸作戦を掩護《えんご》する駆逐艦のひとつに乗っていたから」

「ああ、なるほど」

「どちらにしても、たいていの時間は機関室にいたからほぼ景色は見てない」

彼女の顔の肌はとてもきれいだったが、口の両端にごく薄い皺《しわ》があった。いつもほほえんでいるからできたもののように見える。グレヴィルが死んでから、彼女はどれだけ笑えてきたんだろう。

このとき初めて、自分がずっと確信していたことが疑問に変わった。いままで、グレヴィルはどんな女のためにも自殺などしないと信じ切っていたが……。

僕は言った。「教えてほしい。美しい女でいるというのはどんな気分なんだい？」

彼女の目がふたたび僕の顔にさっと向けられた。「どういう意味？」

「そうだな、たぶん不躾《ぶしつけ》だと思うだろうが、きみには――冷ややかという印象を受ける。きみは本当にそんなふうに感じているのか、それとも多少は自己防衛のためなのかい？」

彼女は煙草を見つめた。「ほかの女たちが言うことを教えてくれたら、答えを合わせるけれど」

「ほかの人に聞いたことはない」

「だったら、聞いてみるべきだとは思わない？」

「正直言うといいや、だね。興味の対象じゃない。きみは賞賛されることに慣れているに違いない。どちらにしても、そんな印象を受ける」

彼女は素早く言う。「わたしが？　いつそんな素振りをした？」

「バスのなかで」

「バスのなか。ああ、あれは話が別よ」

「どう別なんだ？」

「とにかく、別だったの」

「僕がきみに無礼になる口実をあたえたと思ってる？」

「それはどう考えるか次第」

「たしかに」

カモメが近くに降りてきて翼を動かさずに滑空した。それから突然方向を変え、吹き飛ばされるようにして風下へ消えた。

僕は口をひらいた。「どういう意味かと言えば、とても見た目のいい人たちというのは、いつでも、どこでも、人生でずっとと言っていいくらい、自分は人を惹《ひ》きつけるものを持っているんだと気づいているのかと思ってね。どこへ行っても、ほかの人より一歩有利に始められる。ほかの人と同じように、関係を築き、印象づけるといった努力をする必要がない。もうそれは済んでいるからだ。持って生まれた権利の一部さ。多少なりとも美しさが翳《かげ》ってきても、しるしは残っている。最後の形の特権と言えるものさ」

彼女はまた僕に視線を走らせた。風が額に薄く髪を垂らし、彼女はそれをかきあげた。「まあ、面白い見解ね」

「面白さだけが狙《ねら》いじゃなかった」

「あなた、共産主義者？」

「いいや」彼女が真剣なのか、からかっているのかわからなかった。「なぜ？」

「あなたは特権が好きじゃないみたいに話してる」

「そうじゃない。特権の悪用が好きじゃないだけだ」

彼女は冷たく、そして包み隠さずに言った。「わたしが特権を持っているとしたら、それを悪用すると思っているの？」

「全然そんな意味じゃなかった。きみが特権を利用しているのがどこまで本能によるものなのか、特権を手にしていると感じるのがどんなものか、疑問に思っただけだ」

彼女は言う。「それでも、どちらの疑問もかなり含みがあると思うけれど」

「そうだ」僕はほがらかに認めた。「たぶんそうだね」

振り返ると、僕の捨てた煙草が手すりに引っかかっていて、風が顔に灰を飛ばした。数秒ほど黙っていた。灰が目に入ったからだ。ハンカチを取りだして目の際《きわ》を拭《ふ》いた。彼女はなにが起こったか見ていたが、なにも言わなかった。僕がさらに灰を取り除こうと探っていると彼女が声をかけた。「わたしが取ってあげられるかも」

僕はハンカチを渡し、彼女は指先を僕の顔にあてた。すぐ隣に立った彼女はとても痩《や》せているが、背は極めて高い。

「ましになった？」

「ありがとう」僕たちは離れた。「なくなったと思う」

彼女は静かに言った。「それは灰のこと、それとも偏見？」

「どちらもたいしたことなかったと願うよ」

僕の背後の操舵《そうだ》近くに、サンベルグが日に焼けたヴァイキングのような風貌《ふうぼう》でマダム・ヴェーバーと話していた。いつの間にか乗りこんでいた彼女のいでたちは、ベルボトムの濃紺のスラックス、大きな青いつば広帽。これは風がごく弱いときにしか適さないものだ。あの二匹の子犬も連れていた。バーグドーフとティファニーだ。そして一匹はすでに船酔いになっている。もう一匹は航海を楽しんでいるらしく、短い脚で歩いてくると、レオニーの足元に伏せ、足首に鼻をこすりつけた。彼女は犬を抱きあげて膝《ひざ》に乗せた。

ほどなくして、僕たちはもう少し気軽に話を始めた。取り留めのないものだったが、あきらかなストレスもなかった。会話をしているうちに、ヨットはポジターノとアマルフィを守る大きな崖にさらに近づいていた。アマルフィの湾に入ったとき、教会の鐘が鳴っていた。最初は穏やかなものだったが、突然、性急でやかましくなり、祈りを呼びかけるというよりは火災の警報のようだった。太陽はもっとも高い位置を過ぎて、港の奥の絶壁のほうへ動き、丘の中腹へと延びる小さな白い町の一部はすでに陰

になっていた。サンベルグとマダム・ヴェーバーを古びた車が迎えに来て、湾岸道路の角を曲がって見えなくなった。どうにかしてふたりを追いかけるべきだったんだろうか。サンベルグはキャビンでの会話以来、注意深く僕を無視していた。だが、彼が僕を強く意識していることはわかった。

　ニコロ・ダ・コッサがイーゼルを持ちこんでいて、上陸したとたんに彼はそれを埠《ふ》頭《とう》に設置し、この町の完成なかばの絵の続きを描いた。彼は地元住民の好奇の眼を気にすることもなく、ジェーン・ポーリンジャーは彼の隣のスツールに腰を下ろし、絵を見ながら枇杷《ネスポリ》を食べた。こうして、残るはレオニー、僕自身、ハミルトン・ホワイトとなった。

　これまでのっぽのアメリカ人弁護士とはほとんど言葉をかわしていなかったが、彼は海岸沿いでずっと僕たちと一緒に過ごすつもりのようだった。そんなとき、幸運にも木彫師に出会い、彼は興味を持った。その仮面や顔は地中海ではなくイースター島から生まれたもののようだった。ホワイトは店に入ったが、レオニー・ウィンターはぶらぶらと歩きつづけたから、僕は彼女についていった。

　アマルフィの目抜き通りは大聖堂の隣の広場から始まり、坂をのぼりながら細くなっていく。最初は大きめの店がいくつかあるのだが、やがて暗く小さな一室だけの店

となり、店主たちが日射しを浴びながら戸口に座って噂話《うわさばなし》に花を咲かせている。少し進めば、イタリアの永遠の対比と問題に気づく。富が集まり活気のある海岸線から、後背地のひどい貧困へ、埃《ほこり》と暑さと孤立のなかへ足を踏みこむことになる。

　このあたりには購入する価値のあるものはほぼなかったが、彼女は僕の数歩先を進み、ある店にひょいと入った。少し外で待ってから、彼女に続いて店に足を踏み入れると、ヘッドスカーフを吟味していた。対応しているのは太った老女で、生まれて間もない黒い目の小さな赤ん坊と、七歳より下らしい三人の子供たちの世話もしていた。買い物しながらの英語とイタリア語をでたらめに混ぜた会話で、子供たちの母親が出産で亡《な》くなり、しばらくは祖母が店を開けつづけるのだとわかった。もちろん、これはイタリアでは貧困だとは見なされない。店を持っている者たちは裕福だ。しかし、彼らは不幸に見舞われ、威厳を持ってそれを受け入れている。短いあいだにしてもスカーフを売るという純粋な商いとは別に、一家はレオニー・ウィンターと世間話をして、彼女が見せるスナップ写真を真剣な目でながめ、彼女から自然な態度でお菓子をもらい、どんどん親しくなっていったが下手《したて》に出ることもなかった。彼女のきらめくブロンドの髪は、黒髪の者たちにかこまれると奇妙に見える。僕は会話に加わっていたわけではないが、すべてに関心を抱いてながめた。僕の立場についてはあきらかに

誤解されていたが、彼女はすぐにそれを否定した。少しして僕たちは自然光の下にもどった。彼女は汚れた紙幣数枚を折りたたみながら、愉快そうに口角をあげていた。外はまだ明るいものの、日射しは強くなかった。店にいるあいだに、太陽は崖の裏へ滑り落ち、あっという間にアマルフィは海岸沿いであっても、すべての快活さと色を失っていた。ヨット自体はまだ日に照らされていたが、壁にとまった蝶《ちょう》のように一《いっ》時《とき》のことに過ぎず、暗い影が広がっている。

僕は言った。「きみ、子供がいるのか？」

「いいえ」

「さっきのスナップ写真は……」

「わたしの妹たち。半分血のつながった」

「見せてもらっても？」

「またいつかね」

戸口で静かに座る住民たちに見られながら、来た道を引き返した。広場でレオニー・ウィンターは大聖堂と鐘塔に通じる大きな階段をあがっていった。僕も続いた。

「いま、ご主人はどこに？」

「どの夫？」

僕はどう考えたらいいかわからず、彼女を見つめた。「現在のご主人」

彼女は額に皺を寄せた。「現在の夫はいないわ。ごめんなさいね」

ようやく階段のてっぺんにたどり着いた。ふたりとも少々息があがっているが、階段のせいばかりではなかった。大聖堂の正面は光り輝いている。

「当然、バスでは僕についてのきみの勘が正しかったことはわかっているね」

彼女はすぐに驚いて僕をちらりと見たが、少しして顔を曇らせた。「さあ、そうだったかしら」

下心があると勘づいていたという言外の意味がわかったが、気づかないふりをした。

僕は言った。「大聖堂のなかに入る時間はあるかな？」

彼女は扉のひとつを押し開け、すぐさま僕たちはひんやりする薄暗がりに足を踏み入れた。西の窓から炎の色の光に照らされている。大理石の柱から影になった人物が現れて僕たちを歓迎し、建物の見所を案内しようと申しでたが、僕はこのみすぼらしい格好の小柄な男を追い払った。中央の身廊で彼女は立ちどまった。反射する光で目をきらめかせて彼女は僕を見た。

「一生懸命に考えているけれど、やっぱりあなたの態度にはついていけないの、ミスター・ノートン。あなたの本当の望みはなにか、話してもらえる？」

「なにって、きみをもっとよく知りたくてね。そんなに驚くようなことかい？」

「ええ。こういうやりかたでは――あなたのやりかたでは」

「僕らしいやりかたではどうしてだめなんだ？」

しばらくして彼女は言った。「あなた、なにを知りたいの？」

「……漁師の聖人、聖アンデレの骨」僕たちについてきていた小柄な男が言う。「そしてここにある見事な柱はパエストゥムから運ばれたもので……」

「それはわたしなんかの話より、ずっと興味深いことね」彼女は言った。「このモザイク画を見て。ラヴェンナのモザイクを見たことがある？　わたしは三年前に行ったの。あの町は退屈で、つまらなくて、がっかりするものよ。フィレンツェとは違って。フィレンツェはイタリアでどこよりも幸せな町ね。あそこで暮らせたらいいと思わないこと？」

「きみをレオニーと呼んでもいいかい？」

「そう呼ぶのは当たり前だと思ってた。ほかのことが、なにをしても当たり前になってるから」

「僕は焦《あせ》りすぎて無礼になっていると思うか？」

「そうじゃないの？」

「そうだ」

「あなたはいつもこうするのが当たり前になっているから、感覚がずれてるのね。その説教壇の名前はなに？　アンボス？　たしか――」

「アンボスです」小柄な男が勇気づけられて言う。「とても古いもので、高い祭壇の両側にありますね？　最初の形の大聖堂が建造された一二〇三年（実際は大規模拡張工事をした年）にこれらのアンボスは……」

「きみは驚くかな」僕は言った。「これまで女性にこんなアプローチをしたことはなかったと言ったら」

彼女はしばらく黙っていた。「もどったほうがよさそうよ。チャールズが長居はしないと言ってたから」

丘の反対側で教会の鐘がふたたび、耳障《みみざわ》りにやかましく鳴っていた。またすぐに次の鐘が、続いて三回目も鳴り響いた。

「アマルフィは」小柄な男が言う。「かつて、偉大な海洋共和国でした。九世紀、十世紀にはサラセン人を負かしたんです。ジェノヴァのように偉大だった。それなのに悲しいかな、一〇七三年（実際は一三四三年）に津波で町は破壊されました。それ以来、ほかにもさまざまなことが。それでこの大聖堂は……」

僕は言った。「チャールズ・サンベルグはあんなに立派なヨットを持てるなんて幸運な男だ」

「そうね」

「きみたちは古い友人同士なんだろうね」

「違う」

彼女の顔を見つめた。「イタリアには長く滞在するつもりかい?」

「決めてないの。あなたは?」

「どのくらい滞在できるか、なんとも言えないんだ。仕事があってね」

「ここで?」

「ここじゃない」

彼女はためらった。「その仕事に、シャーロット・ヴェーバーを描くことは含まれないの?」

「僕が描くって誰から聞いた?」

「友人から」

「その、まだ決定したことじゃないんだ」

「あなたは優雅な人生の皺を見せる女を描きたいのであって、わたしみたいに、人格

も育ちもない、つるりとした面白味のない顔には興味がないって聞いたけど」

僕たちは大聖堂の扉にたどり着いた。

「回廊もありますよ」小柄な男が必死になって言う。「天国の回廊《キオストロ・デル・パラディソ》です。十三世紀のゴシック様式（実際はムーア様式）のアーチが見所です。わずかな入場料だけで……」

僕は彼に二百リラを渡した。「きみの友人のダ・コッサだけど」レオニーに言った。「こっそりゴシップを広めるたいした才能の持ち主だ。ジェーン・ポーリンジャーは彼のどこが好きなのか、ふしぎさ」

僕たちはふたたび外に出た。眼下では、シエスタの時間が終わって影になった町が活気づいている。

レオニー・ウィンターはこの風景を見渡した。見ひらくその目は生き生きとさらに輝く。

「人は人のどこを好きになるのか？　説明を求めるのなら、もがくことになるわよ」

「それはまちがいないね」

「正しくて陳腐な話よ。あなた、結婚してるの？」

「いや」

「一度も？」

「一度も」なぜかつけくわえたい気持ちになった。「結婚しようとしたことはあるが、うまくいかなくなってね。だから、僕の記録はきみのものに比べるとずっと控えめだ」

ここで彼女はまばたきをした。深く、冴《さ》えない記憶から目覚めたように。「ああ……そうね。わたしの記録。身上書、かしら。そのほうがいい言葉？」彼女は振り返ってふたたび僕に注目した。「どうしてうまくいかなくなったの？」

肩をすくめた。「わからない。彼女は赤信号が見えるくらい賢かったのかな。でも、すべてがとてもありふれた話だった。ただひとつめずらしかったのは、この僕に起こったということさ」

「きっと、すべての恋はそんなふうにめずらしいって感じるのよ。いやだ、なんてもったいぶった言い草なの」

僕たちは大きな階段のてっぺんにやってきた。階段をあがってくるふたりの若いイタリア人が食い入るように彼女を見た。頭上の空高くでは、鳥がさえずっている。鐘の音はとまっていた。

彼女は言った。「みんな、わたしたちを待ってるわよ」そして急いで階段を下りはじめた。どんなにがんばってみても彼女に追いつけず、彼女がいちばん下に到着した

とき、二十段ほど遅れていた。彼女は足をとめて僕を見るとほほえんだ。彼女がほほえみかけたのはこれが初めてだったが、彼女の目が面白がっているのは表面だけだった。その奥のもっと深いところでは、どこか不幸なようだった。

日が落ちる前にカプリにもどり、マリーナ・グランデに上陸した。僕の気分は少しばかりおかしかった。レオニー・ウィンターを知るための行動に出て、たしかにそれはやってのけた。ただ、自分の取った無様なやりかたが正しかったのか、まったく自信がなかった。

今日が始まる段階でレオニー・ウィンターについて先入観を持っていたとしても、午後にそんな先入観は吹き飛んだからだ。

おおまかに言えば、僕自身に愛想を尽かしていた。グレヴィルが本当に自殺するほど彼女に夢中になって、そこまで深入りすることはあり得るか？　最初の頃、この事件にかかわる女は影であり、人格がなく、様式化された存在だった。いまの彼女は影などではない。

夕食後、マーティンに手紙を書いた。

親愛なるマーティン

　あなたがオランダで〝地下〟をかき回してくれたおかげもあって、グレヴィルの手紙にあったレオニーを見つけることができました。そして、バッキンガムが彼女と一緒にいることをほぼ確信しています。でも、さらなる動きに出る前に、あなたに身元を確認してもらわないといけない。それがなければ、なにも詰めることができないので。

　今週のいつか、飛行機か列車でこちらに来ることはできませんか？　そうしてくれたら、とてもありがたいです。旅費にして外貨両替もできるよう、小切手を同封します。

よろしく

フィリップ

10

　クルーズの帰り道、シャーロット・ヴェーバーは僕が描こうと申しでたスケッチについて何気なく話題に出したから、僕としては翌朝訪ねるから始めようと提案するだけでよかった。彼女はこの話をサンベルグの前でした。ダ・コッサもその場にいて、彼がどのくらいこの集まりに溶けこんでいるのかまったくわからなかったが、僕と懇意になろうと思っていないことは明白だった。サンベルグの手先《ジャッカル》と見なしている彼は、むしろ当のライオンよりも憎しみに満ちていた。

　絵の描きかたをまったく忘れていないのなら、この作品をいいものにするか、せめて懸命に努力したかった。妙だし、まごつく展開だ。グレヴィルの死を調査するということしか考えず、寒々とした心情で始めたことだったのに、そのひとつの目的が多くのことに影響し、すでに私生活と個人的な感情に影響をあたえている。そこに腹立たしいほど心を乱されている。

朝食後、グレヴィルの備忘録の解読をいくらか進めた。速記がとても荒く、ここかしこで彼だけの略語を使っていたから、かなりの時間がかかった。でも、すぐに興味深い項目に行き当たった。

「パンカルは回復していないと聞いた。彼の労を惜しまず、効率もいい仕事ぶりが恋しくてたまらない。勉強熱心なアジア人ならではの長所だらけだ。バッキンガムでは替わりにはならないが、彼は発掘をうまくこなしている。通常はたやすいことではない。この化石層は干潮面の下にあり、浸水しがちだからで……

Bのような者には出会ったことがなく、彼もわたしについて同じことを言う！常々、彼は気取ってあたらしいモラルを代表しているつもりなのだと考えていた。いまでは、ある程度本気なのではないかと思う。彼の主張では、犯罪と呼ばれるものは、この世に生を亨け子をなし死ぬのと同様に、生物学的に自然なものであり、啓蒙《けいもう》の進んだ遠くない将来には、もはや禁じられることはなく、人間のおこないに統合されたものだと認識され呼び名を改められるという。そうなると誠実さなど存在していなかったものだと見なされ、自然な進取の気性を打ち砕く想像上の障壁でしかなくなると。正直さは、事実が否定できないときだけに使われる都合のいいものになる。まっとうさは愚かさの別名と見なされるだろうと。

わたしは彼がまだ知性においてよちよち歩きをしているのであり、彼が押し進めるそうした主張は古代のニネヴェやウルでは現代的で進歩的だったと彼に言おう。アッシリアの王セナケリブからヒトラーまで、どの暴君もこの主張を使った。彼は時代を先取りしているのではなく、遅れていると彼に言おう。

実を言えば、彼は一筋縄ではいかない人物で、わたしはたまに、自分自身の主張をもっと信じられたらと感じる。彼の考えは正しくはない——それはわかっている——しかし、人を突き動かすほど力強く性急なものだ。彼のような考えかたは正しくないとすることが極めて重要で、それは背教者や暴君を生みだせば人類にとってますます安全ではなくなるからだ。たとえれば、現在では科学者が原子核分裂によって人間の身体に影響をあたえうるように、強力にそしてゆっくりと人間の精神に影響をあたえることになる。

しかし、Bには大いなる資質がある。わたしたちは途方もない量の会話をおこなう。人類と狭鼻《きょうび》猿類との関連を否定し、最初の間氷期に特有の霊長類が人類の起源だとするわたしのあたらしい仮説について、これまでの誰よりも彼と話をした。ジャックの鋭く機敏な脳はとてつもない賞賛に値し、彼のモラルとは好対照なものだ。厳密な意味からは彼は考古学者ではない。彼がおこなっているのは、取り組むすべてのものに

激しく知的な好奇心を向け、少しのあいだ、ほかのすべてを忘れるということだ。少しのあいだ、というのが惜しいところだ。彼の才能ならば、なんでもできたことだろう。それなのに、なにもできていない。彼の脳は優秀すぎて手堅く生きるには向かないのだ。どこかの時点で彼は道を踏み外しており、それがどこなのか見つけだすことができれば……もちろん、彼を正しい状態にする方法は、彼がまちがっていると証明することだ！」

「あなた、泳ぎやドライブに行ったほうがいいのに」シャーロット・ヴェーバーがそういい、首元のスカーフをいじった。「貴重な昼間をわたしに無駄遣いしている。善は急げと言うでしょう。去年の四月は雷が七十二時間続いてね。そのあいだずっと『戦争と平和』を読んだの。自分は天国の映画を観《み》ているんだ、神がＢＧＭを作ったんだ、そんな気がしたわ」

「僕は今月頭までカリフォルニアにいましたから、日中の太陽を逃しても苦にならないんで」

「カリフォルニアに。あそこのビーチは大好きでね。行ったことがあるわけじゃなく、友人たちが送ってくる絵はがきで。向こうでなにをしていたの？」

説明しながら、紙に最初のおおざっぱな下描きを始めた。この仕事のむずかしいところは、シャーロット・ヴェーバーの奇妙な友人たちの一部から受ける憎しみの攻撃作戦だけではなく、シャーロット自身に、大きな黒い充血した目、こってりとおしろいを塗ったたるんだ顔、大きくて寛容だがしまりのない口といったものの奥にある性格にあった。それがいかに重要になったか、驚いてしまう。

僕は言った。「レオニー・ウィンターについて教えてください。約束しましたよね。どのくらい前から知り合いで？」

「ああ、可愛《かわい》いレオニーね。そうだった。たしか、戦争のすぐあとにカンヌで初めて会ったの。ようするに、普通の生活がまた始まった季節ね。まだファシズム協力者のよりわけが進められていたのを覚えてる。ごちゃ混ぜになった洗濯物みたいに。それでも、その前の年よりはよかった。前の年には、古い友人のラウルを訪ねたら、自宅のシャンデリアから首を吊《つ》っていた。動揺したっけ。友人たちがこまっているのを見るといつも苦しくなる。いくら悪さをしていた人でも」

「レオニーに会ったというのは？」僕はうながした。

「彼女は水泳大会のイギリス代表だった。当時、十七歳か十八歳だったはず。まるで、子犬の段階から脱け出たばかりの美しいブロンドのメスのメイスティフみたいだった。

ティファニーとバーグドーフがその年齢になる日のためだけに、わたしは生きているの。レオニー・ハードウィックの名前を聞いたことがない？　一度か二度彼女に会って、それからうちを訪ねて滞在するようにと口を酸《す》っぱくして誘いつづけてたんだけど、彼女は来ようとしないのか、来られなかったかでね。若い時分には人生がとても複雑だから」

　彼女の鼻の線を見つめた。過度に強調する必要はない。

「たぶん、さまざまな夫たちがいて忙しかったんですよ」

「夫たち？」ヴェーバー夫人は顔をこちらに向け、それまで描いていた線を台無しにした。「いや、複数の夫がいたのはこのわたし。いくらなんでも多いって思われるくらい。女は若い頃に注意してもらわないと。結婚は癖になる。でも、レオニーはこれまでのところ、夫はひとりだけよ」

「昨日、彼女は数人いるって話してましたが」

「あなた、彼女を挑発したようね。彼女は挑発されると口がよくまわるんだから。よく失敗するけれど。あなた、彼女の話は信じなかったでしょうね？」

「そのひとりの夫になにが？」

「亡《な》くなった。とてもいい人で、家族は財産もあってね。テニスンを読んだことがあ

る？　母は身ごもるといつも読んでた。どんな意味があるのかさっぱりわからないけど。モード、モード、というのやほかの詩。金のために結婚してはならぬが、金のあるところと結婚せよ（*Northern Farmer: New Style* より）」

「それがレオニーのしたこと？」

「いいや。ふたりはおたがいに夢中だった。イギリスでポリオが流行したひどい夏のことだった。一家でかかってね。レオニーはすぐにポリオから回復したの。あのごくかすかな吃音《きつおん》を残しただけでね。でも、トム・ウィンターも赤ん坊もふたりとも亡くなった。それを聞いてわたしはとても怒りを感じたっけ」

「怒りですか？」

「これだけ多くの悪党が世の中には残っているのに。嘆かわしい。運命はもっとまともに仕事をすべき」

　僕はスケッチを見つめてから、そっと後ろに回し、次を描き始めた。

「顔をあげてもらえますか？　どうも。あげすぎないように。そうです」

「彼女は結婚したとき本気の泳ぎはやめて、それから二度とやらなかった。それがいいよ。競技スポーツは十代にとっては楽しいけれど、それ以降は疲れが顔に出るようになるからね。あの可愛い人とはずっと会えてなかったけれど、彼女からうちに滞在し

てもいいかと電報が届いた。若い人に関心を寄せられるとどうして、嬉《うれ》しいんだろう？」

「では、サンベルグ大佐は？」

「肩を動かしてもいい？　痙攣《けいれん》してきた」

「もちろん。数分休憩にしましょう。立ちあがって歩きまわって」

「いや、とても快適に座っているから。この椅子《いす》はヴェネツィアのものでね。昔の元首《ドージェ》のひとりが座ったものだって考えるのが好き。そうでなければ、ティツィアーノ。彼の描いた女たちは過大評価されてるよ。チャールズ・サンベルグがなんとかって言ってたけれど？」

「彼とは長い知り合いなんですか？」

「おや、もちろん。生涯にわたって」彼女はため息をついた。「親愛なるチャールズ。とても親切で、元気づけてくれる。そういう男よ。自分が五十歳を越えていることを忘れてくれて」

　僕はしばらくスケッチに専念した。

「彼はずっとここで暮らしているんですか？」

「誰、チャールズが？　そうじゃないね。冬はずっといないから……あなた自画像を描いたことは？　面白いものが生まれるはず」

彼女はサンベルグについて話すつもりがなさそうだ。「ないですね」少し間を置いて答えた。「ちっとも面白いものにはなりませんよ」

「えっ？　あなたみたいな顔で面白くならないって？　わたしはぜひ見たい。誠実さ、洞察力、ぶれない目的意識。すべてがそこにある。それに、その目は落ち着きはないけれど、なんでも見ている。正直、辛辣《しんらつ》だけれど心は優しい。面白い不調和。描く価値は大ありね」

僕はほほえんだが、返事はしなかった。やがてこう言った。「あなたはアメリカ人ではないですよね？」

「そんなふうに見える？　あり得ない。どうしてそう思ったのよ？」

「話しかたの癖ですかね。それから——」

「親はイタリア人とデンマーク人だけれど、先祖にはいろんな国の人がいる。祖母のひとりはスコットランド出身で、もうひとりの祖母はセルビア人。ケネルクラブでは到底、純血種とは認められない。あなた気づいたかしらね、ヨーロッパ大陸では三十五歳以上の男なら、イギリスのアクセントで英語を話す。以下なら、アメリカのアクセントで英語を話す。時代の象徴ね」彼女はスカーフをずらした。「最後の夫はアメリカ人だった。親愛なるサム。彼はふたつのBを入れたWebberと綴《つづ》る姓だったけ

れど、夫が死んでわたしはBをひとつ削り、ヨーロッパ風に発音することにした。彼が気にしてないことを祈るわね」

「同じ立場なら気にしませんね」

「妙なもの。彼のほうがわたしよりずっと早く死ぬなんて。わたしのほうがずっと早く死ぬはずだったのに。まったくわかんないものだわ」

しばらく沈黙が続いた。僕は口をひらいた。「教えてください。あなたが聞いたとき――長くは生きられないと言われてから、自分で命を絶とうと思ったことはありましたか？」

「いや……なかったようね。わたしは忙しすぎた。やるべきことの手配を考え、身辺の整理をして、遺言補足状。二十年を騙《だま》せるんなら、どうして最後の二十カ月を諦《あきら》めないとならないのよ？」

「その二十カ月に楽しめる部分があればの話ですかね」

「それはそうだけど。だいたいいつだって楽しみはある。わたしは人生ととことん楽しんできた。どうしてすねる必要がある？」

さらに一時間ほど鉛筆を動かし、その頃にはとても満足できるスケッチができあがった。少なくとも僕には満足に思えた。何年もテニスをプレイしなかった人間のよう

なものだろう。コートに行くと、まだ全然プレイできることに心地よい驚きを覚える、と言った具合だ。

もう正午を過ぎており、太陽は僕たちが腰を下ろした柱廊《ロッジア》へと這《は》い寄っていた。四匹のマスティフが同席を許され安定しない足取りでやってくると、においを嗅《か》いで、僕たちふたりに大いにじゃれついた。マダム・ヴェーバーは昼食に誘ってくれたが、断った。必要以上にたかりたくない。

それで彼女はひとりで出かけた。昼食前にルイーズ・アンリオ——長いシガレットホルダーのフランス人女性——に会いたいから、それで犬たちを運動させられると。杖《つえ》をつき、タイル床をコツコツと横切り、小刻みに動く肉球の足の主たちを引き連れ、彼女は僕が帰る前にシェリーのおかわりをしていけと言い残して去った。

僕はバルコニーにもたれた。今日は朝から風が強くなっていた。庭ではパルメットヤシの葉と木生シダが揺れ、老人が読む新聞のようにカサカサと音をたてている。頭上では高い位置に雲とぼやけた飛行機。マダム・ヴェーバーの足音が小さくなって消えた。家は静まり返った。

彼女にはたしか使用人がふたりいた。かつては地元で評判の美人でダンサーだった年配の女、それからベルトと呼ばれる、ほっそりした陽気なローマ生まれの若者が給

仕をすべて担当している。いま彼らはどこにいるんだろう。スケッチを一枚、手にして見つめた。ほかのスケッチも重ねて筒状に丸めるとポケットに入れた。柱廊《ロッジア》から表の庭を通って帰ってもいいし、家のなかを通って裏門から帰ってもいい。

　家のなかを通ることにした。

　白い玄関ホールには、四角い石を重ねた手すりつきの二階へと進む低い階段があった。ニューヨーク・タイムズ紙を手にして見出しをながめた。このとき、ごくかすかに複数の声が聞こえた。キッチンからだ。ふたりの使用人はそこにいる。四匹の犬は外出中。

　僕は階段をあがった。

　最初にレオニーを見かけた窓は、リビング上の突き当たりのものだった。白い廊下には真鍮《しんちゅう》のレバー式の取っ手がついた立派なドアが並んでいる。すべて、ごく最近改装したもののように見えた。最後のドアを開けてみて足を踏み入れた。

　真昼に知らない家をあさり始めるのは、おそらく用心深い行動とはとても言えないが、今日はずっと、調べ物のペースを早めねばと感じていた。思ったとおり、ここはレオニーの寝室だ。あのごくかすかな香りがするし、サンダルやスカーフにも見覚えがあり、鎧戸《よろいど》の下半分に緑のストラップなしの水着が干してある。折りたたみ式の帆

布と木の荷物置きには、レヴ・エアのスーツケース。近づくと持ち手にまだＫＬＭオランダ航空のラベルが結ばれたままで、アムステルダムからローマ行きとなっていた。とてもいけないことをしている気分になりつつ、留め具を外して蓋《ふた》を開けた。

　中身は四分の一ほど入っていて、肌着類、ナイロンのストッキング、ベレー帽ひとつ、ガードルひとつ。仕切りポケットを急いで探ると、ローマの地図、ホテルのレシートが数枚、アムステルダムのオテル・ドゥーレンでの四泊ぶんのものが含まれている。パスポートは四年前にロンドンで発行。ヘレン・ジョイス・ウィンター。旧姓ハードウィック。職業欄には主婦とある。ケンブリッジで一九二九年三月一日生まれ。住所はメイデンヘッド、グランヴィル・ガーデンズ九番地。身長は五フィート七インチ。目はハシバミ色、髪はブロンド。特記事項はなし。

　彼女は写真の時点から体重が落ちて変わっていた。ここでは顔は丸みがあって少女っぽく、表情はできあがっておらず、無垢《むく》で、安心しているように見える。スタンプを見た。フランスに二度、今回の前にイタリアに一度来ている。オランダへ行くのは初めてだったようだ。ほかに情報はなかった。

　スーツケースの蓋を閉めようとしたところ、底に洗濯されていないハンカチが三、四枚ほど目につき、一枚がほかより大きいようだった。それを取りだした。片隅に見

慣れたG・Tのモノグラムがある。

すばやく腕時計に視線を走らせた。十二時二十分。次は鏡台だ。

そこにはありふれたものが並んでいた。マニキュア液、煙草《たばこ》、はさみ、ブラシ、ランバンの箱から点々とこぼれたおしろい、これがあの香りの元だ。針と絹糸。抽斗《ひきだし》にゴールドのブレスレット、ガーネットのネックレス、薄いネグリジェ、便箋《びんせん》に書きかけの手紙。

親愛なるお母さん

手紙をもらえてとても嬉《うれ》しい。わたしも毎日書こうとはしているの。ここに来てもう二週間。気分はずっとよくなり、緊張も解けて、忘れられそうな気がしてる。初めて物事をありのままに見ることができると思っているの。ひとついいことがあって、オランダはすべてを終わらせた。あのときはそんなふうに思えなかったけれど、たぶんあのほうがよかった。あれでうまくいったのよ。あれ以上の終わりは望めなかったでしょう。これでようやく、また先の計画を立てることができる。

わたしの住所を教えないでくれてありがとう。マダム・ヴェーバーがわたしに

我慢してくれるかぎり、ここに滞在するつもり。この数週間はトムと結婚する前よりも泳いでいるし、お天気も完璧《かんぺき》だった。ゆうべは七時間眠れたのよ。申し分のない生活で、みんなのんびりして、料理、酒、煙草、噂《うわさ》を楽しんでるの。目的もなく、なんの意味もない毎日だけれど、いまのわたしにはこれがぴったり。考える時間がたっぷりあるけれど、ただ、考えたくないの。だから、わたしの心配はしないで。本当に大丈夫だから。

　エニシダが咲きだして島の斜面は黄色に染まってる。ケーブルカー沿いに咲き乱れる花にはゼラニウムも混じっているの。まだ観光客はとても少ないわね。来月になって急に増えるとしたら

　手紙はそこでとまっていた。〝ひとついいことがあって、オランダはすべてを終わらせた〟そして〝たぶんあのほうがよかった〟だと。グレヴィルの膨らんだ死体が運河に浮かぶことが？　妻と娘から希望を奪い、彼の有望な経歴のすべてを投げ捨てて？

　戸口でなにか動く気配がした。急いで振り返った。ニコロ・ダ・コッサがその場から僕を見つめていた。

11

彼は言った。「残念ながらレオニーは貴重な宝石はほとんど持ってないぞ。たぶん、マダム・ヴェーバーの部屋がお勧めだ」

「彼女のほうがいいものを持ってるのか?」僕は言った。「もちろん、きみはそういうことを知ってるな」

ここで動揺が両手に走った。骨がなくなったように感じる。

彼は悪意に満ちた笑みを浮かべた。「知ってるが、俺は泥棒じゃない。友人のもてなしにつけこんだりしないぞ」

僕は周囲を見まわした。「さて、ここでの用事は済んだ。下でシェリーを飲みながら話しあおう」

「話しあうことなんかないね、シニョーレ。ただし、あんたがこの島からどれだけ早く出て行けるかは別だが」

僕は抽斗《ひきだし》を閉めた。「きみこそ、この家でなにをしている?」

「俺がビーチにいると思ったのかい? たまに片頭痛がするんだよ。さあ、下に行こう。ついて行く」

僕は戸口に近づいて廊下に出た。彼は後から続く。僕は広いリビングに入ると、自分のグラスを手にした。

「シェリーでいいか?」

「どうも」彼がこの成り行きを楽しんでいることがわかる。「もちろん、マダム・ヴェーバーが帰ってきたらすぐ話すから。レオニーに話すかどうかは、彼女に任せるかな」

「じゃあ、警察を呼ぶつもりはないのか?」

彼は足を引きずりながらやってくると、僕からもうひとつのグラスを受け取った。

「なんで警察が必要だ?」

「きみには証拠がないからなおさらだな」

「そんなことはない」

「実際、マダム・ヴェーバーに話しても、僕の言い分と食い違うのはきみの言葉しかない」

「彼女と俺は古い友人同士だよ。それに、俺は点数稼ぎする必要なんかないだろう？」

「その必要があると思ってるんじゃないか」

彼は大きく陰気な目で僕を見つめた。「なにが言いたい？」

「僕とシャーロット・ヴェーバーとの友情を不安に思っているんじゃないか」

「相手は年寄りの女だよ？　あんたはどうかしてるな」

「きみをお気に入りの画家だと見なしている裕福な女だ」

彼は歯を見せて笑った。「あんた、思いあがってるよ、シニョーレ。作品は見てないが、あんたはあきらかに素人《しろうと》、週末だけの画家さ。シャーロットは目利《めき》きで、駄作を見てそれがわからないことはないな」

グラスを手にした僕は、ファラリオーニ岩礁群《がんしょうぐん》を描いた彼のパステル画に近づいて見つめた。「彼女は偽物《にせもの》とでっちあげをかなり鵜呑《うの》みにしがちだと考えるしかないな」

外から、ギシギシというギアの音がした。バスが門の前から去ったのだ。少しして、すばやい足音がパタパタと響き、ジェーンの声、続いてレオニー、ハミルトン・ホワイトの声がした。彼らは帰ってきたが、このリビングには来なかった。階段をあがる音がする。

ダ・コッサは僕に近づいていた。「なにを言いたいのか説明してくれると嬉《うれ》しいが」

数年前なら彼は短剣を使ったことだろうと感じた。「これはきみの絵じゃないね」

「よく見ろよ。署名がある。これ以上、なにを求めるんだ？」

「きみがこの絵を描く現場を見ていたこと」

「申し訳ないが、いまさら無理だ」

「いまでなくても、過去でも、きみには無理だった。僕の趣味からすると少々派手だが、これは絵画のあらゆる手法を知る者が描いたものだ。熟練の専門家が」

「まったくその通りだよ。俺は――」

「昨日、きみが埠頭《ふとう》で絵を描いているのを見た。きみはこのような作品を描く技術を持っちゃいない。命を賭《か》けてもいい」

「昨日は油絵の具を使ったから。慣れない道具だ。それに――」

「道具がなにかは重要じゃない。それほどは。聞き分けろよ、おたがいに立派な大人だ」

彼は僕を見つめた。とても近くにいるから、髪につけた香りつきのオイルのにおいがして、黒髪が胸元を開けた絹のシャツの下の胸毛と同じようにカールしているのが見える。僕は言った。「普通だったら僕には関係ないことだが、きみはマダム・ヴェーバーに印象づけたがっていると考えるしかない。それできみはこの絵をどこかの食

い詰めた画家から買った。たぶんほかの絵も。ほかにもあるんだろう?」

庭から犬たちの咳《せ》きこむような荒々しい声が聞こえた。

彼は言った。「それで証拠は?」

「きみの言葉と食い違う僕の言葉しかない。でも、疑いの種を蒔《ま》くことはできる」

「あんたはレオニー・ウィンターの部屋でなにをしていた?」

「盗みじゃない」

彼はまた不快な笑みを浮かべた。「フェティシズムってやつか。昔、そういう男を知ってたよ……俺としては、下着は誰かが身につけているときだけ興味があるけどな」

「きみが自然な本能も持っていて嬉しいよ」

「あんたよりたくさん持っていることは絶対だ、シニョーレ」

いがみあう二匹の犬のように見つめあい、どちらも相手が噛《か》みつこうとするのを待っていた。

そのとき、杖《つえ》がコツコツ鳴る音がした。

「ねえ、大丈夫だから寄っていきなさいよ、フィリップ」マダム・ヴェーバーが言う。

「昼食にもうひとり男がいたら男女同数になるのよ。イイダコがあるの、どう? わ

たしはあれに目がなくてね。あなたたちふたりの画家は職業上の秘密を交換してたんでしょう？　ニコロ、頭痛はよくなった？」

　あっという間に部屋は人間と犬でいっぱいになったようだった。シャーロット・ヴェーバーとマドモワゼル・アンリオが柱廊《ロッジア》からやってきたちょうどそのとき、レオニーとジェーンが通常のドアから入ってきた。レオニーは僕を見て驚いた表情を見せ、ほんの一瞬、どう振る舞えばいいか自信が揺らいだようだった。僕が考えたのはこんなことだった。これまでのところ、彼女についてなにも理解していない。〝ひとついいことがあって、オランダはすべてを終わらせた。あのときはそんなふうに思えなかったけれど、たぶんあのほうがよかった。あれでうまくいったのよ〟。そして偶然が生んだ肌、骨、肉の組み合わせ。彼女がみずからの力で得たものではない魅力、彼女が手にするに値しない力。そうなのだが、それだけではなく、もっと深いなにかがある。

　普通の女に対するように接近できないとは、自分を蹴《け》り飛ばしてやりたい。相反する問題点をうまく切り離せていないのだ。彼女とごく自然な友情を築くには、グレヴィルが妨げになる。グレヴィルの件でごく自然な敵対心を抱くには、彼女が妨げになっている。

　昼食の前に彼女は僕を避けたが、並んで座らせられたから、逃げようがなかった。昼食の終わり近くに僕は言った。「昨日はまずい一歩を踏みだしたらしい。なかったことにして、またやり直せないかい？」

「そして一昨日《おととい》のことも？」少し間を空けて彼女は愉快そうに言う。

「そうだ」

「……いいわよ。あなたがそう感じているのなら」

「今日の午後、僕と散歩してくれないか」

　スティック状のパンをちぎる彼女の長く透きとおるような指を見つめた。そのあいだ、彼女は僕を見なかった。「散歩？」

「そうだ。今日は風があるから気持ちいいと思って。歩きはじめてから、行き先は決めればいい」

「行き先は教えてあげられる。海のなかよ。この島は全長四マイルしかない。平らな場所はほぼないの」

「だったら、高いところに登ろう」

　そこで彼女は僕に視線を向けた。豊かなまつげに縁取られた砂色まじりの緑の目は冷静で、笑ってはいない。「それでどうにかなるの？」

「なんとも言えない」

「出会って以来、わたしを疑ったのはいまのが初めて？」

「本気でそう信じてはいないよね？」

彼女は目を伏せた。「そうね、散歩しても助けになりそうにない」

「話せば助けになるかも」

「それはどうだか」

「じゃあ、おたがいに助けあえばいい」

いつもの若い男の使用人が彼女のグラスにオルヴィエートのお代わりを注ごうとしたが、彼女は手を振って断った。

「来てくれるかい？」僕は言った。

僕たちはアナカプリまで登ると、ラ・ミグリアーリへの散策路を進んだ。今日の彼女はワンピースに緑のスエードのサンダル、つば広のビーチハットといういでたちで、帽子はマダム・ヴェーバーが昨日かぶっていたようなものだったが、レオニー・ウィンターがかぶると違って見えた。パスポートで四年前の写真を見たから、彼女がいまでは体重が落ちていることがわかる。手紙にあった七時間寝ることができたという文

章の意味が理解できる。さぞかし達成感のあることだったに違いない。

　でも、なぜそうなった？

　しばらくして彼女が夫の話を持ちだし、僕は言った。「それで、二番目のご主人はどんな人だったんだ？」

　しばらく返事がなく、僕は話を続けた。「教えてほしい。きみが昨日イタリア人家族に見せていたのは、半分血がつながっている妹たちのものだったのか？」

　彼女は足をとめてエニシダの枝を手折った。「あなた、シャーロット・ヴェーバーに質問したようね」

「質問しなくても彼女は話したよ。それはともかく、きみにはご主人がひとりだけ、そして子供ひとりがいて、どちらもああいった事情でなくしたのなら、どうしてぼくにあんなひどい演技を見せたんだ？」

　彼女はそっとエニシダの香りを嗅《か》いだ。「あれは演技じゃなかった。あなたが本当に知りたがっているとは思わなかったから」

「たしかに。それはきみの言う通りだ。すまない」

　彼女は僕を一瞥《いちべつ》した。「ひとつは正直に言ってくれてありがとう、フィリップ」

「僕はそんなに下手な役者かい？」

「さあ。お芝居のことなんか知らないもの」

いまではひらけた土地を横切っている。必要な登りはすべて終わりだ。目隠しをすれば、ここはイギリスのダートムーアだと錯覚しそうだ。

僕は言った。「脚本のある芝居じゃない。アドリブが続くだけ。それが人生さ」

彼女は静かに言う。「ええ、その言い分は全部認める。でも、自分の台詞《せりふ》を言って、それがめちゃくちゃで重要じゃないものだとしたらどう？　なんの意味もない」

「いや、意味はあるかもしれない」

「どんなときに？」

「ほかの人物――筋が通るパターンを作りだす知恵や幸運の持ち主を邪魔するときに」

「具体的に例を思い浮かべてる？」

僕は答えないまま、ふたりして歩きつづけた。予想もしていなかったのだが、散策路は柵《さく》でふさがれていた。そこで路《みち》は終わり、地面も同じのようだった。眼下の海まで千フィートほどありそうな切り立った崖《がけ》の端にたどり着いたのだ。

突然、風の渦にからまれ、彼女は帽子に手をあてた。「これでわたしたちの散歩は終わりね」

ここに立っていると世界はとても空虚に感じ、二羽のカモメが旋回して鳴き声をあげても、それを埋める役には立たなかった。海には細かな皺《しわ》が寄っている。まるで虫眼鏡の下の親指の指紋だ。漁船が一隻《せき》見え、男がふたり乗っていた。ひとりは頭に赤いバンダナを巻いている。

彼女はエニシダの枝を投げた。最初はほかの野生の花に混じってごつごつした崖にしがみついているようだったが、それから円を描きながら落ちていき、小さくなってついに海に到達した。彼女は崖に背を向けた。「ふう！　めまいがする」

少しして僕は彼女に続き、弾力性のある芝生にやや離れて座った。昼に読んだ彼女の手紙を思い返した。それにスーツケースの底に洗われないまま置かれているハンカチのことを。

彼女は帽子を脱いで隣に置き、髪を揺らした。動きのある前髪の束が挑発するように額に落ちかかる。「絵はいつから描いてるの？」

「それは……とても長いことだよ」

「子供の頃からずっと？」

「数年前までね」

「そのとき、なにが？」

「そのとき、もううまくいかなくなった」

「生計が立たないから？」

「いや、そこが問題じゃない」

「なにが問題なの？」

一、二秒ほど、自分の心を吟味した。この件をさらに説明したいかどうか。したくないという結論に至った。けれど、こちらが信頼すれば信頼を生むかもしれない。

「そうだな。しばらくひとつのことをいじくりまわしていると、こう思う。いいぞ、うまいことできていると。そうしたら突然目が覚め、自分はもういい大人で、本当に重要なことはなにもできていなかったと気づく」

彼女は身体《からだ》をずらして横座りとなり、スカート部分の襞《ひだ》を引っ張って整えた。太腿《ふともも》のあたりがピンと張っていた。「それはお金を稼げるかどうかで判断するの？」

「いや、そこは多くの基準のひとつでしかないよ。大切なことは、自分のなかで続けていてもなにも生まないと気づくかどうかだ。自分自身に対してでさえも」

彼女は首を振った。「そんなふうには思えないけど」

「どうして？」

「自分で作りあげたものが、自分自身にとってまったくの無駄だなんて思えないから。

ほかの人にとってはいいものに見えようが、悪いものに見えようが」

「それが当てはまるのは、自分自身の作品を批評するだけの聡明《そうめい》さを持ち合わせていない人だけさ」

「絶対そんなことない。そうよ、わたしは賛成しない」

僕は言った。「たぶん、僕は欲張りすぎたんだ」

「それはたしかに、よくわかる」

「いいかい、昨日のことですべてを判断しないでくれよ」

彼女はほほえんだ。「昨日と言えば……ひとつ、教えて」

「教えられるならね」

「あんなに――事を急《せ》かそうとしたのは、わたしについて考えるところがあったから、それともあなた自身について考えるところがあったから？」

「どっちでもないな」

彼女は話の続きを待っている。僕は言った。「きみはイギリスでどこに住んでいるんだ？」

「おもにロンドン」

「両親と？」

「いいえ。父は戦死した。母は再婚して、あなたは疑ってるみたいだけど、半分血がつながっている妹たちが本当にふたりいる。でも、わたしは仕事をしていて、アパートメントでひとり暮らし」

「それにきみは水泳が得意だ」

「こんなふうに言葉の肖像画が完成する頃には、あなたにどれだけ知られてしまうのか考えたくもない」

「きみは水泳選手らしい腕をしていないね」

彼女は肘《ひじ》のあたりにもう片方の手をやって隠した。「あなたって、古くさい考えをするところがあるのね。全部とは言わないけれど。こんな崖から飛びこむのが好きだったことがある？」

「あまり得意じゃないね」

「わたしは飛びこみが大好きだった。百回以上やってようやく、あの感覚が得られるの。落ちる矢のような」

僕は言った。「いつか人生に飽きたらやってみる価値はあるかな。ベッドで死ぬより劇的なことはまちがいないね。それを言ったら、どこかの裏通りや汚い運河よりも」

一瞬、あたりは静まり返った。うっかり口走るつもりはなかった。彼女はゆっくりと腕から手を離した。「それですべての説明がつく」

「なんの説明がつくんだ？」

「あなたは彼の身内ね」

いくらかの言葉によってこれほどあっという間に作りあげ、壊せるものがあるとはおかしなことだ。「弟だ。きみはそうじゃないかと疑っていたのか？」

「もちろんよ、初めから。あなたは彼にとても似ているもの。もっと若くて体格はいいけれど。でも、肩の形、目、声が同じ。それなのに、わたしは神経のせいだ、想像でしかないと思ってた」彼女は立ちあがった。「じゃあ、知りたいことを言って。そうしたら、わたしは帰れる」

「兄がどうやって死んだか」

「それについてはなにも知らない」

「なにが起きたのか知らないということか」

「それについてはなにも知らないということよ」

風が吹いてワンピースの片方の下襟が彼女の喉《のど》を覆《おお》ってから、また喉を露《あら》わにした。

僕は言った。「座って。冷静に話そう」

「いいえ、お断り」

「僕には質問する権利がないと思うのか？」

「あなたがこんなやりかたをする権利はないと思う。グレヴィルのことを知りたかったのなら、こんなことをする必要は全然、全然――」彼女は怒って海を見つめた。

「きみがどんな人か僕にどうやってわかったと？　兄はきみのことを僕に話したことがなかった」

「彼にはそんな機会はほとんどなかった」

「初めて会ったのはいつだ？」

　彼女は首を振って答えない。

「レオニー、どうしても教えてくれ。兄と初めて会ったのはいつだ？」

「オランダで。一カ月前に」

　僕も彼女の隣に立ちあがった。「グレヴィルには、彼が死ぬ数日前に初めて会ったと言うのか？」

「もちろんよ！　なにを考えてるの？」

「そんなことはあり得ないと思ってる」

「そうよね、あなたには好き勝手なことを考える権利が――」

「そうじゃない」背を向けようとする彼女の腕をつかんだ。「いいかい。どうやったら、そんなことを納得できると思うんだ？　手紙にどう説明をつける？」

「手紙って？」

「兄が身につけていた手紙が発見された。きみとの仲はすべて終わりだと書かれたもの」

彼女は腕を振りほどいて僕を見つめた。「彼が身につけていた手紙のことなんか、なにも知らなかった。あなたが言いたいのは」——彼女の目つきが変わった——「わたしが書いたものだと？」

「きみは去る前に手紙を兄に残さなかったのか？」

彼女の顔から血の気が引いていた。「いいえ……ああ、そうだわ。でも——あなたはそこからわたしを追ってきた？」

「それも手がかりだった」

「それであなたは思いこんだ——これがあなたの思っていること？」

「僕がどう思っていると考えているんだ？」

彼女は息をついた。「でも、そんなこと信じられない……」彼女はまた口をつぐみ、話を続けることができないようだ。

「僕はそんなこと信じられない。でも、きみも同じだなんて、どういうことかわからないね」

「じゃあ、そんなふうに……警察も手紙のことは知っているの？」

「当然だ」

「警察は手紙が彼の死に関係していると思っている？」

「きみが警察だとしたら、どう思う？」

12

彼女は置いていた帽子を手に取り、乾いた草のかけらを払った。僕はその口元を見つめた。自分から話そうとしたとき、彼女が言った。

「少しだけ時間をちょうだい。頭のなかで整理をつけないと」

僕は立ちあがって待った。真西には島の最先端にあたる崖《がけ》に灯台。そこと僕たちのあいだには一直線に、途方もない崖の断面が見えている。

彼女は言った。「警察がどう考えているのか、詳しく教えて」

「グレヴィルは自殺。それはレオニーという名の女との情事が原因で、彼女は手紙を書いて関係を終わらせたと」

「あなたはそれを信じているの？」

「いいや、一度も。少なくとも、グレヴィルを知っている僕はそんなことがあり得るなんて信じてなかった。きみに会うまでは」

「わたしに会ってなにが変わったのよ？」

「きみのような女が相手ならあり得ると思った」

彼女は考えこむように僕を見た。僕は訊《き》いた。「手紙を書いたことは否定しないんだな？」

「もちろん、しない」

「なぜ、あの手紙を書いたんだ？」

「話しても、信じてくれっこない」

「試してみろよ」彼女は急《せ》かすなという身振りをした。僕はたたみかけた。「どうしても話してくれないと。とても大事なことなんだ」

「グレヴィルと知り合いになってほんの二日だった。彼が亡《な》くなったとき、手紙を読んでもいなかったはずよ」

「でも、きみは兄が自殺したと信じているんだな？」

「警察はそう言ってるんじゃないの？」

「警察ならそう言えるかもしれないが。現場にいた人間には、もっと詳しいことがわかる」

「現場にはいなかった。近くにも。もしもわたしが——」

「どうして、話を聞いてすぐに警察に行って供述しなかったんだ？　隠し事がないのなら」

「ナポリに来るまで知らなかったのよ。それに隠し事がないとは言えないし」

「なあ、いいかい。はっきりさせよう。僕の質問に答えないのなら、警察の質問に答えることになるが」

「警察はわたしの居場所を知ってるの？」

「まだだ」

「でも、あなたは警察に教えるつもり？」

「きみ次第だ」

「わたしに警察を助けることはできないのよ、フィリップ」

「知っていることを教えてくれたら、本当にそうなのか判断できるが」

「わたし……話せそうにない。ほかの人もかかわっていて、わたし――」彼女は口をつぐんだ。

「ほかの人もかかわっている？」

「そうよ。わたし――」彼女は出口を探そうとするようにあたりを見まわす。「フィリップ、いまは多くを語ることがどうしてもできないの。数時間、考えてみる。全然

知らなかったのよ、本当にちっとも知らなかった。警察がわたしの手紙を見つけるなんて夢にも。あなたはたぶん皮肉で、大いに結構くらいに思っているでしょうけど、本当にそうなの。だから、今度はあなたの知ってることを教える番よ。わかってる、質問しているのが警察だったら、わたしに考える暇なんて全然ないって。でもフィリップ、あなたは警察じゃないから、お願いしたいの……明日まで待って。警察に連絡しても明日にならないとここには来られないから、たいした遅れにはならないはずよ」

彼女は僕に視線を向け、かなり長く思える時間、まっすぐに見つめあった。ここで折れたら自分を悪く思うことはわかっている。

「わかった」僕は言った。

彼女は怪しむように軽くほほえんだが、昨日の表情とは大違いだった。僕がほかのことを話そうとしたら、犬の吠《ほ》える声が聞こえた。

遠く、僕たちがやってきた散策路を男が近づいてくる。ごつごつした石のあいだで二匹の犬が尻尾《しっぽ》を振りながら地面を探り、自由を思い切り楽しんでいた。男はチャールズ・サンベルグだった。

彼女は僕より先に彼に気づいていたんだろうか。そうだという結論に至った。

出し抜けにこの件を彼女に突きつけておきながら、気を取り直す息継ぎの余地をあたえるなんて愚かだとわかっていた。サンベルグがやってくる前に彼女はコンパクトを取りだして化粧を直したが、目に浮かんだ心情は隠せなかった。それは僕たちが景色について話しあっていたわけではないと彼に勘づかせたようだ。僕たちは一緒に引き返し、重い空気が漂った。彼と僕とのあいだの敵意はこれ以上ないほどあからさまだった。

どうにか青の洞窟《どうくつ》についての会話を始めた。たぶん、彼女は害のない話題を探していたんだろう。彼女に訊《たず》ねられて、行ったことがないと答えた。世間一般に認められた世界の驚異をいつも避けてきたからだ。

彼女は言った。「旅行者であふれていることも少なくないけれど、時間を選べばすばらしいの。チャールズが話してたわよね？　日が昇った直後、朝いちばんがいいって」

サンベルグが言う。「色彩に関心のある画家には訴えるものがあるはずだね。島を去る前に訪ねてみるといい。二度とチャンスはないだろうから」

「そうしてみましょう、島を去る前に」

「それはもうすぐなんだろうね」

「まだ全然わかりません」

「いつか、朝に行きましょうよ」レオニーが口をはさんだ。

僕は彼女に言った。「ぜひ、一緒に行こう」

サンベルグが石を拾い、ギンベルのために投げてやった。だいぶ飛んだが、若干それて、ギンベルは誰かのブドウ畑のなかを探しに行った。「マダム・ヴェーバーの肖像画はどうなっている？　まだなにも見せてもらってないが」

「期待していたんですか？」

「いや、正直言ってまったく」

レオニーが言う。「フィリップはこれまでにまだ数時間しか作業してないもの」

「それに、油彩を描くまでに、たぶん最低でもあと一回の午前中が必要ですよ」

「マダム・ヴェーバーはとても忙しい女《ひと》だ」と、サンベルグ。

「待てますから」

「いつも思うんだが、忍耐というのは過大評価された美徳だね」

「それは忍耐をどう実行するかによりますよ」

サンベルグは爪《つめ》を整えた右手を見て汚れていないか確認してから、リーファー・ジ

ャケットのポケットに突っこんだ。「むしろ、忍耐をなにに実行するかによるんじゃないか。時間を注いだぶんの大きな見返りがある忍耐に美徳があることは否定などしない。だが、価値もなく、まやかしで、いんちきで、恥知らずのものに忍耐を無駄遣いするなど、わたしは断じてごめんだね」

僕は言った。「あなたはそう見ているのか、それともそう見たいのか、どちらですかね？」

彼は静かに僕を振り返った。「この件はまたの機会に話したほうがよさそうだね、ミスター・ノートン」

一瞬、静まり返り、メイシーが僕のかかとを親しげに噛《か》む音だけが聞こえた。

僕たちは丘を下った。

ホテルへもどると、予想通り電報が待っていた。「明日一三〇〇時にナポリ到着。獅子を挑発するな《ノリ・イルターレ・レオネス》。マーティン」レオネス。電報でも語呂《ごろ》合わせをするとは、彼らしい。翌日、午前中の汽船に乗り、ナポリ・カポディキーノ空港に彼を迎えに行った。関税検査場を通ってきた彼は記憶にあるまま、血色が悪く、放埓《ほうらつ》で、ハンサムで、目立って見えた。普通の灰色のスー

ツ姿の彼を目にするのは初めてだが、敢《あ》えて戦闘服を持ってこなかったんだろうか。温かく握手をかわすと、彼は言った。「客室乗務員たちは歳《とし》を取って皺《しわ》が寄ったらどうなるんだろう」

「彼女たちは歳を取らないんです」僕は言った。「結婚して、次の乗務員たちを生むから。彼女たちは特別な種族なんですよ。自宅の泥棒の件は片づいたんですか？」

「盗まれたものの四分の三は、翌日捨てられているのが見つかった。泥棒たちは怖《お》じ気《け》づいたか、銀器がメッキだと気づいたかのどちらかだな。でも、奴《やつ》らは俺のエル・トロ葉巻は返さなかった。奴ら、くたばっちまえ」

　僕は彼のスーツケースと彼が読んでいた本を受け取った。セルバンテスによる『模範小説集』の私家版だった。僕が顔をあげると彼は静かに言った。「じゃあ、きみは女もバッキンガムも見つけたんだな？」

「そうですよ。あなたには謝らないとならないですね。僕が手がかりを得られたのは、あなたの接触先のおかげでしかないのに、自分だけで調べを続けて。でも、大失敗に終わるかもしれないと思ったので。誰かが僕から楽をして二百ギルダー稼ごうとしただけじゃないかって」

「大失敗じゃないのはたしかなのか？」

「女についてはまちがいなし。バッキンガムについても、ほぼまちがいないですよ。ただ、あなたに身元を確認してもらう必要がある」僕は経緯をすべて彼に話した。彼らを追ってヴィラ・アトラーニに行き着いたこと、これまで僕がどんなことをしてきたか。彼は集中して聞いていた。信頼のおける友だ。話を聞きながら視線をこちらの肩のあたりにさまよわせるような人間じゃない。「あなたが来るまでは、なにもかも伏せていたかったんですが、うまくいかなくて」

「彼女は手紙を書いた理由をまだ説明してないのか？」

「まだですね」

「きみはずいぶんとまた信用したものだな？　彼女はきっと真っ先にバッキンガムに話すだろうに」

「それは別に構わないと思って。あなただけが彼の身元を確認でき、むこうはあなたについてなにも知らないんですから」

「彼女はとても魅力的なんだな？　この女は」

「そうですけど、それで僕が判断基準を失うことはない」それは真実なんだろうか。

　彼がほほえんで予想外だが思わず釣りこまれる優しさを見せると、顔から暗い表情が消えた。「ちょっと質問しただけさ。少し待っていてくれ。母親に電報を打たない

と。無事に着いたとね」

　電報カウンターからもどった彼は言った。「オランダで警察は失敗したのに、俺が声をかけた連中はどうやって女の正しい足跡をつきとめたのかね。ローウェンタルは変わった男だ。彼には万が一の見込みに賭《か》けて近づいただけだったんだが」

「あのけちな事務員のことですか？」

「なにを言っているんだ。ローウェンタルは大物だぞ」彼はあごをなでた。「朝早い出発だった。この日が終わるまでにまたひげを剃《そ》らないとだな。残念ながら同じような接触先はここにはいない。どういった航路を進むつもりだ？」

「あなたをバッキンガムの舳先《へさき》に案内して、どうなるか観察です」僕は彼の言い回しに乗って答えた。

「もしも、それがバッキンガムではなかったら？」

「僕は大いにがっかりしますね」

　空港からバスに乗った。彼はまっすぐで柔らかい黒髪を二本指でかきあげた。「もう一度、オランダでの話を聞かせてくれ」

　トレンと二回目に会ったこと、ルイ・ヨアヒム伯爵《はくしゃく》との夕食、ジャワ島から帰る刑事に会いそびれたこと、その刑事があたらしい情報を持っていたら手紙を書くとトレ

ンが約束したことを話した。

「手紙を書く警官にはまだ会ったことがないね」マーティンは小さくなっていく空港を陰気にながめる。「結局はアムステルダムにもどるしかないと思うが。彼らと直接話しあうために」

「本当の答えはあそこにあると思っているということですか」

「そうとも」僕は口をひらかなかった。彼は言いたした。「別にれっきとした根拠があってこう言ってるんじゃない。勘ってやつだな」

「そうなると、あなたはレオニー・ウィンターもバッキンガムも今度のことの鍵《かぎ》ではないと思っているんだ」

少し考えてから、彼は肩をすくめた。「ただの勘を説明するのは馬鹿《ばか》げてる。なんとも言えない。俺はそのサンベルグという男——バッキンガムとどうやって会うんだ？　きみはそこもお膳立《ぜんだ》てしたのか？」

「ええ。マダム・ヴェーバーが今夜、何人かを招いて酒を飲むんですよ。彼女は二、三日置きにそんな集まりをするんだ。サンベルグはきっとそこにいます。僕は友人を連れてきていいかと彼女に頼んでおいたので」

いよいよ彼らを対面させることで僕は緊張した。自分で思ったよりもずっと。端的に言えば、その朝ナポリでカンバス、木枠、筆、絵の具の代わりに銃を買ってもおかしくなかったくらいだ。

もちろん、まだしくじる可能性もある。ハッタリの駆け引きだ。不意打ちに失敗したら、振り出しにもどる。でも、失敗するとは思えなかった。

マーティンのためにオテル・ヴェキオに部屋の予約を入れておいたのだが、例の黒髪の若い女副支配人があっという間に彼を気に入り、ほかのスタッフも喜んで彼に手を貸したがるようになった様を見ていると妙な気分だった。彼が特別になにか言ったりやったりしたわけではない。それどころか、彼はだいぶ憂鬱《ゆううつ》でさまざまなことに幻滅しているようだった。だがそんなことは関係なかった。彼が求めるより早く特権が彼に差し伸べられたのだ。

短い黄昏時《たそがれどき》が終わりかけた頃、僕たちはヴィラ・アトラーニに向かった。マーティンは僕の隣を歩き、またもやなにも口をきかない。僕と同じようにある種の緊張を感じているのか、それとも話が尽きただけなのかは不明だ。いずれにしても、この段階では作戦の火《ひ》蓋《ぶた》を切って、離れて観察するぐらいしかすることはなかった。

門に到着すると僕は言った。「バッキンガムはあなたを見分けると思います？」

「彼は忘れそうにないからな」

僕は薄暗いなかでマーティンを見た。「詳しく訊いてなかったけれど、あの男には仕返ししたい個人的な恨みがあったんですよね？」

彼はためらった。「なぜそれを訊くんだ？」

「この件では部外者の割に、あなたはとても忍耐強いし、とても関心があるので」

彼は軽くほほえんだが、今回は暗い表情が晴れることはなかった。「かかわっているうちに、この男のどこが気に入らないのか理解するようになっただけさ。いつか、どういうことか話そう。考えなおしてみるといまでも、この男にどれだけ遺恨があるのかはっきりしない。きみと同じにな。たぶん、きみがどういうことだったか見つけだせたら、俺も見つけられるだろうよ」

僕たちは小道を進んだ。

玄関で犬たちが出迎え、僕にじゃれつき、まるで人間であるみたいにすばやくマーティンと波長を合わせた。マダム・ヴェーバーは妙な見た目の麻袋のようなピンクのワンピース姿で、まつげにマスカラをこってりとつけ、歓迎の挨拶《あいさつ》としてスティックに突き刺したチェリーを振ってリビングへ案内した。

今夜は初めての人たちが多かった。視線を知った顔にすばやく走らせる。ニコロ・

ダ・コッサがジェーンと一緒に、それからハミルトン・ホワイト、マドモワゼル・アンリオ、シニョール・カスティリオーニ。上背があってがっしりしたイタリア人船主で、昨日の昼食にいた人だ。

　ざわめく声はすぐ忘れられる自己紹介だ。他人の記憶に刻まれるものなどなく、その他人もまた意味がないということだ。

「彼はもう来てるか？」マーティンが言う。

「いいえ」僕は答えた。「それに女も」

　また六人ほどがやってきて、その後さらに続いた。部屋はすぐに混みあうだろう。前回よりもずっと大がかりなパーティだった。島の目立ちたがり屋が半分揃《そろ》っている。赤いあごひげに短パンの男、麦わら帽子に飾りとして大きなブリキの動物をいくつもつけた女。信じられないほどどきつい黄色のジーンズ姿のふくよかな中年の女。

「ねえ、フィリップ」マダム・ヴェーバーが突然、耳元で言った。「カイル殿はスコッチしか飲まれないの。おきまりのお酒。あなた、お願いできる？」彼女の目はマーティンをながめて満足そうにきらめいた。「ようこそ、ボクサー中佐。大騒ぎよ、わたしが招待したよりずっと多くの人がいて。嬉《うれ》しいけれどジンが足りなくなりそう」

「レオニーはどこです？」僕は彼女に訊ねた。

「二階で休んでる。今日の午後は具合がよくなくてね。でも、後で顔を出すと約束したから。親愛なるミスター・ウィークリー、いらしてくださるなんてご親切に。マンハッタンはいかが?」マダム・ヴェーバーは人混みの渦に流されていき、僕は余分なグラスをひとつ手にして放置された。

「カイル?」マーティンが言う。「彼女、カイルと言ったか?」

「ええ。窓辺にいる禿頭《はげあたま》のご老人」

「やあ、そうだ、本人だ。昔、よく知っている人だった。ずっと前に火葬されたものと思ってたぞ」

「じゃあ、僕と一緒に行きましょう。離れないほうがいい」

僕たちは何度か人にぶつかりながら謝罪の言葉をつぶやき、部屋を横切った。マーティンだけでなくメイシーも僕についてきて、鼻をくんくん言わせた。老人は禿頭をなでながら憤慨したようにマドモワゼル・アンリオと話している。スコッチウイスキーを手渡すと、まるで信用詐欺《さぎ》ではないかと疑うような表情で僕をにらんだ。そこで僕はマーティン・コクソンを紹介した。

「コクソン?」カイルは目蓋《まぶた》の下から警戒しながら僕の隣にいる男を見つめた。「マーティン・コクソンとは、カラード卿《きょう》の孫の? なぜ早くそれを言わん? 十五年ぶ

り――」

「それ以上ですね」マーティンは言う。「あなたがまだ生きているなんて思ってなかった」

カイルは断固とした口調で言った。「だったら、きみは大きな勘違いをしておるぞ。わしはカラード卿より十歳年下で、彼は生きておったら八十歳を越えておらん。きみはいまなにをしておるんだ？　戦争が終わって落ち着いたんだろうな。きみは殊功勲章をもらうことになったと、読んだ覚えがあるが？」

「ええ、あの俺が結局そうなりましたね。半世紀が過ぎたように感じます。あなたの家の屋根に登り、料理人のズロースをキッチンの煙突に結んだ頃から」

「まあ、とにかく四半世紀は過ぎておる。まさに、きみは腕白な子供で、その上、恩知らずだった。カラードがやってきて、ジョンよ、あの子はどうにも躾《しつけ》ができんと嘆いたことをよく覚えておる」

群れる人々の向こうに、部屋に入ってくるレオニーが見えた。とても青ざめ、化粧でも隠せていない。彼女は鋭くあたりを見まわした。サンベルグを探しているんだろうか。マダム・ヴェーバーに目をとめるとそちらに近づいてなにか訊いている。そこで答えが返ってくる前に彼女は僕を見た。マダム・ヴェーバーが彼女の腕をつかんで

なにか言うと、レオニーはうなずいて緊張した面持ちでうっすらとほほえんでから、びくびくしながら人込みをかき分けてくる。

「……その上」カイルが言う。「この島も島に住んでおる妙な人間どももわしを喜ばすことはなく、スコットランドの雄々しい光景が懐《なつ》かしいが、ここの穏やかで面白味のない気候は老人に合うんでな」

レオニーがやってきて、いままでに見たことがない奇妙な冷たい表情を僕に向けた。昨日とは大違いだ。

「体調がよくないそうだね、気の毒に」僕は言った。

「ちょっと日射《ひざ》しに当てられただけ。あなたの同情はいらない」彼女はマーティンが振り返ったところを一瞥《いちべつ》した。

「こちらは友人のコクソン中佐だよ、ミセス・ウィンター」僕の声は周囲の騒々しさに消えかけた。

マーティンの黒い目が彼女を見つめる。「フィリップからきみの話は聞いているよ、ミセス・ウィンター」彼はそれしか言わなかった。それでじゅうぶんだったからだ。たっぷりと間を空けてから、彼はつけ足した。「今夜はきみの美しい島に感嘆しているよ。期待通りでもある」

「ここはわたしの島じゃないわ、コクソン中佐。みんなのもの。でも、遡《さかのぼ》ればローマの初代皇帝アウグストゥスのものよ」

「彼のやったことは驚きだな。世界の偉大な男のひとりさ、ヴォルテールは反対の意見だったが。大叔父のカエサルが統一成功まで生きられなかったのは哀れなことさ」

彼は話を続け、それが終わる頃には、強烈にアピールしたわけではないのにすっかりレオニーを虜《とりこ》にしていた。ついに顔色がもどってきた。またもや彼はやってのけた。いかに簡単に人の心をつかむことか、僕は憤《いきどお》りに近い奇妙なうずきを感じた。しばらくするとレオニーはカイルに向きなおり、カイルが話しはじめたが、近くにいる人々からどっと笑い声があがって、その言葉は呑《の》みこまれた。僕はレオニーから目を離せない。彼女は僕に向きなおった。「お酒を頼めて、フィリップ？　どうしても飲みたいの」

「もちろんだ」近くのトレイにたくさん置いてあったから一杯を手にしてすぐにもどると、マーティンとカイルはスコットランドの荒野の思い出についてやかましく話しあっていて、レオニーは背後の壁になかばもたれて部屋をながめ、頭痛がつらそうに眉間《みけん》に皺を寄せていた。

僕は声をかけた。「今夜、サンベルグはどこに？」

「ヨットで魚釣りに出かけた」

「ここに来てほしかったのに」

「そんなこと言ったって。彼はカクテル・パーティが嫌いなのよ」彼女は急いで酒を飲み、あやうくこぼしそうになった。

僕は言った。「こういうパーティというのは、社会生活のどん底だよ、まちがいない。ジンが注ぎこまれて、会話が流れだす。張りあげる声に、沈む土踏まず。友人のことをどう思う？」

「とても魅力のある人ね。寝室の調べ物を手伝わせるために彼をここに招待したの？」

「手伝わせたほうがいいかな？」

「いいえ。あなたは自分だけで手《て》際《ぎわ》よくやれる」

「調べるしかなくて、すまなかった」

彼女はグラスをいじってから近くに置いた。外側に酒が一滴伝っていて、彼女は怪《け》我《が》をした子供のように手を拭《ふ》いた。「なぜ、調べるしかなかったの？　どうしてそんなことまで？　そのために偽名でここに来たの？　そんなことをするのも仕方ないことだと、話が変わるほどのこと？」

「きみがもう少し声を張りあげたら、なんにもならなくなる」

「あなたは自分のことを私立探偵みたいに思っているとしか考えられない。命を危険にさらして、一日十ドルの手数料と必要経費のためにモラルを犠牲にするの。黒いナイロンのパジャマ姿の女の死体でも見つけるつもりなんでしょ、そして……」

僕は言った。「いいよ、好きなだけ妄想してくれ」

彼女はもうなにも言わなかった。弓の弦《つる》のように緊張している。

僕は言った。「きみはこの件を判断の基準にするんだろうね。でも偶然にも、僕たちの小道具のなかには死体がある。この死体は黒いナイロンのパジャマ姿じゃなかっただけで。それはたしかに話が変わるだろ。とにかく、僕のやったことは軽蔑《けいべつ》すべきことだと決めつけて僕は悪だと信じるんなら、僕がやろうとしていることをなんでも邪魔すればいい」

いつものイタリア人給仕がやってきて、僕たちのグラスにお代わりを注いだ。レオニーはふたたび酒をごくごくと飲む。その目をちらりと見て、苦しいのはもう身体《からだ》だけではないとわかった。ほんの一瞬、涙があふれそうになったが、彼女はまばたきをして鋭く閉じこめた。

マーティンが振り返って、また彼女に話しかけた。シャーロット・ヴェーバーが僕たちの元に押しかけてきた。目とくちびるは煙草《たばこ》と騒がしさのせいで疲れていたが、

本人は無敵だった。片翼を引きずる病気の鳥が、羽ばたこうと決めてできるだけ長く陽気でいようとしているようだ。彼女はレオニーを連れ去り、その後、僕はどうしてだかマーティンとも離れればなれになった。さらに来客がドアに押し寄せており、僕はサンベルグに会いたいとだけ願って放置された。

もう酒を飲もうとはせず、手にしたなにかよくわからない料理だけを食べつづけた。背中に入る肘《ひじ》、尻に押しつけられる女の尻《しり》。スキャパレリの香水とゴロワーズの煙、さらに数種の土のような香りという奇妙な取り合わせのにおいが漂う。例のごてごてした帽子の黒髪の女が期待するように僕を見つめたが、たぶん僕にはわざわざ人混みをかき分けるだけの価値はないと判断した。上背があり、ほっそりした鼻に薄くなりかけた頭の男が足をとめ、イタリアにおける文学の状況について僕に質問を始めた。僕がまったくなにも知らないと納得させるまでに五分かかった。

さらに三十分ほどして、戦いはまだ真っ盛りだったが、柱廊《ロッジア》に退散することにした。そこにはほかにもパーティになじむことを諦《あきら》めたひとり、ふたりの姿があった。空気はひんやりしてすがすがしいにおいがした。手すりの隣のレモンの木に花が咲き、実も成っていた。レモンを触り、ありがたく手に移ったにおいを嗅《か》ぐ。遠く、ナポリ湾の北の岬では明かりがまたたいている。煙草の煙でひりひりする目をこすった。

部屋から柱廊《ロッジア》にやってきた男があたりを見まわした。僕に目をとめて近づいてくる。ハミルトン・ホワイトだった。「きみが抜けだすのが見えたように思ったのでね、ノートン。明日の小旅行には来ますか？」

「小旅行とは？」

「青の洞窟へ。わたしは一度も行ったことがなくてね。この島で二週間を過ごすというのに、いちばん有名な観光地を見ないではアメリカに帰れない」

「そうなんですか……いや、初耳だ。誰が行くんですか？」

ホワイトはやや戸惑った様子で僕を見つめた。「レオニー、ジェーン、ニコロですよ。サンベルグが小型ボートを貸してくれることになって、夜明けに出発するつもりでね。パーティできみを誘おうという話になっていたんですがね」

その瞬間、怒った蜂《はち》のような音がしてドアがひらき、レオニーが現れた。僕たちに気づかず、庭へ向かうかに見えた。

ホワイトがそちらを見て彼女に呼びかけると、彼女は僕たちを目にしてゆっくりと近づいた。彼女の目は大きくとても暗くなっていて、顔はまただいぶ青ざめている。

ホワイトが言った。「フィリップに明日の話をしていたんですよ、レオニー。彼が来たがっているかまだわからないが」

「たったいま聞いたんで」

レオニーが言う。「きっとあなたは来ても楽しめないわね、フィリップ。あなたは残ってあの件を調査すればいい」

「どういうことですかな?」ホワイトが僕たちを交互に見やり口をはさんだ。「調査とは――ちっともわからないが」

僕は言った。「あの、内輪のちょっとしたつまらないジョークですよ」

「そうか。どうするか決めたら――」

「決めました。行きます」

「そうか、よかった。マリーナ・ピッコラに五時三十分ちょうどに待ち合わせなので。ところで、今夜は友人を連れてきたようでしたね。彼を乗せる余裕があるかどうかわからなくて」

「ないわ」とレオニー。「チャールズが五人までにしろと勧めてた」

「マーティン・コクソンは気にしませんよ」

13

その夜の流れに心から失望し、帰り道、マーティンにはそのように伝えた。

彼はしばらく話さなかった。口をひらくと、まるでひとりごとのようだった。「ちょっとしたことで緊張するとはおかしなものだな。場数を踏んだ俺はそんなことはないと思っていたが」彼は僕を見た。「まあ、バッキンガムがいなくて今夜は不発に終わったが、次がある。レオニー・ウィンターはたしかに強烈な魅力があるな」

「今夜の彼女は手厳しかった」

「ああいう美しい女たちはだいたいそうだ」

「そういう意味じゃないですよ。ダ・コッサが話したんだ」

僕はマーティンに早朝の約束について話した。彼はややいらだって言った。「マダム・ヴェーバーが明日の夕食に俺たちふたりを招待したんだが、聞いてたか？　なんだって彼女はこういう者たちをもてなしているんだ？　俺は五十を超えた女は好きじ

ゃない。浮かぶ難破船みたいなものさ。水をたっぷり吸って流されていく。いつ何時、巻きこまれるかわかったもんじゃない」

「彼女はこの件をほぼ知らないか、まったく知らないかじゃないかと。サンベルグはほとぼりが冷めるまで彼女の家を利用しているだけだと思いますよ」

　彼は近くの窓の明かりで照らされた壁際《かべぎわ》で足をとめ、野生の花を二本手折った。

「この島の本物の貴族」彼は言う。「きっとフェニキア人が足を踏み入れる前にここで咲き誇っていたんだ。自然がなによりも関心を抱く最終産物はどっちだろうな。人間か植物か」面長の品のいい顔に考え事に満たされた表情を浮かべ、彼は手帳に二本の花をはさんでこう言った。「明日は早起きして行動した後は、どうするつもりなんだ？　彼女は今日、手紙の説明をすると約束しなかったんだな？」

「しなかったですね。公平であるために言っておくと、僕が彼女にその機会をあたえなかった。心配していることがひとつあって、サンベルグはすでに逃げているんじゃないかと」

「島を離れてか？　なぜそんな必要がある？　俺が来ることは誰も知らなかった。俺がバッキンガムを知っていることは誰も知らない」

　寝る前に兄の備忘録の最後近くの長い箇所を解読したが、大半は発掘の日々の記録

に過ぎなかった。途中でやめようかと思ったところで、兄たちがインドネシアを出発する十日前の記載に行き着いた。

「今日初めて起きだしたが、とても気分が悪い。J・Bと初めて口論したことで気分の悪さは際立った。病気のあいだ彼はずっと看病をしてくれたのだから、恩知らずなことだ。ほかの人間では、あれほどかいがいしく世話をしてくれないのはたしかだ。四日間にわたって地獄のような時を過ごした。普段よりも抵抗力が弱っているに違いない。突然熱が出て、一時間はよかったが、次の一時間はひどく震えて立っていることもできない有様だった。熱は四十度を超え、一・三グラムほどのキニーネを服用。初日の夜ジャックはほぼ起きたままで、わたしの足元と腰の湯たんぽを絶えず取り替えてくれた。最初の朝は頭が少しはっきりして喉《のど》の渇きもやや収まったが、正午前にはまたひどくなった。そこからは記憶がとても混乱しており、主に頭は炎のようで身体《からだ》と脚は氷のよう、起きあがろうとしては無理やり、あるいは説得されて寝台に留まり、ジャックがさらにキニーネや水を飲ませ、火をふたたび熾《おこ》した。彼によると、譫妄《せんもう》状態のわたしは人類の系統発生におけるすべての問題を解いたという。思いだせるものなら！　彼は一晩たりともたいして休めなかったのではないだろうか。それでも、わたしが病気のあいだに発掘品の大半を分類して箱詰めし、現場の作業員たちに

仕事を続けさせた。計り知れない価値のある男だ。

口論は今夜、奴《ど》隷《れい》的労働と強制収容所、人間の精神が打ち負かされる可能性についての会話から始まった。彼の主張は、今日、そういった場所では容易に起こりえる科学的な退化に抵抗できる人間はいないというものだ。前世代がこしらえて応用した技術的策略があれば、精神的な力量がどれだけあっても人間というものは原始的なぬかるみを這《は》っている原始的な動物にまで後退させられる可能性があり、そうした策略は現代世界ではいまもこれからもますます応用されることになり、最初の一歩は大衆へのプロパガンダで、最後の一歩は個々に対する強要だと。

　これは我慢ならない主張だ。仮に真実だとすれば、人間はウィリアム・ジェイムズが語る純然たる完全な絶望に陥ることもある、ということではないか。全宇宙が苦しむ者のまわりに凝固し、圧倒的な恐怖の素材となって、突破口も終わりもなくその人間を包む。そうした存在の前では、ほかの概念や感覚は一瞬たりとも生きることはできないという説だ（『宗教的経験の諸相』より）。

　これを引用してBに聞かせたが、彼の主張はまったく正しくないと告げた。断じてそうあるべきだ――そしてわたしたち人間としては、それをたしかなものとしなければ。彼のような高い知性と教養を備えた者があのような説をどうやら信じているとな

れば……同じ影響、同じ伝統を持っていない東の異文化の者たちにとってはさらに受け入れやすいものとなる。しかし、われわれの文明が成りたっている共通の基盤が破壊されれば、地上には価値あるものが何一つ残らない。

　これを聞いてBはキリスト教についてなにか言いかけたが、わたしはキリスト教は話の一部に過ぎないと言った。西でも多くの者が宗教やその教義を否定する。これはもっと大きな話であり、すべての信念から取りだされるものだ。キリスト教と同じくユダヤ教でも、古代ギリシャの宗教でもほかのものでも。人種、信条、民族にかかわらず、人間が学び、息吹《いぶき》をあたえ、受け継いできたすべてのもの。それを否定することは究極の裏切りだ。

　もちろん、わたしがその意見を気にもかけない者が言ったことであれば、この件についてこれほど熱くなることはなかったはずだ。その愚か者を笑い飛ばすことだろうが、尊敬している者が言ったのであれば怒りが噴きあがる。

　しばらくして彼はテントの外までわたしを追ってきて謝罪したので、わたしも謝罪し、以前よりも大きな調和が生まれた。しかし、その後の湖の泥における現代の植生についての議論は目に見えるほど単調なものにもなった。この数週間、わたしたちの話し合いや議論は発掘よりも重要性を増したようだ」

よく眠れなかったのは、読んだものが原因でもあった。もう備忘録はあまり残っておらず、一、二度は明かりをつけて徹夜して終わらせたい誘惑に駆られた。四時四十五分頃に起きだし、ひげを剃《そ》って紺の船乗り用セーターと灰色のデニムのズボンを身につけて出かけた。

まだとても暗く、細い路地から車道に出ると星はまったく出ていなかった。島の上に垂れこめた重たげな雲が空をかき消している。ヴィラ・アトラーニの人たちの邪魔をしないようマリーナ・ピッコラで待ち合わせだったが、坂を下りながらふと思った。この取り決めは酔っ払いの戯《たわむ》れで、今朝になったらほかの者は誰も覚えてないんじゃないか。

夜明け前の暗闇《くらやみ》は夜のどんな時間帯とも異なって、島は静まり返っていた。ようやく最後のヘアピンカーブにやってくると、三つの人影が小さな桟橋で動きまわる様子が懐中電灯の光で照らされた。この頃には空のいちばん端がほんのりと明るくなり、ごくわずかにだが陸地の暗さが薄れた。

小石を踏みしめて彼らの元に行くと、ジェーンが言った。「あ、彼が来た。おはよう、フィリップ。悪いけど、いま絶賛議論中だよ。あなた、天気を予測するのはうまい？」

「当たったことがないよ」僕は答えた。レオニーは岩にもたれてじっと立っている。ダ・コッサはなんの挨拶《あいさつ》もせず、ゆるんだロープを繰りだしながら海を見つめていた。

「ホワイトはどこに？」

「どうしても彼を起こせなかったんだ」ジェーンが言う。「彼は具合がよくないって言ったけれど、パーティのせいじゃないかな。あなたが帰ってからもしばらく続いたから。でね、ニコロはこの天気だと行かないって」

ダ・コッサが振り返った。「嵐《あらし》が近づいてる。もう三回も繰り返して言ってるぞ。嵐の気配はよくわかるからな」

「どんな嵐だ？」僕は訊《たず》ねながら、視線はレオニーに向けた。「雷雨くらいなら、害はないだろ」

「雷雨だけなら害はないかもしれないさ。絶対濡《ぬ》れるけどな。だが、風が強まる。海が穏やかだからこのままずっと穏やかだと思ってるだろう。勘違いもいいところだ」

ジェーンは肩をすくめた。「あなたは天気に詳しいんだろうけど。でも、あたしはこれだけがんばって早起きしたのに、諦《あきら》めたくない。陸に留まって何事もなかったら頭に来るはず。あなたは大きな責任を取ることになるよ、ニコロ」

「結構だとも、責任を取るよ」

「レオニーの考えは？」僕は彼女を会話に引きこもうとして訊ねた。

彼女はこちらを見ない。

「レオニーは行くべきだと思ってる」と、ジェーン。

「賛成だ」僕は言った。

「三対一だよ、ニコロ」ジェーンがダ・コッサの腕に手を置いて言う。

「ノートンがやることは自分の責任においてやることだ。立派な大人なんだし自分が好きなことをやればいい。だが、俺だって同じだ。生まれてずっとこの島で暮らしてきた。きみが生まれる前からここの海に飛びこんで泳いでたんだぞ、ジェーン。今日は青の洞窟《どうくつ》へは行かないし、きみにも行かないよう頼む」

東の薄明るくなっていく空は雲の帳《とばり》を見せるだけだった。「うーん、だったら、やめたほうがよさそう」

僕は言った。「この小さなボートは堪航性《たんこうせい》（構造、設備の点である程度の荒天時でも安全に航行しうる能力があること）があるんだな？」

「当然さ」

「ダ・コッサは来なくていい」

「ジェーンは行かせない」ダ・コッサは言う。「安全じゃないから」

「あなたはどうする?」ジェーンがレオニーに訊《き》いた。

彼女はついに口をひらいた。「わたしはどうでもいい。あなたはやめれば、そうしたいなら」

「好きなようにしようじゃないか?」僕は言った。「ダ・コッサが言った通りだ。僕たちは自分の責任で行けばいい」

「ジェーンは行かせない」ダ・コッサが繰り返す。

「それは彼女が決めることだ」僕は言った。「とにかく、たぶんレオニーは僕と来てくれる」

レオニーは初めて僕を見た。「いい考えだと思う?」

「思うね」

生やさしいことではなかったが、見つめあううちに僕たちのあいだに入りこんでいたあの敵意が、もはや敵意ではなくなったと感じた。

彼女は言った。「いいわ。わたしはフィリップと行く」

出発したときはかなり冷えた。船外モーターは簡単にパタパタと音をたて、僕はモーターに近い船尾に、レオニーは船首に腰を下ろした。できるだけ僕から離れたのだ。

それでもたいして離れていなかった。

最初は桟橋で彼女が黙っていたため、昨日の続きから手厳しい言い争いをするつもりなんだと思っていた。いまではそうではなかったとわかる。鼓動が激しくなったように思える。最初の十分間、まったく言葉をかわさなかったことでさえも、状況を変えなかった。

マリーナ・ピッコラからの航程はマリーナ・グランデからよりだいぶ長い。ちっぽけなボートからながめると岩の海岸線はとてもいかめしく見え、初めはたっぷり距離を置くように舵《かじ》を取った。その後だんだん明るくなってくると、数日前に上から風景をながめた高さ千フィートの絶壁に近づいた。このあたりの海はたぶん水深六十から七十尋《ひろ》ある。遠くで雷がつぶやいた。

僕は言った。「まだかなり遠いのかい？」

「そんなことないと思う。前に一度行ったきりだけど」

二叉《ふたまた》の稲妻が絶壁と雲を照らした。僕たちはふたりとも身構えた。雷鳴がすぐに届いた。その音が消えると海は一段と静かに、一段と滑らかになり、ボートの周囲を滑り、なめるように思えた。船首の前で急に鼻先を出す岩を避けて舵を切る。ほどなくして第二の岬を曲がった。

僕は言った。「レオニー」

「なに」

「今朝、僕と一緒に出かけることに賛成したのはどうしてだい？」

「賛成してはだめだったの？」

「僕とふたりきりで会うのは避けたがると思ってた」

「ゆうべ、わたしはとても失礼だった？」

「原因を作ったのは僕だ」

「理由を説明できる立場になれたらと思うことがある」

「じゃあ、あれだけが理由じゃなかったのか？」

「どんな理由？」

「僕がきみの部屋を調べたこと」

「それが理由じゃない」

風が彼女の髪を乱し、彼女は両手で髪を押さえた。

僕は言った。「今日はきみの具合もよくなったみたいでよかったよ」

「そう？　まだ全然、本調子じゃない」

彼女を見つめた。「きみは世界を支える女人像柱《カリアティード》みたいだけど」

「世界の狭くてだいぶみすぼらしい一部をね」

「どういうことなのかきみが話してくれたら、僕に判断できるかもしれない」

「できれば――」

「なんだい？」

「まだあなたに戸惑っているのよ、フィリップ。できれば、まずはあなた自身についてもっと話してほしい」

彼女は手を下ろしたが、風はそれを受け入れなかった。前のぶんにくわえてあらたに整えた髪もなびかせ、髪は思いがけなく量が倍になって顔のまわりで輝く雲のようになり、明るくなってきたなかで、ふわりと乱れた。

「せめてひとつ教えて」彼女は言う。

「どんなことを？」

「この件にそこまで強い思い入れがあるのはどうしてなの。お兄さんの死について」

「それは別に不自然だとは思わないが」

「ええ、不自然じゃない。それがただの嘆きだったら。でも、ただの嘆きかしら？　ほかの要素もありそうに思える」

「きみは洞察力があるわけだ」

「なにかありそうだけど……そこに入り口があるの。次の岩の向こうに」

僕たちが入ることになる低く狭い穴を見つめた。彼女は言った。「いつもなら、入場料を集めるボートが外にいるんだけど、わたしたちのほうが早かったみたい」

頭に雨が数滴落ちてきた。続いて、また殴り書きのような稲妻が空を照らし、ゴロゴロと近づく雷の音が重くなっていった。

僕は言った。「水位があがると、洞窟にいるのは安全じゃないかも」

いまでは完全に夜が明けていたが、空は雲が大半を占め、コーヒー色の光に満ちていた。

彼女は言う。「安全が好きな人なんているの？」

以前の彼女はこうではなかった。僕は小さなモーターをとめてオールを下ろすと、近くへと漕《こ》いだ。少ししてからこう言った。「頭をさげて。入るよ」

入り口はとても狭く、ボートのなかにしゃがんで天井に渡してある鎖をたぐって進まねばならなかった。そうすると、ボートは静かに洞窟の動きのない水のなかへするりと入っていった。

サンベルグが、ここを見るならいまがいちばんいい時期だと言ったのは正しいかどうかわからないが、観光客たちが集まる前のほうが印象的だということを言っ

たのはたしかに正しかった。数分ほど無言で漂い、次第に洞窟の奥へと向かった。それにつれて水はますます青くなり、入り口は細い漏斗のような灰色の光へと小さくなった。オールを海に入れると、水かき全体が明るい青色光に照らされるかに思える。水を漕ぐと玉虫織を引き裂いているようだ。

　長い時間が経《た》ったと思った頃に僕は言った。「ティベリウス帝がこの洞窟を使ったんだよね？」

「そうよ。このなかから彼の屋敷にあがることのできる道があったの。彼はここに降りてきて泳ぐ者たちをながめ、自分も右手のどこかにある岩棚から飛びこんで泳いだ。その後、洞窟は千八百年のあいだ忘れ去られた」

「岩棚はどうなったんだ？」

「まだある。それに階段の一部も。でも、地上までは通じてないの」

　僕は切りだした。「七歳のとき、父が銃で自殺した。父は家にひとりだと思っていたけれど、僕は庭にいて銃声を聞き、音のほうに行って父を見つけた。そのときグレヴィルは十七歳でアーノルドは二十一歳だった。四年後、母が死んで、それ以来グレヴィルは僕のためにほぼすべてのことをやってくれたんだ。僕は兄がすばらしいと思っていて、僕にできるあらゆる方法で真似《まね》をしたけれど、残念ながら兄のような優れ

た才能はなかった。僕は兄に似ているとよく言われたものだったよ。外見だけじゃなくて、衝動的なところや性格も。そして、僕は父に似ているとも言われた。だからふたりとも、どうやら同じように死んだとなると、言ってみれば一度に二発の銃弾を発砲したようなものなんだ」

僕はふたたびオールを海に入れた。きらめき輝いている。彼女はとても静かに座っていた。前にも彼女のこの特性は目に留めたことがある。まったくの静けさのうちに見たり聞いたり考えたりできるのだ。

彼女は言った。「どうしてお父さんは——」

「医者から腫瘍《しゅよう》があると言われたんだ。悪性かもしれないが、はっきりしないと。ただちに手術しないとならなかった」

「だったら、誰にとっても立派な理由になるんじゃないかしら」

「でも、悪性じゃなかった。検死でそれが証明された」

間を空けて彼女は言った。「そう。でも、やっぱり説明できないことではない」

「ああ、もちろんそうだ。理由にならないと言ってるんじゃない」

僕は漕ぐ手をとめたから、ボートはゆっくりと入り口のほうへ漂っているようだった。

「僕は一分だってグレヴィルが本当に自殺したとは信じてないが、もし自殺だったなら、目下、手元にある証拠では説明できない。そうじゃないか。実際、きみがここまで話してくれたことが本当だったら、僕たちにわかる動機はまったく存在しないことになる」

「わたしたちにわかる動機はない、というだけのことよ」

「とにかく、これが僕自身の物語だ」

彼女は物思いにふけりながら僕を見た。「わたしはあなたほど正直になれそうにない」

「なれるさ。問題はきみが正直になりたいかどうか」

彼女は首を振った。「あなたは献身的で義理堅い。たぶん、わたしもそうなの」

僕は続きを待ったが、彼女は一分ほどもしゃべらなかった。外から妙な音がしているようで、僕はまっすぐ入り口に向かってオールを漕いだ。

夜明けの明るさが目にまぶしかった。最初はまるで外の海が魚でにぎわっているように思えた。その後、雨で泡立っているのだとわかった。激しいどしゃぶりの雨が海面を打っている。また稲妻が光ってくぐもった雷鳴のうめきが続いた。僕はボートの方向転換をして、仄暗《ほのぐら》い洞窟にもどった。

雨は外からの干渉を防ぐ厚く濡れたカーテンみたいだ。

僕は言った。「しばらくここにいよう」

「そうね。あなた、泳ぐつもり？」

「ええと、なにも持ってきてないんだ。思いつかなかったよ。きみは準備してきた？」

「ええ。でも――」

「よければ泳ぐといい。僕は急いでないから」

「わたしが話せるだけのことを教えたら、どうかそのかわり、この調査をやめてカプリ島を離れると約束してくれる？」

「きみが話すことは、僕が知りたいことの説明になるのか？」

「いいえ。わたし自身も知らないのよ」

「じゃあ、返事はきみが予想する通りのものだな」

「カプリを離れない？」

「離れないよ、レオニー。きみはそんなお願いをしても無駄だ」

「そうね。本当に、わたしは無駄なことをしてるみたい」

「進んですぐに島を離れるかどうか、自分でもはっきりしない。たとえきみがグレヴィルのことをすべて話してくれたとしても」

「どうしてよ？」

僕は水に指先を入れて動かす彼女を見つめた。「さあ、泳ぐといい。一緒に泳げなくてすまない」

「泳げばいやな瞬間を先延ばしにできる」

「十分間だ。今回は逃げられないよ」

彼女は一、二秒とは言わずためらった。「頭をはっきりさせる役に立つかも」彼女は白い水泳帽を取りだしてかぶり、毛先をたくしこんだ。すでにセーターとスラックスの下に水着をつけていた。

僕は言った。「ボートを片側に寄せるよ」

彼女が立ちあがるとボートはぐらつき、彼女が飛びこむと激しく揺れた。一瞬、飛沫《しぶき》と落ちてきた水がすべてを隠した。それから視界が晴れると彼女はボート近くの海中を泳いでいた。

僕はこれを予想しておくべきだったが、予想していなかったらしい。彼女の全身は淡い青色の光に照らされた。まるである種の奇跡のようで、炎と水が出会ってあたらしい元素が生まれたと思えた。彼女は楽々と、気《け》怠《だる》く泳いだ。水は彼女にとって自然なもののようだ。長く、ほどよく丸みのある腕や脚が動くたびに、美しい身体のすべ

ての調和の取れた厚みは、この光によって輪郭が際立った。だが、それは天空のもの、そして知的なものとなり、通常の性的な魅力をはるかに超えたものだった。むしろ彼女はプラクシテレス（古代ギリシヤの彫刻家）の脳が生んだもののようだった。

彼女は海面に現れて遠くへ泳いだ。玉虫織のさざ波がいくつもの線になって洞窟の壁へ押し寄せる。水が途切れて激しくきらめくと、彼女はつかめる岩を見つけていた。

「ここが例の岩棚よ。階段はどこにあったんだろう」

彼女が水からあがるとすべての宝石が彼女から落ち、彼女は突然視界から消えた。

僕はゆっくりと近くへボートを漕いだ。「階段が見えるかい？」

「ひらけたような場所があるけれど、どこまで続いているかは見えない」

僕は次の言葉を待ったが、彼女はもうなにも言わなかった。姿はまったく見えない。しばらくして、岩に鉄のフックがあることに目を留め、船首のロープをそこに引っかけた。それから僕は彼女を追って岩棚を登った。ここはずっと暗い。水の反射から離れているからだ。僕が進んでいると、彼女が突然振り返り、もう少しで僕にぶつかりそうになった。

彼女は言った。「驚いた！　あなたの足音が聞こえなかった。ティベリウスかと思った」

「違うよ。彼はもっと年寄りで太ってる」

彼女は岩棚の端までもどり、下を覗《のぞ》いた。僕は彼女の隣に立った。すると彼女は僕を見あげ、かなり深々と息を吸った。

僕は告げた。「いまきみに言えることは、こじつけで嘘《うそ》くさく聞こえることしかない。それなのに、ほかのことはなにも言いたくないんだ」

彼女の口角がさっとあがって笑みとなった。「あなたの言葉が嘘くさいと思ったことはないわよ、フィリップ。こじつけはあるかもしれないけれど。でも、あなたがいま言いたいことは、いつもと同じ安定した気持ちから生まれたものじゃない」彼女はさらに言いたした。「だから、あなたにはそれを言わないでほしい」

彼女は一歩前に出ると両腕をあげ、きれいに海へ飛びこんだ。するとたちまち、先ほどと同じ、人間ではない元素のような存在へとまた変化した。

しばらく彼女は水中で思うままに振る舞っていた。回転し、身体をひねり、泳ぎかたを変えた。僕はボートに乗って漕いでまわった。波が洞窟の入り口部分にひたひたと寄せている。

やがて彼女はボートの横手に現れて乗りこもうとした。僕は身を乗りだして手伝い、肘《ひじ》と手をつかんだ。ボートが傾いた。彼女がボートに乗ると、ふたたび変化が訪れた。

ただし、今回は海のなかとは逆の変化だ。彼女はボートの後ろに座り、僕も近くに腰を下ろして彼女を見た。彼女は水泳帽を脱いで髪を振った。薄暗がりのなかで彼女はクリーム色に見えた。

少しして彼女はためらいがちに言った。「フィリップ、帰りましょう。雨は関係ない」

「ああ」僕は言った。「雨は関係ない」

彼女は僕から視線を外さなかった。「そろそろ……バッグに魔法瓶を入れてきたの」

僕は彼女の肩に両手を置いた。温かい魚をつかんだようだった。冷たい水滴がまだ肌にまとわりついている。身を乗りだして彼女にキスをした。彼女は騒がなかったが、反応もしなかった。両手を背中に滑らせ、彼女の顔と首にキスを始めた。彼女は何か言おうとしたが、やめた。そのとき、急に彼女からもキスをしてきたが、同時に身体を振りほどこうともした。まるでまだ一部が魚であるように僕の手のなかで彼女は滑った。

「フィリップ、やめて」彼女は言った。目は軽く閉じられている。

いままでにないほど近くで彼女の顔をじっと見つめ、眉《まゆ》、頬、くちびるの動きをながめた。

「念の為《ため》に言っておくと、これが島を去らないもうひとつの理由だ」

「それが本当だったら――」

「本当だ」

だが、すぐに彼女はまた身体を振りほどこうとした。その目を覗きこむと、涙が浮かびかけている。

「ああ、どうしよう」僕は言った。「グレヴィルがきみのために自殺したのでなくても、僕が自殺しそうだ」彼女を離した。「どういうことなんだ、レオニー？　どうしてこんな反応を？　きみの態度についていけないし、それがどんな意味なのか探る糸口もない。きみはなにも言わず、なにもあたえず、なにも奪わない。きみの頭のなかがどうなっているのか、少しでも見抜けたら。どうして普通のまっすぐに走る道筋がまったくないのか、ひとつでも手がかりがあれば」

彼女は身体を起こして目元を手で覆《おお》った。「ごめんなさい。ああ、もう……」

「僕こそごめん」自分の席にもどってオールを持った。

「わたしのものを投げてもらえる？」

服を手渡すと、彼女は身体をよじってセーターを着込もうとした。

「濡れた水着のままじゃだめだよ」僕は言った。「まだここにずいぶんといることに

なりそうなのに」

「わたしは平気」

「馬鹿《ばか》なことを言わないで。後ろを向いてるから」

「あら。わかった」

僕は背を向けた。しばらくして彼女は言った。「もう大丈夫」

黙って入り口近くまでオールを漕いだ。まだひどく雨が降っている。

僕は言った。「飲み物はどうだい？」

「ありがとう」

カップのひとつにコーヒーを注いで彼女に手渡した。自分でもゴクゴクと飲んだ。

僕には必要なことだった。

彼女が言う。「半端《はんぱ》なことをしてごめんなさい」

「それがどういう意味かによるよ」

「どういう意味かわかっているでしょう」

「あの、僕はずるい奴にはなりたくない。美学的にきみを見るのは喜びだよ」

「どうもありがとう」

長い沈黙が続いた。ついに彼女はゆっくりと言った。「わたしのやってきたことも、

していることも、ピントがずれているようにあなたからは見えるでしょうね。わたしにとってはそうじゃない。たぶん、できるかぎり説明すれば、少しは納得してもらえるはずよ。トムとリチャードが死んだときまでか、その直後まで遡《さかのぼ》ることになる。あなたには退屈でしょうけれど、すべてがその頃から続いている話なの」

「退屈なんかじゃないさ」

「夫と息子が死んでからしばらく、拠《よ》り所をなくしてしまった。どこへ行けばいいのか、どこかへ行く理由さえもわからなくなった気がしたの。この転々とした時期に男に出会った。サン＝ジャン＝ド＝リュズで。彼は数日の予定でそこに来ていた。わたしより年上で一緒にいて楽しく、物知りで、気遣いができて、わたしに必要そうなものすべてを備えてた」彼女はいったん口をつぐんで眉間《みけん》に皺《しわ》を寄せた。「最初から彼には惹《ひ》かれるところがあった。しきたりを気にしないというか。彼は型にしたがわなかった。彼と一緒にいて、彼のことを知っているのに、それでも彼には驚かされた。彼がそれまでどんな場所にいたのか、どんな刺激的なことをやってきたのか。昔のことは知らないから、いつでもあたらしい情報が出てきた。彼は他人の心に入り込めるような想像力があった。そうした心にどんなものが見つかるのかそれ自体に関心があったのね。それは大きな才能なんだろうし実際にそう。でも、危険なものでもある。

とにかく、当時のわたしはなにをするにしてもたいした目的なんてないと思えた。でも、彼には目的があった」彼女はまた口をつぐんでじっくり考えている。「わたしたちは関係を持った」

「なるほど」

「そのときはどうでもいいことに思えた。少しすると、わたしは彼のことをとても大切に思うようになった。そういう感情は自分ではどうにもならないでしょう？　こうしたいだとか、ああすべきだと思うからって、これで終わりだ、なんてあたらしくやり直すことはできない。普通の道筋をたどらないものもあるの」

　コーヒーの温かさがありがたかった。僕がサンドイッチの包みを開けると、彼女は一切れを手にした。

「でもしばらくして——彼と一緒にいて三カ月ほど経ってから、自分から見ても物事が正しいとはもう思えなくなった。それにお金のことでもめたの。わたしの財産で自由に使えるぶんをわたしたちは使い切ってしまった。彼の態度はおかしくて、正直じゃないというわけではないけれど、通常の決まり事を超越したように振る舞うことがあったの。わたしたちは関係を修復しようと努力した。そんなとき、彼は極東に旅立ち、一年近くのあいだに、たった二通の便りしか寄こさなかった。ある日、わたしは

電報を受けとった。ジャカルタから――ほら、昔はバタヴィアと呼ばれていた街よ」

「ああ、知ってるよ」

「彼はアムステルダムで会ってくれと頼んできた。行くしかなかった。わたし――行くしかなかったの。誰かに愛情を抱くと、いやだった物事を都合よく忘れ、忘れていない人が変わっていてくれたらと願う。だから、変わっていないと知ってとても失望した」

「グレヴィルは彼と一緒だったのか？」

「ええ。そして彼は偽名で旅をしていた」

「バッキンガム？」

　彼女は僕を見た。「そうよ。ふたりはとても仲がよかった。この男とあなたのお兄さんは。会ったばかりだったけれどグレヴィルが誠実だとわかったし、偽りのない、とても強くて立派な友情なのはあきらかだった。でも、バッキンガムは――そもそも偽名だった――彼を知っているわたしにはわかったの、どうにかして彼は騙《だま》そうとしているんだって。方法はわからなかったけれど、わたしには兆《きざ》しが見えた。そんなことに巻きこまれたくなかった。それが彼をまた受け入れる代償だとしたら――彼が説明するつもりさえないよからぬことで彼を手伝って――代償が高すぎた」彼女は黙っ

てボートの縁をそっと指先でなぞった。「あとは想像できるでしょう」

「きみの手紙はバッキンガムに宛《あ》てたものだったと？　でも、どうやってそいつがグレヴィルのポケットに？」

「バッキンガムに渡してほしいとグレヴィルに預けたから。もうバッキンガムに会いたくなかったの。彼が相手だと、別れの言葉を伝えればいいという話じゃないから。もうまったく思いが残っていないならそんなことはないけれど、自分のなかでまだ決断を迷っているまま、迷うこともなく人の心に入りこめる優れた才能を持つ男と顔を合わせると考えたら」

「彼はきみにもどってほしがったのか？」

「ええ。彼はまるでお金を稼いだような、そうじゃなければこれからお金が入るような口ぶりだった。ヨーロッパ大陸で彼と一緒にいてほしい、地中海のどこかに落ち着こうと話して。でも当然、そんな話をどこまで本気にしていいかわからなかった。彼はいくらかお金を手に入れるとすぐ、際限のない額を持っているみたいに話す人で……うまく説明できなくてごめんなさい」

「まだ理解できないのは、きみがグレヴィルに手紙を渡すことになった経緯だ」

彼女は剝《む》き出しの足にサンダルを履いてバックルをとめた。足はまだ湿っていて、

ストラップがきついようだ。僕は言った。「サンドイッチを食べてないじゃないか」

彼女は身体を起こしてサンドイッチをかじった。濡れていた髪の先が乾いてカールしてきた。

「オランダに到着して、ニューヴェ・ドゥーレン通《ストラート》りのホテルに泊まった。翌日、あの人たちが到着したの。ターナー博士はグロティウスというホテルに泊まった。バッキンガムはわたしがいるホテルに泊まるつもりだったけれど、満室だった。わたしたちは初日はかなりの時間を一緒に過ごして、二日目にはグロティウスで待ち合わせと決まった。ターナー博士がわたしたちを――いえ、わたしを――インド諸国博物館に連れて行くという約束があったの。でも、そのときになると行ってはだめだと思ったのよ」

彼女はためらった。「もちろん、なにも言い残さずにアムステルダムを離れて飛行機に乗ってしまうこともできた。でも、その後ずっと自分自身の影に臆病者《おくびょうもの》と叫ばれたくなかった。だから対決することにしたの、バッキンガムと。それなのにわたしが訪ねていくと、彼は外出していた。だから彼がもう到着しているかと思ってグレヴィルのホテルに向かったけれど、彼はいなかったの。それにフロント係からグレヴィルは来客中だと言われたから、わたしは待った。バッキンガムがやってくるか、グレヴ

イルがフロントに下りてくるかを待つあいだにわたしの立派な判断はぐらつきはじめたのよ。このまま待ってグレヴィルが先に降りてきたら、バッキンガムと対決するチャンスはなくなって、直接彼に言いたかったことが言えない。だから手紙を書いた。バッキンガムのホテルへそれを持ち帰るつもりだったけれどちょうど書いているとき、グレヴィルがふたりの男と一緒にやってきたの。彼が男たちを見送るあいだに最後の数行を走り書きして、手紙を彼に預けてバッキンガムが来たら渡してと頼んだ。彼はそうすると言ってくれた。それが彼の姿を見た最後になった」

　僕はもう一切れサンドイッチを勧めたが、彼女は首を振った。僕は魔法瓶の蓋《ふた》をして、残ったサンドイッチを包み、バッグに入れた。

「手紙に封はしたのか？」

「ええ」

「封筒は破れていなかった。たぶん、水が染《し》みこんで糊《のり》が外れ、封が開いたんだな。宛名は書いたのかい？」

「いいえ。必要ないと思ったから。それに大急ぎで書いたものだったから」

「グレヴィルと会っていたふたりの男はどんな人相だった？」

「あまり覚えてないの。オランダ人だとは思った。中年で灰色のコートを着て」

「きみがグレヴィルに会ったとき、彼は心配そうにしていたか?」

彼女は袖口の長いセーターの片袖を折り返した。「ええ。そうね」

「彼はなにかおかしなことを話したかい?」

「そんなことはなかったと思うけれど。彼は待っていると言ったわ——バッキンガムを」

「それから?」

「あなたに話せるのはこれで全部よ、フィリップ」

沈黙が流れた。僕は言った。「雨がやんだようだ」

「ええ」

僕は口をひらこうとしたが、彼女の言葉を待った。

彼女は言う。「わたしを信じてくれる?」

「もちろんだ。いまのところは」

「その言いかただと〝もちろん〟じゃない」

「いや、僕にとってはそうだ」

彼女は奇妙で、かなり不安そうな視線を僕に向けた。「あなた、まだ島に留まるつもりね。そして事態を悪化させるんだわ——」

「留まることで。そうだよ。話した通りだ。いまではふたつの理由がある」

「ないわよ」

「あるよ」

洞窟の入り口までボートを漕いだ。危険だが、僕たちがタイミングを計れば帰ることができるはずだ。

「これ以上は話してくれないんだね？」

「その通りよ、話しすぎたくらい」

「ここまでは僕に話すと彼に言ったのか？」

彼女はさっと視線をあげた。「もう帰ったほうがいい、フィリップ」

外から射《さ》す光は耐えがたいほどまぶしい。僕はさらに少し彼女を見つめていたが、目をそらした。

「準備はいい？」

「ええ」

僕はオールをボートにあげると急いで頭上の鎖をつかんだ。僕たちは朝焼けへと躍りでた。温かさに出迎えられた。目もくらむような輝き。雲の根の下から太陽が照らす荒れて灰色がかった茶色の海は、ナポリ湾らしからぬものだった。

一瞬、なにも見えなかったが、どちらにしてもボートを崖《がけ》から離すことで大忙しだった。そのとき、一艘《そう》のボートが見えた。毎日、入場料を集めるためにやってくるものだ。乗っていたふたりのイタリア人は僕たちが飛びだしてきたことに驚いていた。けれど、さほど時間はかからずにやるべきことを思いだしたようだ。僕はエンジンをかけてパタパタと彼らに近づいた。

「いくらですか？」

「二百リラをお願いしますよ、シニョーレ」

二枚の札が相手の手に渡った。僕は言った。「今日は色がとてもすばらしい」

ひとりの男がちらりとレオニーを見て、賛成するように僕にほほえみかけた。「ああ、シニョーレ。どうか口に出さないでください。わたしもあなたと同じ気持ちです」

14

僕は言った。「マリーナ・グランデに向かったほうがいいね。島の南側の海は波が荒すぎるだろう」

「わかった」

雲が晴れて水平線のあたりの海はすでに色が変わりはじめていた。

「レオニー、オランダにいたときから考えを変えたのはどうしてだい？」

「変えた？」

「向こうできみはこのバッキンガムという男との仲を終わらせるつもりだったんだろう。いまは彼を僕から守ろうとしている」

「そんなふうに考えているつもりはないけれど」

「彼はこの島にいるんだろう？」

彼女は水着を拾おうと腰をかがめた。うずくまった姿、揺れて輝く髪、黒っぽいセ

ーターの長い曲線を見つめた。

「フィリップ。もっと話を聞かせてあなたのお兄さんが生き返るのならば……でも、そうはならない。そしてあなたは自分自身の人生を生きるしかない」

「前にもその言葉は聞いたみたいだ」

「真実だからよ」

「いまここで真相を探るのをやめたら、自分自身に愛想を尽かす」

「わたしにはなんとも言えない。でも――」

「このバッキンガムは危険な男だと思うか？」

「ある意味では。とても危険」

「きみの話によると、きみはそうしたくても彼を裏切ることはできなかった。なにが起こったのかきみにはまったくわからないから。きみから僕に話せるのは、彼の正体だけ。そうだね？」

「ええ。でも、それを話せばもっとたくさんのことにつながってしまう」

「たぶん、ある意味では僕はもうきみより彼について多くを知っているんだ。バッキンガムという名前はあたらしいものじゃない。彼は以前にも同じ名前で窮地に立たされた。よくない質《たち》の窮地、口に苦い後味を残すたぐいの。レオニー、今度はきみが僕

を信じる番だ。きみに嘘《うそ》をついてはいない」

彼女は僕を見た。「ええ、フィリップ。あなたが嘘をついているなんて思ってなかった」

「でも、確信はなかったと？」

「はっきりとは。でも、彼の過去に傷ひとつないとは思ってない」

「彼はおそらく人殺しだ。それに気づいているかい？」

彼女は座席の隣に水着を置いて折りたたみ、なにも言わなかった。

僕は言った。「それなのに、きみはまだ彼を守る」

「あなたの表現ならばね」

「じゃあ、きみはどう表現するんだ？」

彼女は言った。「やめて、フィリップ、やめてよ！　話せるだけのことは教えた。警察に通報したければ、すればいい。警察でもわたしからもっと話を引きだすことはできないから。わたしはこれ以上話せない。どうしても！」

くちびるが震えていた。

「わかったよ」僕は言った。「そこは追及しない。最後にひとつだけ質問したいが、答えたくなければ答えないでいい。きみはまだ彼を大切に思っているのか？」

あまりに長い間が空いて彼女は答えないつもりかと思ったが、こう言った。「ええ、まだ彼を大切に思ってる」

ホテルにもどるとジャワ島からの手紙が転送されていた。パンカルからだろうと思ったが、開封しないままポケットに突っこみ、マーティンの部屋に向かうと彼は朝食を終えるところだった。料理を口に入れる合間に、セルバンテスの本の裏の見返しにメモらしきものを書き留めている。

僕はとても滅入《めい》っていた。

なにがあったか説明すると、彼は本を閉じて鉛筆を置いた。荒っぽく椅子《いす》を押して剝《む》き出しの床をきしませ、窓辺に向かう。そして陰気な口調で言った。「やれやれ、俺たちは時間をここで無駄にしているんでなければいいが。彼女もその男も話そうとしないのなら、どんな真実が引きだせる？」

「まだ様子を見ればいいですよ」

「警察に知らせると脅してもたいして効き目などない。なあ、やはり俺にはこの収拾のつかない状態からなにかわかるとすれば、それはオランダにあるように思える。その考えから離れられない。きみの兄さんの死はヨーデンブレーの家のすぐ近くで起こ

ったんだぞ。間近で」

「オランダでの話はあとから終わらせましょう。まずはこちらの件のカタをつけたい」

嵐《あらし》の後の朝は完璧《かんぺき》だった。たまに早起きをするときの興味深い効果は、その日に使える時間帯がまるまるひとつ増えることだ。マーティンはビーチに行かせた。僕の持つドルのことで銀行に寄らなければならなかったからだ。その後、僕自身もビーチに十一時三十分にはたどり着けた。

いつもの場所に向かうと、ダ・コッサがジェーンと寝そべって日光浴をしていた。ほかの者の姿はない。僕はふたりから少し離れたところで足をとめたが、ジェーンは小石を踏みしめる音を聞きつけて顔をあげ、おーい、と言った。僕は手を振って、あとから合流するという仕草をしたが、そのつもりはなかった。ダ・コッサも顔をあげたが、歓迎するそぶりは見せなかった。

ふいに、マーティンとレオニーが湾の向こう側の岩に腰掛けているのが見えた。どうやらそこで泳いだばかりのようだ。ふたりの肌がきらめいていたからだ。僕は水着姿になったが、ふたりの元には行かないことにした。たぶん、彼は僕には引きだせなかった情報を彼女から得るために遠回りな方法をとっているんだろう。僕には彼ほど

うまくやれない。

少し寝そべって日射《ひざ》しを吸収した。身体《からだ》の内側が腐ったように感じ、それはここまでやってきたことがほとんど前進していないから、それだけが理由だと自分を納得させようとした。僕がやったことの大半は調査そのものの出口をふさいだようだ。

思いあがっていたのかもしれない。世界に善があるとしても、それを保存するのは僕の神聖なる使命じゃなかった。悪があるとしても、僕はそれを根絶やしにするために生まれたのではない。宇宙はモラルなど少しも気にせず、いつも通りに混乱してまとまりのない道筋をたどり続けるだろうし、それをひとつにまとめようとするなんて諦《あきら》めるのがいちばんだ。そのとき、いささか脈絡なく、僕はいつも多くを求めすぎるか、あるいは、ほとんどあたえてこなかったかだと思えた。ジェット・エンジンを売ることでも、アーノルドを手伝うことでも、なんとかやっていけるはずだ。真の芸術家がするように自分だけの世界を築くことなどせず、ほかの大勢の人々と同じように既製の型にはまるだろうから。

レオニーは二度も僕は自分自身の人生を生きるしかないと言った。でも、僕自身の人生とは具体的にどんなものだ？　僕自身が案じるものとは？　会社のあるサンフランシスコも工場のあるイングランド中部地方も同じように遠く思え、そこでおこなわ

れていることは薄っぺらで現実味がなかった。今度のことは僕の人生に立ちはだかった。グレヴィル、バッキンガム、いまではレオニー——そうともレオニー——がすべてで、ほかのことはどれも影のむこうに姿をくらましてしまった。

　やがて日射しによって肩の力が抜けたようで、僕はまどろんだようになって失望や失敗を忘れられて嬉《うれ》しかった。夢を見た。イギリスのビーチにいて、深さや色が絶えず変化する淵《ふち》を見つめている。しばらくして、それはレオニーの瞳《ひとみ》だと思い、彼女の声がこう語るのが聞こえた。「わたしがあなたのお兄さんを生き返らせることができれば。でも、できない、できないのよ。彼はまだオランダの運河にいるの」ここでグレヴィルの死体が淵の深みに漂っているのが見えた。僕は突然身じろぎをして淵から顔をあげると、グレヴィルが砂地を横切ってこちらに歩いてくるのが見えた。けれど、彼の足はなんの音もたてないのに、はっきりと骨が折れるボキボキという音がした。僕は起きあがり、今回は本当に目を覚ました。すると背の高いイタリア女が僕のすぐそばを通り、彼女の足が小石を鳴らしていた。

　風景は変わっていなかった。日光浴のふたりは姿勢が同じ。レオニーとマーティンはまだ岩に腰を下ろしている。ジャワ島からの手紙を思いだしてポケットから取りだした。差出人はパンカル博士で、オランダから僕が出した手紙の返事だった。まだ少

し寝ぼけていたが読みはじめた。

拝啓

先日はお手紙をありがとうございました。あなたの立派なお兄さんの死は、彼を知るすべての人にとって悲しみをもたらすことでしょう。わたしについてもそうです。あなたとご家族にお悔やみ申し上げます。考古学研究においてその名が語りつがれていくだろう気高い人です。

わたしが情けなくも病気だったあいだに、彼を手伝ったミスター・ジャック・バッキンガムについてかなり長い質問をされましたね。わたしにお伝えできるだけの情報を以下に記します。すでにアムステルダムからやってきた警察の事情聴取に答えたことをお知らせしなければなりませんが、あれはどちらの側にも善意が欠けたものでした。

ミスター・バッキンガムはわたしが病気になる四日前からわたしたちの発掘隊に参加し、わたしが彼を目にしたのはその期間のみでした。あなたの立派なお兄さんはスラバヤのオランダ人農園主の家で彼に出会い、一緒にキャンプにもどってきました。そこでわたしは初めて彼に会いました。着の身着のままでやってき

て、彼が言うには沿岸沖の熱帯暴風で船を失い、ひとりだけ生き残ったということでした。彼の態度は善意と品格に満ち、熱意と知性のある話しぶりで考古学の話題について語りました。この分野において彼は素人《しろうと》で、ターナー博士のような専門的な学識はまったくありませんでしたが、彼の知識はトルテカ文明やティリンス遺跡からインドネシアやイースター島まで、幅広い方面に渡っていました。

　ですが、最初の夜にふたりが夜遅くまで長いこと話しこんでいました。わたしは眠るまでずっと聞いていたのです。トリニール発掘現場の南三十マイルにあるウルティニの河床で化石が見つかったというミスター・バッキンガムの主張についてでした。わたしはその説に納得できませんでしたが、ターナー博士はこの話を確かめるべきだと考えられました。わたしたちの発掘調査は成果が出ないようになっていたからなおさらです。それで翌日からキャンプを移動させました。そこでわたしたちが出発しようというとき、同国人として残念なことに、早朝に無法者によって備蓄と二台のジープを盗もうという企てがおこなわれたのです。ターナー博士が到着されて大いに怒られました。作業員たちはまったく抵抗しようとせず、博士は身代金《みのしろきん》めあてで誘拐されそうになりました。しかし、ミスター・バッキンガムがそこで有能で無慈悲なところを見せ、首謀者ふたりを射殺し、残

りは逃げたのです。

翌日、河床に到着し、ミスター・バッキンガムはまちがっていないというじゅうぶんな根拠が見つかりました。わたしはそこの出土品はわたしたちが探しているものよりずっと後の時代のものだと思いましたが、ターナー博士は賛成しませんでした。議論の余地がある出土品がいくつか見つかってから、わたしは病気になりました。熱がかなりひどく、すぐに病院へ運ばれたのです。

あなたはミスター・バッキンガムについて訊《たず》ねられました。わたしは彼がイギリス人だという印象を持っています。わたしたちの前で、イギリス人であるように話していました。けれど、彼は楽々と複数の言語も話しました。ターナー博士との会話で彼はわたしの科学の教育では見当もつかない場所や名前を引用していました。わたしは二十八歳です、ミスター・ターナー。十五歳から十九歳までずっと日本軍とのゲリラ戦に時を費やし、十九歳から二十二歳まではオランダ軍とのゲリラ戦でした。これはどんな人間にとっても大いなる損失です。

わたしが病気のあいだ、あなたの立派なお兄さんとこの男が共に働いた数カ月についてはまったく知りません。しかし、精一杯、彼がどんな人間か描写してみます。

ヨーロッパ人の年齢を当てるのはいつも失敗しますし、あごひげがあるとなおさらなのですが、彼は四十歳ぐらいです。もしかしたら、もっと若いかもしれません。体格ですが、背は高く、痩《や》せていて、体重はたぶん七十七から八十キログらい。ヨーロッパ人としては中ぐらいの背丈で、たぶん一・七五メートルからもう少し高いぐらいです。髪は黒に近く、直毛で、顔色はわたしが考えるにかなり青白く、顔は面長で力強い骨格をしています。目は日射しを受けると茶色に見え、それがないと黒に見えます。深く植えつけたオリーブの種のようです。とてもハンサムですがめったに笑いません。あごの先だけに小さなあごひげを生やし、Vの字型に整えています。前腕は毛深く、左の前腕の手首から九センチから十一センチ上のあたりにふたつのほくろがあります。歯は自分のものですが、煙草《たばこ》のヤニでいくらか変色しています。どちらの糸切り歯も詰め物がしてあり、左の糸切り歯の奥の歯はありません。顔の肉と骨はでこぼこしていて、光が横から当たると奇妙な影ができます。ほほえむと悲しそうなところが顔から消え、温かさと同情心が見えます。ですが、まるで悪魔がほほえんでいるのであって、言ってみれば騙《だま》そうとしておだてているようだと思ったことがあります。

　彼は大勢の人に自分を印象づけ、ターナー博士は彼を大変気に入って——意図

してのことではないと確信していますが——わたしをのけ者にすることも少なくありませんでした。あなたからの彼について問い合わせる手紙、そしてオランダの刑事がここにやってきたことから、あなたの立派なお兄さんが彼のせいで傷つけられたのではないかと疑っています。彼は歌が上手で、わたしの知らない歌をいくつも歌います。ターナー博士はそれらをドイツの一流のものと呼んでいたように記憶しています。

彼が歌うと髪が目に落ちかかり、右手の人差し指と中指、二本でかきあげていました。

残念ながら、この男について描写できるのはこれがすべてです。わたしは病気でよく覚えていないので、あなたもきっと許してくださることと思います。

それではこれで心からの別れのご挨拶《あいさつ》として、立派なお兄さんの死に深いお悔やみを再度申し上げます。

敬具

ガニ・パンカル

追伸——上の小臼歯《しょうきゅうし》は左と右、どちらが欠けていたか確信はありません。

僕は手紙をたたんで航空便の封筒にもどした。封筒をまた折りたたむと手のなかで紙が乾いた音をたてる。これをズボンの尻《しり》ポケットに入れてボタンをとめた。ズボンもたたんでシャツやセーターと一緒に隣に置いた。ジェーンは背中を日に焼くのを終えて今度は仰向けになっていた。ダ・コッサは座って小石を海に投げている。その距離からだと、小石は小さくポチャ、ポチャ、ポチャと音をたてた。

誰かの頭が浜辺のすぐ近くの海で上下していた。レオニーのものだった。僕が手紙を読んでいるあいだに彼女はマーティンを残して泳いでいたのだ。マーティンは彼女を追っているがずいぶんと遅れている。やがて彼女は足が立つところまでやってくると、腕をあげて水泳帽を脱ぎながら歩いた。僕に目をとめると一瞬ためらってから、髪を振りながら近づいてきた。

「あなたが来ていたこと、気づかなかった」

「十分ぐらい前に」

「どうかしたの？」

「どうかしたかって？」僕は言った。「別に」

「顔色が悪いけれど」

「いままで寝ていたから。夢を見た。たぶんそのせいだ」

彼女はほほえみ、やや岩の陰になった僕の少し後ろに腰を下ろした。彼女は手首にはめている細いゴールドのブレスレットをけっして外さない。「どんな夢？」

「善が悪で、悪が善。誰もその違いを見分けられないという夢」

「そんなこと信じない」

「そうだ、きみの言う通り。夢はそんなふうにひねくれたりしない。実生活の願望を叶《かな》えてくれるものだからね」

彼女はゆっくりと近づいてくる黒い頭を見つめた。それからかがんでジュート底の靴の紐《ひも》をほどきはじめた。彼女の肩は日射しで金色に輝いている。足首にはタールの汚れがついていた。

僕は言った。「今夜、僕たちは夕食に招かれたんだよね？」

「えっ？」彼女は顔をあげた。「ええ、たしかそうよ」

マーティンが海からあがってくると彼女はふたたび立ちあがった——少し身を守ろうとしているように思った——そして崖《がけ》を背にとても静かに立って彼を見つめている。

水着姿のマーティンが醸《かも》しだす印象は服を身につけたマーティンの印象とまったく同じではなかった。面長の顔の繊細な骨格、影の宿った目、健康ではないとほのめか

す顔色が作りだす印象は舞台袖《そで》に吹き飛ばされていた。力強く、楽々と筋肉を使いこなす身体はあらたに就役した巡洋艦のように優雅だった。どこかに緊張のこわばりがあり、張り詰めてわずかに神経が尖《とが》っているが、それであたらしい全体像が変わることはなかった。

　彼は言った。「流れにしたがって泳がなかったら沈みかけた。きみは水のなかでは俺にはちょっとばかり速すぎるよ、ミセス・ウィンター」彼は石に座って水滴をまき散らした。一瞬、警戒するように僕たちをちらちらと見た。「海の上にいるほど海のなかではなじめないのは妙なことだな。いざとなれば半マイルは泳げるが、そいつが俺の限界だ。泳がないのか、フィリップ？」

「いますぐにでも泳ぎますよ。借りたボートは大きな港のほうに置いていて大丈夫かい、レオニー？　あっちに持っていったのは僕の責任だ」

「ああ、大丈夫。チャールズはもどったから。彼が人をやってボートを回収させるわ。わたし、着替えないと」

　彼女はダ・コッサとジェーンのほうに向かった。マーティンが目で彼女を追う。

「チャールズはもどったと。そいつがサンベルグだな？」

「そう、サンベルグだ」僕はそう言い、黒髪をかきあげる彼をながめた。嫉妬《しっと》したパ

ンカル博士が正確に観察したものがすべてそこにある。前腕のほくろまでも。僕のもともとの直感は最初はごくかすかな疑いでしかなく、その後、放り投げたものだったが、結局は正しかったのだ。

15

マダム・ヴェーバーがこの十五年そうしてきたと主張するように死を間近に感じながら生きると、死との差し向かいから気を楽にするためにほかの仲間が必要になるのは自然なんだろう。そのための手段を持っているから彼女は自宅を泊まり客で埋め、そこにうまく当てはめられる多くのよそ者を追加した。ディナー・パーティの参加者は十二名で、僕たちが到着するとチャールズ・サンベルグがそこにいた。マーティンを紹介し、昨日考えたこととはまったく異なる関心を抱いてふたりを観察した。

サンベルグは僕に言った。「今朝は青の洞窟《どうくつ》を楽しんだことを願うよ、ミスター・ノートン」

僕は皮肉と敵意を予想して彼を見たが、そんなものは見られなかった。

「どうも。すばらしかったです。それに雨宿りにもなった。ボートは無事でしたか？」

「ああ。またボートが必要になったらいつでも遠慮なく言ってくれ」

「本当にありがとうございます」そうは言ったが、このあきらかな態度の変化に面食らった。あまりにも皮肉な話だが、どういった理由からか彼は僕への対応を変えた。「あなたもサンベルグのヨットを見るべきですよ」僕はマーティンに言った。「あなたたちふたりとも、いわば海が人生最初の恋人のようだから」

　サンベルグは礼儀正しくほほえんで口角を跳ねあげた。「幸いにも、わたしたちの思い人には閉じられた扉もほかの約束もない。だから嫉妬《しっと》というものもないね」

「全然そんなことはないな」マーティンが言う。「俺は彼女を探索する金と自由がある男みんなに嫉妬する。いつも海はふしだら女だった。競《せ》りで最高の額を申し出る者に最高のものをあたえるから」

　テーブルにつく直前にマーティンと目を合わせると、彼は親指を下に向けた。それはあらかじめ決めていた合図だった。彼はどんな合図を寄こすつもりなのかと思っていた。手紙を読んでから一日中、口のなかに奇妙な味がした。銅のような、血のような。時折、焼け焦《こ》がされるような急激な怒りにとらわれた。この日の午後は別の手紙も受け取っていた。トレン警部からのものだ。しかしこれまでのところ、どうしたらいいか決めかねていた。いったん、決断はお預けだ。僕にできるのはじっと待って観察することだけだった。

高級な料理とワインが並んだ。終わり頃に、話題はこそ泥のことに変わった。マダム・ヴェーバーによると、この島ではないも同然だという。彼女はいたずらっぽくほほえんで、通常の罪はまれなのだ、皇帝ティベリウスが変態行為（カプリ島に隠棲して放埒の限りを尽くしたという伝承による）という遺産を残し、それが完全に死に絶えることはなかったと語った。

ダ・コッサが言った。「近頃じゃ、変態行為がなにを意味するのか全然理解できないよ。精神医学がすべての行動は同じ主題における一連のバリエーションでしかないって示したんじゃないの」

それはなかなかいい話題逸《そ》らしの言葉だったが、どちらにしても客たちの誰かがこの件で意見を持ちだすとは思わなかった。しかし、サンベルグとホワイトの両者がなにか言いはじめ、一瞬の後にホワイトが話す権利を得た。彼はおそらく昨日の深酒の影響か、今夜はずっと静かだったのだ。「よろしいかな、その見解にはどうしたって反感を持ってしまいますね。法廷を職場としていると、しばしば精神医学でこの犯罪もあの犯罪も言い逃れをされるのを目にする。そもそも犯罪として成り立たない、どの行動にも理由があり、説明がつくのだと。そんなのはまったくもって悪いことですね」

「どうして悪いことなんだい？」

「犯罪者は法廷に立ち、こういった医学的な証拠とやらを聞かされるんですからな。その哀れな男が実際におこなった汚《けが》らわしい犯罪は彼の過失などではなく、その責任は彼が三歳になったときにこれをした、あれをしなかった父親か母親に背負わせるべきだと説明されるのを。それでかならずしも判事たちを懐柔できるわけではないが、どちらに転んでも悪いことですよ。自分はなにも悪事を働いていないというのに、社会が自分を誤解したという気持ちを抱いて刑務所に――実際有罪となったら――送られることになる」

　マーティンが静かに口をはさんだ。「いつも精神分析はくだらない《all my I》（くだらない＝all my eye and Betty Martinの慣用句に含まれる名前が自分と同じことをもじった）と思ってましたがね」

　ジョークに気づかず、サンベルグは苦々しい口調で言った。「だが、罪の意識を取り去ることこそが精神医学の主な目的だろうに。それもあって、これだけ人気なんだ。かつてこう言った者がいる。神が存在しなければ、発明する必要があると（ヴォルテールの言葉）。二十世紀にはそのほうがフロイトより真実に近いんじゃないか」

「あら、フロイトはいいことをしたんじゃないの、チャールズ、ねえ？」マダム・ヴエーバーが言う。「わたしたちの先祖がなによりも苦しめられたのは、その罪の意識だったことはたしかだし。人生を台無しにした。破滅させた。それがわたしの母の人

生も台無しにしたの。絶えず罪悪の雲の下で生きていたから。ジークムントにはどれだけ感謝しても足りないくらい。チクチクする懺悔《ざんげ》服《ふく》を格安セールしてくれて」

ホワイトはサンベルグを見つめていた。「きみも反フロイトだとは知らなかったですな、チャールズ。アメリカでは、わたしはいつも荒野で吠《ほ》える孤独な声なので」

「だとしたら、ほとんどの国でもそうなるんじゃないか」サンベルグは言う。「フロイトの説はとても快適な観点、宗教よりはるかに快適だからね」

ジェーン・ポーリンジャーが言う。「あたしには特に快適に思えたことなんてないけど」

「いや、快適だよ、きみ。快適だとも。わたしたちのおこないは潜在意識から生まれる衝動によるもので、そうしたものにわたしたちは責任がないと言われているじゃないか？ 葛藤《かっとう》の原因に気づけば、もはやその咎《とが》を責められることはない。自分の過去について努力する必要はない。今日ではそいつは魅力あふれる台詞《せりふ》じゃないか。努力しないでいい、というのは」サンベルグの目が一同に順番に向けられ、僕と目を合わせると控えめなきらめきが浮かんだ。「たしかに、わたしたちの心にあるものと闘ってはいけないというのが通説だ。闘えば抑圧が生じ、人はそれを避けようと努めているのだからね。わたしたちはくつろいで椅子《いす》に座り、分析医はそうした絡《から》んだ糸をほ

ぐす。自分の衝動に屈することで、さらなる葛藤を避けられる。子供たちには地面をほじくり回させ、家庭を破壊させ、若くして交尾させることで、未来の落ち着いた世代のための基礎を作るわけだよ」

「落ち着かない世代のためだろうに」カイルがそう言う声がした。「そういう世代がすでにふたつ、三つ生まれておるわ」

「個人的には、落ち着かない世代のどこが悪いのかわかりませんけどね」マーティンがうつむいて桃を剝《む》きながら言った。「フロイト、あるいは常識、どちらの帰結にしても。自然な状態への先祖返りだ」

「無秩序への先祖返りと言ったほうがあたっているね」と、サンベルグ。

「まあ、そう呼んでもいいが。だめな理由は？」

「だめな理由は複数ありそうだ」サンベルグは言う。「だが、先々はそうなるというきみの予想はあたっていると思うね。自分の行動に根本的な責任はない、あるいは少なくともそうした行動に駆り立てた欲望に屈したことに責任はないと感じたとたん、つねに理解してきたような善と悪の意味は終わるからだ。そして大きな影響力としてのモラルの法則も終わる」

「わたしたちはあたらしい神話を発明すべきなのかもしれないよ」マダム・ヴェーバ

ーが言った。「イヴはエデンの園のリンゴを食べ、善と悪の知識を見つけた。でも、いまは誰かさんがフロイトの園でグレープフルーツを食べて、その余波でわたしたちに麻酔をかけた。目を逸《そ》らさせて」

マーティンが言った。「マダム・ヴェーバー。あなたは俺が出会ったなかでも飛びきり啓蒙《けいもう》された女性ですよ」

「そいつは啓蒙じゃない」サンベルグが言う。「やんちゃだ」

「そんなこと言うなんて、チャールズ」

マーティンはナイフを置いた。「しかしまじめな話、なにが起こっているのか、みんなそろそろ気づく頃合いじゃないですかね。前時代の文明の残骸《ざんがい》をいつまでも拾うのはやめて、あたらしい文明がすでに生まれつつあると気づく頃合いなんだ。第二のルネサンスと人々は口にする。まあ、快適な言い回しを望むなら、そう呼んでもいいでしょう。だが、いまの世界で起こっていることはあたらしい芸術の形の誕生じゃなく、あたらしいモラルの形の誕生なんだ。俺たちが好もうが、好むまいが。古い禁忌はもはやなにも意味しない。これっぽっちも」

僕は彼を見つめた。「古い禁忌?」穏やかにそう言った。

「そうだ、フィリップ。そんな基準を元にしたモラルを抱いている者、あるいは祖父

や曾祖父《そうそふ》がそう信じていたからというだけの理由でそうしている者は、ミシシッピ河の氾濫《はんらん》中、呑気《のんき》に騒擾《そうじょう》取締法を読んでいるような者さ。ほかの人がそう考えていたから、なんてことになんの魔法もない。魔法とは自分の頭で考えるときにしか生まれない。この二十年間で物理的な世界のすべての障壁が崩れた。今度はモラルにおいてやってはいけないこと、心情的にやってはいけないことが崩れる番だぞ。そういうのが進化しようとする人間の足をいちいち引っ張るのさ。きっとそうなる、いまこそ崩れるときだ！　オオナマケモノや恐竜みたいに絶滅したくなければ、まったくあたらしい思考を始めるべきだ」

　マーティンの声にはほかのことを話しているときとは異なる息遣いがあった。気に入っている話題を語るときに忍びこむ情熱が見え隠れしている。ひょっとしたら、それ以上のものが。

　カイルが顔をあげた。大切にしている骨に触られた老犬のようだ。「きみのお父さんやお祖父《じい》さんの考えていたことが問題なんじゃないわい、マーティン。モラルは三十世紀にわたって人間のなかで同意されてきたことだろうに。この世界でそこまで絶対であるもの、少なくとも絶対に近いものにはなにかしらの価値がある。それが認められん者は愚か者だ。認めておりながら無視する者は悪党よ。この点については、二

通りの考えかたなどない」彼はまた目を伏せた。

マーティンが言う。「モラルが何十世紀も人間のなかで同意されてきたのは、太陽が地球の周りをまわっていた時代のことですよ。コペルニクスが違うと証明するまでの。仮に俺たちが――」

「ええ」彼が続きを話す間をあたえず僕は口をはさんだ。「〈サンデー・ハーフアワー〉（イギリスで一九四〇年から近年まで放送されていたＢＢＣのラジオ番組）で取りあげるならいい論点だ。でも、とてもあいまいで一般論的になってないですか？ できれば、具体的な事例に話を変えたいな」マダム・ヴェーバーにほほえみかけた。「たとえばマーティン・コクソンは無秩序へもどるなどの主張をしました。でも、それは主に議論のためにしたことです。そうですよね、マーティン？」

マーティンの暗い目が一瞬、僕の目と合った。そこで彼はうつむいて桃を剝《む》いた。

「どうです、マーティン？」僕は言った。

彼は顔をあげた。「いいや。俺はそれが避けられない傾向だと思ってる」

「一般的な傾向として」

「まあ、そうだ。たしかに一般的だ。世界的というか」

「まだ世界的じゃない。そんな考えに顔を背ける人も多い。でも、世界的になってし

まう危険があるという点ではあなたに賛成だ。さて、そうした考えに顔を背ける僕たちはどうすればいいんでしょうね？　一般的な傾向には対処できないが、具体的な事例なら——ときには対処できるかも」

「なにが言いたいの？」レオニーが口早に訊《き》く。

彼女が口をひらくとマーティンが顔をあげて彼女を見た。パンカルが描写していたように照明が彼の顔に影を作る。初めて見るようにして彼の顔を見つめた。眉間《みけん》の小さな膨らみ、中央に影が一筋入った豊かな下くちびる。

僕は言った。「そうだな、僕たち大多数が受け入れるルールに本気で賛成していないのはごく一部の人間だよ。認識できるかぎりでは彼らはサイコパスでも変態でもない。ねじれた子供時代を送ってもいない。説明がつくような過去はないんだ。隣人たちと異なっているあきらかな理由なんてない。それなのに彼らは故意にそうなることを選んで犯罪者となる。僕たちは彼らをどうしたらいいんだろう？」

少ししてハミルトン・ホワイトが言った。「きみはもう少し具体例を狭めたほうがいいのではないかな」

答えかけたがやめた。突然、自分の前に大きくひらけた道とそのたどり着く先が見えたが、まだ心の準備ができていなかった。マーティンと僕のあいだに精算すること

があるとしたら、ここで始めることはできない。仮に心の準備ができていたとしても、僕が言うつもりだったことを口に出すのはどうかしている。急いで考えてごまかした。

「ええと、ある殺人犯がいるとしましょう。普通の生活を送っていたらしき男が突然、人を冷血に極めて意図的に、ほぼ動機もなく殺したとしたら。彼はどうしてそうなったんでしょうね？」

そのときはひどくつまらない落ちになったと思ったが、どうやら誰もそれに気づいてないようだった。たぶん、シャーロット・ヴェーバーがうまく場をつないだからだ。

「あら、あなた。精神科医がいちばん役立つのがそういう人たちに対してよ。どうしてだか知らないけれど、殺しをする人というのは普通、自分を受け入れることができなかった人でね。子供と同じで物事に対処できず、劣等感に反発して埋め合わせを求めるようになったわけよ。それがアドラーの説。ひょっとしたら別の人だったかもね、記憶が昔みたいじゃないから。でも、たいていはそこがすべての問題の始まりで、結果は人格が分かれたり、願望充足を求めたり、そういうことになるの」

サンベルグがおどけた顔をしてみせた。「盛りあがってきたね。人が殺しをするのは反発して埋め合わせを求めているから。本人が悪いのではなく、責められるべきは父親や母親だと。だが、社会改革者に訊《たず》ねれば、とんでもない、父親や母親が悪いん

じゃない、すべてはその人殺しが生きてきた環境のせいだと言うよ。すると今度は生物学者がまったくそういったことではなく、人殺しが先祖からあまりに多くの悪い遺伝子を受け継いだからに過ぎないと言う。殺しをやった本人の責任逃れをする話ばかりだ」

「生物学者が正解にいちばん近いですね」ハミルトン・ホワイトが言う。「手を休めることなくカードを配りつづければ、遅かれ早かれ誰かがストレート・フラッシュを手にして、ほかの誰かが２のワンペアを手にする。フィリップが言っているような、見たところ意味のない犯罪のたぐいにはこれがただひとつの説明です。そうしたことは実際にある。そうした事例にかかわったことが何度もありますよ」

　マーティンが桃にかじりついた。「あなたが意味のないと呼ぶ犯罪はおそらく、あなたにだけ意味がないんですよ。あなたはそれを異常で、常識から外れたことだと見なしているから。だが、犯罪というのは一部の人間にとっては通りを歩くのと同じように生物学的に正常なことなんだ。殺人はそいつの人格の表現になり得る。となると自殺もたぶんそうだ——その場合は蜜蜂《みつばち》のようにただ一度しか刺せないが。あなたは子供がピアノを弾きたいという願望を持って生まれつく理由を探ったりしないし、その願いを叶《かな》えたからといって彼に何かの烙印《らくいん》を押したりしない。子供が医者——ある

いは死人にかこまれて時間を過ごす病理学者に、または常に動物の命を奪う肉屋に、街を爆撃しろと命じられるだろう飛行士になりたがる理由も。いや、こうした職業はすべて大丈夫。それは過去の老人たちが決めたいんちきのルールに含まれているから。ところが、そこから一歩外れると――人殺しにかぎらず、信じるまま自分の人生を生きるだけで、警察だけじゃなく、次のカモを探しているすべての人気の精神科医や、まやかしの社会改革者の餌食《えじき》になるんだ。そういった連中こそ病院に閉じこめるべきであり、人類が成熟したらそうなると俺は信じているね」

ダ・コッサはほほえんだ。「そいつはとても面白い意見だ。けど、突き詰めれば全部が同じなんだったら、人間の行動は環境や、本人にはほとんど、もしくはまったく制御できない出来事で決まるってわけだよな？ 精神的な欠如、モラル的な欠如、身体的な欠如がある。全部同じように扱うんだろ。俺がこの身体《からだ》に生まれついたからって、俺を責めることも、閉じこめたいと願われることもないと信じてるが」

サンベルグが言う。「閉じこめられるのは、その身体で罪をおかした場合だ。つまり、いかなる身体の不自由さであってもそれをどう利用したのかを責めたり、賞賛したりすればいい」

ダ・コッサは不快な声をあげた。「あんたに俺の裁き主にはなってもらいたくない

ね」

　サンベルグは彼を見つめた。「誰かの裁き主になりたいなどとは思わない。わたしは自分の人生を生きてきたし、天使などではなかった。だが、いまでも罪悪とは個人にとって有害な行動だと信じていてね。それに、犯罪とは社会にとって有害な行動だとも信じているんだ。こうしたものをいくらでも好みのあたらしい名称で呼べばいいが、わたしはみずからのおこないに対する個人の責任は逃れられないものだと信じている」

　彼女はマーティンと庭にいた。もどってくると顔を紅潮させ、吃音《きつおん》がいつもより目立つようになっていた。その後、彼女がそっと部屋を抜けだすのに気づき、僕は数分して後を追った。廊下には誰もいなかったが、階段のいちばん下にたどり着いたところで彼女が降りてきた。

　三段上で彼女は足をとめた。

　僕は声をかけた。「この数日、あれだけきみに口出ししたことを謝りたい」

　彼女はあいまいにほほえんだが、視線は僕を素通りしてドアに向けられた。「その話は今朝終わったと思っていたけれど」

「そう、あなたがこの——この調査を締めくくることにしたのなら——」彼女は最後まで言わなかった。

「これは追伸だ」

「そうだ」僕は言った。「そう決めたよ」

これを聞いて彼女は顔をあげた。「本当なの、フィリップ？　もしそうなら……」

彼女が目にほっとした気持ちを浮かべたことが気に入らない。「とにかく、ある程度は。二日ほどオランダにもどることにした。事件を担当するオランダの警部から手紙を受け取ったんだ。よければ読んでもいいよ」

彼女にトレンからの手紙を渡した。アーノルドから転送されたものだ。手紙を読む彼女の視線をたどることができた。

親愛なるミスター・ターナー
お兄さんの死にかんしてあたらしい事実が手に入りました。これについては手紙ですべて知らせることはできません。極秘でして、こうした情報は記録に残さないほうがよろしいからです。もしもまたオランダに足を運んでいただけるならば、直接この情報をお伝えし、貴殿の納得いかれないことを晴らすお手伝いがで

きるでしょう。

もし、当地にいらっしゃれないようでしたら、どうかお知らせください。手紙でお伝えできるだけのことはお知らせできるよう努力しますので。

取り急ぎご連絡まで

J・J・トレン

彼女は手紙をもどしてきた。

「どういうことなの」

「それを知るために行くんだ」

「そうね。もちろん、そうね。では、祈ってるわ――」またもや彼女は最後まで言わなかった。

「無駄骨に終わることを?」

「違うわよ。すべてがうまく行くことを祈ってる」

「ありがとう。ところで、マーティン・コクソンはここに残してきみの面倒を見てもらうよ」

彼女は目を伏せたままだ。

「それは愉快になりそうね」

「そうさ、彼はとても愉快だからね」

「この警部にわたしのことを伝えるつもり？」

「まだ決めてない。でも、伝えないかな」

「伝えるべきなのに」

「警部がどんな話をするかによるね」

「なぜわたしにこの話をするのか、やっぱりふしぎなのよ、フィリップ。わたしは敵陣営だってまだ納得させていない？」

「させていないね」

彼女は黙りこんで手すりの横をなでた。僕は言った。「ひとつだけ。僕がいないあいだにひとつ約束してほしい」

「なにを？」

「とても安っぽいと思われるだろうけど、言うしかない。きみのご主人がどんな人か知らないが、いい人だったに違いない」

彼女はなにも言わない。

「そしてきみはご主人に対して抱いていたような感情をほかの誰にも抱いてこなかったんじゃないか」

「それで？」

「それで……またそんな気持ちになることを考えてみるのもいいんじゃないか？」

彼女はさらに二段を降りてきて僕たちの顔は同じ高さになった。彼女はまだ手すりに手を預けているが、僕はそこに手を重ねることはしなかった。

「あなたがそんなことを言うなんて変ね」

「どうして？」

「今日はトムのことをたくさん考えていたから」彼女はためらった。

「話してくれ」

「いまはむずかしすぎて説明できない」

「でも知りたい」

「みんなのところにもどらないと――」

「いいや」僕はここで彼女の腕に手を置いた。

まるで落ち着きのない若い動物に触れたようだった。彼女は僕を押しのけるかと思ったが、突然、気分を変えた。「簡単に説明するなんてできないのよ、フィリップ。

彼が死んだとき——トム、それにリチャードが死んだとき、わたしは入院していた。少し症状が重かったから家から離されたけれど、とてもひどいわけじゃなかった。トムとリチャードは元気で、病気になったのはわたしだったの。三週間後にようやくなにがあったか聞かされた。どうしても信じられなかった。帰宅してから待ちつづけた。トムが病気になった姿を一日だって見ていなかったのよ。ふたりとも宙に消えてしまったみたいで」彼女は鼻から大きく息を吸った。「もちろん、家も家財道具も売ったわ。あそこで生活を続けることはできなかった。しばらくしてリチャードのことは受け入れた。生後四カ月だった赤ちゃん——深く知ることはむずかしい相手。でも、こんなことをあなたに話すのは、トムのことは全然受け入れられなかったと伝えるため。実際に起こったことは認めながら、日常生活を続けた。でも、頭の奥では……」

「きみはいつも彼がどこかで生きているんじゃないかとなんとなく感じていた」

「ええ。その通り」

　しばらくして僕は言った。「さっき、きみのご主人について触れたとき、どういうつもりなのかたぶん察してくれたと思うが」

「ええ、だいたいは」

「忘れてくれ。やっぱり少しはルールにのっとって戦いたいから」

彼女は一瞬、僕の手に自分の手を重ねてから、すれ違っていった。

僕は言った。「それでも僕はきみを助けたいよ、レオニー」

「たぶん、もう助けてくれた」

「前進だね。いまのはこれまでで最高の評価だ」

「ごめんなさい」

「今更、取り消さないでくれよ」

「そんなつもりはなかった」

彼女はリビングのドアへ向かった。僕も続いた。

彼女は足をとめて言う。「わたしが言いたかったけれどまだ言ってなかったことは――」彼女は考えこむように僕を見つめた。「今日、初めてトムの本質について完全に気づいたこと」彼女の目は大きく、輝き、廊下の照明より多くの光を反射しているように思えた。「それは同時にこんな気づきでもあったの。人にとってどうしても必要なものは、自分で思っているよりいいものであり、悪いものでもあるって」

マーティンと宿へ歩きでもどるとき、半月はほぼ沈みかけ、残りの半分は割れて盛大に海の上に散らばったように見えた。いまでは正体を知らない演技を続けることは

むずかしかったが、そうしておくのがどうしても重要だった。彼にはサンベルグがバッキンガムではないと知って完全に途方に暮れ、自分がまったくの幻影を追っていたのであり、すべて最初からやり直しだと話した。一筋の光がありそうなのはトレンの手紙だったから、これを彼に見せた。彼は街灯の下で目を凝らして読んだ。

読み終えると彼は言った。「だと思った――きみにはそう言ったよな。このいまいましいジグソーパズルの残りはまだアムステルダムにある。理にかなっているな」彼の口調がやや早まったことに気づいた。僕を厄介払いできて、さらにまちがった道筋へ送りこめることをあきらかに喜んでいる。「もちろん、アムステルダムに行くんだろ」

「まだ決めかねていて」彼がどう言うか知りたかった。

「行かないなんて、どうかしているぞ。例の女に口を割らせることができない、あるいはそうするのは気が進まないんだったら、ここに留まる目的はなくなったということだろう」

「彼女はこれ以上のことは知らないと思う。ただしバッキンガムの本名は別ですけど。彼女が彼の本名だと思っている名前かもしれませんが。本名じゃない可能性が高い」

「だが、きみはもどってくるのか?」

「ええ」

道がひらけた場所にやってきて、ここからだとナポリ湾の大半が見渡せた。月と星に照らされている。だが、彼の顔は影になっていた。「俺にはここに留まってほしいか、フィリップ?」

「僕はすぐにもどりますから。きれいですね?」

「ああ。〝天上の神々がわれらに分析させようと乳飲み子の言葉を空に走り書きする〟(トマス・エドワード・ブラウンの詩 *Dartmoor* より)だな。その後はどうするんだ?」

「化学的な分析が心理的な分析をはるかに凌《しの》ぐ答えをくれるとは思ってないんですよ」

「俺たちが今夜話していることは戯言《たわごと》ばかりだな。すべてエゴのまちがった神格化さ。今朝のジャワ島からの手紙になにか情報はあったか? きみがもどる前に、キーボックスに手紙が入ってるのを見かけた」

ちらちらと光りながら小道を横切る蛍を見つめた。「パンカルからでした。グレヴィルの助手で病気になり、バッキンガムが後釜《あとがま》に座ったという。よければ読んでもいい」

僕はポケットを探って一、二通の手紙を取りだした。「おや、ここにないようだ。

どちらにしても、たいして役には立たなかった。パンカルはバッキンガムが好きじゃなかったようで」

僕たちは歩きつづけた。

「グレヴィルは彼が好きだったに違いないが」僕は言った。「どうしてなのか、まだ理解できません」

「バッキンガムはとても知性的な男だ。彼らがうまが合うのは考えづらいことじゃないな。彼は多くのことを知ってる」

「多くのことと言っても中身は？　安っぽいごまかし、狡猾《こうかつ》な手際《てぎわ》、怪しげな行動だ」

マーティンは足をとめて煙草《たばこ》に火をつけた。青白く悪意のある顔の面長の線は一瞬、頭のなかのどす黒さがかたどったように際立って見えた。

「バッキンガムを見くびるのはまちがいだぞ、フィリップ。きみのお兄さんは別格の男だった。バッキンガムもそうだ。二流の部分はまったくない」

僕は言った。「彼にはたぶん人格が二分したようなところがあった。病的に」

彼は力強く首を振る。「ああした人間はあらゆるピースを集めるものだ。普通の人間に比べて一貫性は少ないどころか多い。ありきたりな行動様式、あるいはミスター

保守派やミセスご立派の人格を求めるなら、いつもやりたいことをやってきた生まれながらの背教者の元じゃなく、生涯、規則にしたがってきた者の元に行けばいい。そいつが守っている嘘《うそ》っぱちの法律は本人がやりたい行動を妨害してきたんだがな」

「あなたはときたま、この男をひそかに賞賛しているような印象をあたえますけど」

煙草の火は消えた。

しばらく答えを待ってから、僕は言った。「正直な話、僕にはうまい汁を吸う、成りあがり者か小者のギャングぐらいにしか思えない。なにかしら別格の才能があるのならば、四十歳になる頃には、それまでになし得たことで生活していけたはずですよ。ジャワ島で見苦しく落ちぶれるんじゃなく」

「危険を背負うことが彼の気質から切り離せないのさ」

「それは疑わしい。こういった掃きだめの大将はたいてい危険を見かけたら逃げますよ」

彼は突然、いらだったように煙草を動かした。「ハッ、なにを言っている、そんな思いつきは忘れろ。きみは彼を知らないし、おそらくけっして知ることがない。俺は知ってるからな――少しだけ。彼の行動にはいくらか理解できるものもありそうだ。だからといってかならずしも彼が好きじゃないし、咎《とが》めもしない。心のありかたなん

だよ。ユウェナーリスのいつかあなたは厭わしいことをするだろう《ホエディウス・ホック・アリキッド・クアンドーケ・オウデビス》（ペルシウス／ユウェナーリス『ローマ風刺詩集』より）のことを考えるね」

それきり話をしないで歩いた。彼の痛いところを突いてやったと感じて大いに満足だった。そのとき、いまではマーティン・コクソンに抱く憎しみが今日から始まったものではなく、はっきりと確信したのが今日に過ぎなかったのだと思えた。その根は深く、最初か、あるいは二回目に出会ったときからのもので、判断を一時保留して控えているうちにほとんど気づくこともなく育っていた。もはや判断を控えることはなく、ふいに憎しみはあたらしい確信にふさわしくすでに育ちきっていたと知った。

その歪《ゆが》んだ明晰《めいせき》に至った瞬間、憎しみはさらに深く、ずっと深くなったようだった。その根底には好意と信頼があったからだ。たぶん、グレヴィルの場合とそっくり同じに。ただ、グレヴィルは手遅れになるまでこの男の本性に気づくチャンスがなかった。

この感情は顔に出ているだろうか。露《あら》わにしてしまうとかなり危険だ。マーティン・コクソンは僕がまだ見つけていない方法となんらかの理由からグレヴィルを殺したか、殺害現場にいたかだ。僕が気づいたと彼が知れば、僕も同じ目にあう危険がある。

僕としてはいまは警戒しながら歩くことがとても大事だった。さもないと困りもの

の同伴者をすぐそばにおいて生きるのは、マダム・ヴェーバーだけじゃなくなるだろう。

16

夜中に目が覚めて彼が部屋にいるとわかった。僕は眠りが浅いし、彼はかすかな物音をたてたようだ。

ほんの少しの間を経て、僕は落ち着いた一定の間隔で呼吸をした。するとややあってから彼がふたたび動きはじめた。

喧嘩《けんか》らしきものはしたことがなく、海軍でほんの少しボクシングをやっただけだ。あらゆる手段を知り尽くしていそうな男を相手に、そのようにお上品な経験は台風のなかの傘ぐらいにしか役立たない。けれど、彼は衣装戸棚へ移動した。僕は身じろぎひとつしなかったが、彼が服のポケットを探っていると見当をつけた。そのとき、彼が狙《ねら》っているものがわかった。

僕はじっと待った。次に彼は鏡台へ移動し、隅々までながめた。それから上のふたつの抽斗《ひきだし》を音をたてずに開け、探ってから閉める。続いて僕がいつものように乱雑に

いくつかものを放り投げている椅子《いす》に身をかがめた。

いつの間にか呼吸が少し変わっていたに違いない。すぐさま彼は顔をあげてこちらを見つめた。ストレスを受けた状況で眠っているような呼吸をすることはとてもむずかしい。やがて彼はベッドに近づいてきた。

彼の手の形とその感触を知っている。問題は目を閉じておかねばならないことだ。はっきりしないが、彼はベッドに身をかがめたようだ。吸って——吐いて。少し待つ、焦らないように。吸って——吐いて。ボートレースの拠点パトニーに近づくクルーのように落ち着いて。吸って——吐いて。覚《さと》られないように。彼はふたたび離れていった。目を開けると、彼はひらいた窓から外に出るところだった。

僕は寝る直前にパンカルの手紙を読みなおして枕《まくら》の下に突っこんでおいた。そうでなければ彼は手紙を見つけていただろう。それにグレヴィルの備忘録、これは少なくとも彼が知り得ない情報に僕が手を出せると教えるものだが、ベッドの下にあった。

彼が外に出ると表からの明かりが彼の顔を照らした。その表情はいままでに見たことがないくらい弱々しく、緊張しているように見えた。

僕は言った。「朝食の邪魔をしてすみませんが、肖像画の件で謝りに来ました。も

どってきたら本格的に取りかかりたい」

「急ぎませんよ、あなた」マダム・ヴェーバーは日本の着物の袖《そで》を引きおろした。

「月末まではたいして見た目が変わらないし。美容師が留守なんでね。肖像画は本当に続けたいの？」

「もちろんですよ。明日の夕方か金曜日の朝にはもどるので」

彼女は絹のベッドの上掛けから飛び出そうと身をよじるバーグドーフを救い上げ、耳のなかを見つめた。「前に慢性外耳炎のメイスティフがいてね。本当にひどいことになるの。フィリップ、あなたとレオニーだけど……いい話が聞けそうな見込みは……」

「ありません。少なくとも僕には残念なことに、ない」

「静かにしなさい、バーグドーフ。痛くしませんからね。お母さんを信頼することを学ばないと。残念。わたしは残念だと思う。彼女は再婚しないと。もう許される頃よ。前の夫に義理立てしすぎる」

「あなたが考えているような義理立てなのか、僕にはよくわからない」

「お座りだよ、ワンちゃん。手を動かさない。彼女がもっと移り気ならもっと幸せになれるのに。本人にはそう言ったんだよ。女には男が必要。新陳代謝を正しく保って

くれるから。そしてあなたは彼女にふさわしいと思うんだけどね、フィリップ」

「いつか彼女にそう言ってくれませんか」

「あなたには芸術家としての繊細さがあるし、そんなところを損なわずに人とうまくやっていける。それに粘り強いし。再婚しようとしない女というのは――とてもむずかしいもの。美人ならなおさらね。あらゆる武器を持っているのに使わない女なんて、まったく残念なこと」

　僕は言った。「彼女は武器を使っていますよ」

「トム・ウィンターが亡《な》くなってから初めて彼女に会ったときのことを覚えてるよ。なんて気の毒に、どんな気持ちかよくわかると声をかけた。慰めようとしてね。そうしたら彼女はこう言ったっけ。〝ああ、大丈夫です。若さは強さですから〟と」シャーロット・ヴェーバーは身をよじる子犬をベッドの横にそっと下ろした。足がトントンと床で音をたてる。「一般論としてはそれほど真実を突いた言葉はないよ。でも彼女については、それほどまちがってる《wronger》言葉もない。あれ――そんな単語があった？　レオニーが強いだなんて子供でも騙《だま》されないよ。それだけじゃなくて、彼女は全然定まらない。半分の時間は自分自身の気持ちもわかってないみたいで、彼女が考えていることと覚えていることは、わかるということの埋め合わせになってない」

「あるいは、わかることが耐えられないのかも」

「まったくその通りよ、あなた。家具を買うようなもの。頭のなかにはそれで暮らせる家具、暮らせない家具があるわけよ。〝暮らせない〟ほうだったら、言い回しにあるように普通は〝そんな状況から抜けだす〟ことになるはずなのに。しっかり暮らすために」

立ちあがって帰ろうとすると、彼女は僕を見て鷹揚《おうよう》にほほえんだ。「それから肖像画のことはちっとも気にしないでいいから。わたしは生きつづける。ここまで生きつづけたんだからね」

僕がもどるまでマーティンは島に留まるよう説得するのは全然むずかしくないとわかっていた。こんな提案をするのは賭《か》けに出るようなものだと承知だったが、事の始まりからいまこそが初めての決定的なチャンスだから賭けも受け入れなければいけない。僕が彼に手を振ると、彼は港の手すりに身を乗りだして離れていく汽船を見つめた。彼自身の暗い考えはどんなもので、この吐き気がする茶番を通じてその思考はどんな影響を受けたんだろう。船が港を出るとき、彼は背を向けてポケットから本を取りだすとゆっくりと埠頭《ふとう》を離れてケーブルカーへ向かった。さようなら、マーティン。

僕は明日、どんな情報を持ち帰るんだろう？

　船に乗って三十分ほどしてから、乗客のなかにカイルがいることに気づいた。彼の元に行くと、帽子の下から恨めしい視線を向けられた。まるで僕が危害を加えるとでも予想したようだ。僕はそんなことをしなかったので、彼は財産面の手配をイタリア銀行とするのだが、カプリ島には支店がないと説明する程度には肩の力を抜いた。僕のほうは商用でアムステルダムに飛ばねばならないと語った。

　彼は言った。「マーティンは一緒ではないんだな」

「ええ、僕はすぐにもどるので。ゆうべはあなたのことを噂《うわさ》していたんですよ、閣下。彼のお祖父《じい》さんの親しい友人だったとか？」

「彼の親友だ」カイルは杖《つえ》から片手をあげ、かつては眉毛《まゆげ》があったいにしえの記念碑まで帽子を引きおろした。「カラードとわしは二十五年にわたって友人であり隣人同士だった。マーティンはゲイトウィード屋敷で子供の頃に過ごしたいい時代について詳しく話してはおらんだろうな。カラードが逝《い》ってしまってから、彼は見かけておらんかった。現在の伯爵《はくしゃく》は彼の伯父にあたるが、彼とかかわるつもりはなかろう」

「どういうことですか？」

　カイルはためらいながら、なにかじっくりと考えていた。「まあその、そいつが伯

爵の感じておることで、彼には自分なりの意見を持つ権利があるからな」

背の高いヨットがソレント港から滑るように現れ、その帆が日射《ひざ》しを受けて輝いた。

僕は言った。「マーティンは次男の息子なんですね？」

「その通り。彼の父親は正妻の子じゃなくてな。カラードが女優と浮気し、フレッド・コクソンが生まれた。フレッドは若くして死んだが、カラードはマーティンを気に入って可愛《かわい》がった。可愛がりすぎた」

「僕はマーティンと知りあって間もないんです」

カイルはうめいたが、餌《えさ》に食いつかなかった。なにをじっくり考えているにしても、あきらかに気の進まないことなのだ。船は進みつづける。

僕はまた餌を投げてみた。「彼は一緒にいてとても面白いんですよ」

「誰が？」

「マーティンが」

「おお、うむ。そいつは取り柄だな、認めよう」

「カクテルを作る者たちがお値打ち品と呼ぶような」

「そいつは信じて疑わんね」カイルは考えこむのをやめた。「そしてときには、お値打ち品を手に入れたツケを払わねばならんこともある。まあその、まったく予想して

おらんときに」

「それが彼について本当のことかどうか判断できるほどのつきあいがなくて」

「まあ、彼はきみの友人だろうに、ミスター・ノートン」

カイルは簡単に誘導できる男ではなかった。僕は彼に三、四分の間をあたえてから言った。「マーティンは母親にとても献身的ですね」

「そいつは驚きだな。わしは母親に会ったことがない」

「カラード卿《きょう》が彼を育てたんですか？」

「教育費を払った。その後、マーティンは休暇に祖父の元を訪れ、一緒に狩りをしたり山登りをしたりするようになった。若い鷲《わし》のように荒々しく、顔立ちが整っておってな。ほかの家族とはずっと仲が悪かった。家族は彼があまりにもカラードに気に入られておると思っておった。その通りだった。本当にな」カイルは上着の襟を立て、風に背を向けた。「マーティンは跡継ぎのように振る舞ったものだった。カラードはわしのところに来ては、あの若いのの浪費癖に文句を言っておったわ。だが、わしはやれやれ、おまえが焚《た》きつけておるんだ、ほかにどうなると思っておるのか、と言ったものさ」

僕は続きを待った。だが、彼はまた考えこむようになった。「そういったこともす

べて、カラード卿が亡くなって変わったんですね？」

「うむ、すべて変わった」

「マーティンはほかの家族に自分の権利を要求しなかったんですか？」

「どうやって彼にそんなことができたと？」

　菓子や煙草《たばこ》を売る少年がやってきたが、カイルはいらいらと手を振って追い払った。彼は少しのあいだひとりごとをつぶやいた。やがて彼がこう話しているのが聞こえた。

「脳卒中でな。ある日のカラードはかくしゃくとして活気ある六十歳すぎの男だったが、次の日には倒れた木のようにどうすることもできず、鼻息と共に命は尽きた」カイルは怒り、非難する矛先を見つけたがっているように海の向こうのヴェスヴィオ火山をにらむ。「マーティン・コクソンにはひどい衝撃だ。手厚く面倒を見てもらえると期待しておったが、カラードの遺書は十五年前のまま。それでマーティンは二千ポンドの手当をもらって自分の道を進むことになった。彼はいつも金に対しては本物の貴族のような態度で、金というのは必要なものを買うために存在し、彼が最良のものを持てるじゅうぶんな額が存在しているはずのものだった。それが収入に見合った生活を始めると話が変わる」

　僕は言った。「でも、その話を聞くと同情しかできないですよね。あなたが彼を嫌

う理由がやっぱりわかりませんよ、閣下」

「嫌いだとは言っておらん」カイルがぴしゃりと言う。「言ってもおらんことをでっちあげるな」

「言ってないことかもしれませんが、あなたの頭のなかにあった考えでは」

カイルは怪訝《けげん》な様子で僕を見た。「どうもわからんな、きみ。きみ自身は彼が大いに好きなのかどうかが」

「そうですね……好きじゃないとしたらどうです？」

カイルはうめいた。「つまりは、好きじゃないと？　では、その理由は？」

「理由はどうもはっきりしません。あなたのほうはそうじゃないと思って」

「わしだって決め手はないさ。ただ、彼のことは好きじゃない。ひとつには彼が魅力を振りまくからだな、ミスター・ノートン。わし自身はそいつに反発するのはちっともむずかしくなかったが、ほかの者たちが屈するのを目にした。まるで日射しでつららが溶けるようにな。そのひとりが彼の祖父だ。想像できるかぎりの経験豊富な頑固者の古参だが、あの若いのは祖父を操った。続いて従姉妹《いとこ》のメアリー・フォーコナー、伯母のレディ・モード・フォーコナー、それから少なくともふたりの女たち……それから大勢を」

「彼は結婚したんですか？」

「ああ、三十代に。だが、相手から離婚された。相手の名前は忘れたな。夫婦間財産処理の問題で新聞に載ったよ。彼は自分を愛した人間の誰ひとりとして、指の先ほども大切にしたとは思わんね。あいつは人の友情や犠牲を当たり前と思っておったわ。きみが告げ口したければ、わしがそう言っておったと話してもらっても構わん」老カイルは僕の腕をつついた。「そうとも、魅力があることはまちがいない。だが、木はその実から判断でき、彼の実は苦かった。人が彼にあたえたくなるものを奪った。生まれてずっとだからな、お若いの。彼を知って人生がよくなった者はほとんどおらん。多くの者は人生が悪いほうに転んだ。言わせてもらえばな、ひどく悪いほうに。彼にはいつも闇《やみ》がつきまとった。若い頃でさえ悲観主義で。先日の夜の彼の話を聞いただろう。いつも彼は破壊する者だった。よきものを引き倒して」

　僕はうなずいたが、なにも言わなかった。カイルはここで口を閉じ、僕もこの話題を追及しなかった。些《さ》細《さい》ではあったが、この老人はマーティン・コクソンの始まりを垣間見せてくれた。僕自身で最後にはその人となりを埋めることができそうだ。

　僕はトレンに電報を打っておいたから、スキポール空港に到着すると彼が車を迎え

に寄こしていた。その夜の八時頃に彼と会うと、驚いたことにファン・レンクムもその場にいた。

トレンは言った。「お越しいただいてよかったですよ。何事も、うやむやのままにしたくなかった。たぶん、今回はあなたの心労を晴らせるはずだ。ここにいるミスター・ファン・レンクムは我が国の外務省の者で、彼から説明しますんで。彼の英語は達者ですし、彼が話さなければならないことは外務省の管轄《かんかつ》なのでね。ですから、これがいちばんいい方法です」

ファン・レンクムは言った。「水で割りますか、ミスター・ターナー？　イギリス人のなかにはそれを好む人もいらっしゃるのは知っていたのですが、準備をすっかり忘れてしまっていて」

「ありがとうございます。どちらでも結構です」彼が満たしてくれるグラスに興味などなかった。

「わたしたちは前回いらしたときのことを謝るべきでしょう、ミスター・ターナー。あのときはお話しできる立場になく……なんと表現すべきでしょうね？　そう、まだ網を張った状態だったのです。網を引けば、魚がいくらか逃げてしまっていたでしょう。ですが、いまでは話が違います。漁は終わりました」

「教えてもらえて嬉《うれ》しいですね。どうも」

彼はトレンにもグラスを渡した。「真っ先にお話しすべきは、あなたの視点から最悪のものだと思います。ヘルミナ・マースがわたしたちに語ったことを裏づける証拠が手に入りました」

彼を見つめた。「兄について、ということですか？」

「はい」

僕はトレンを見やった。彼は酒を置いて葉巻の端をくわえていた。「兄が——運河へ飛びこんだことについて、ということですか？」

彼は顔をあげた。「そうです、ミスター・ターナー。あなたが信じていなかったのは知っていますが、残念ながらそれが真相だとお伝えします」

しばらくして僕は言った。「どういった証拠ですか？」

ファン・レンクムが言う。「わたしたちは常に、あの夜に橋で起こったことを目撃した第三者がいないかと願っていました。まだ捜査中だと申しあげたことを覚えておいででしょう。ですが、そうした目撃者を追うことは困難でした。デ・ヴァレチェスを訪れる人々はたいてい進んで名乗りをあげません。わたしたちは報奨金をつけました。ついにある男性を見つけたのです。港務局とかかわりのある人物です。彼は向か

いの家にいて、このマースという女性が目撃したことを見ていました」ファン・レンクムはトレンのデスクからタイプライターで打った書類を取りだした。「よろしければここにある証言を読まれてください。英語の翻訳が裏面にあります。また、この男性は英語を少し話せますから、お望みであれば、朝になったら彼に会えるよう手配もできます。あなたに完全に納得していただきたいのです」

　僕は書類を手にしてオランダ語版を見つめた。わざわざ裏返すことはしなかった。いちばん下には僕には読めない走り書きの署名がある。タイプ打ちした黒い文字はリボンがずれていて端が少し赤くなっていた。ファン・レンクムは言った。「ようするに、そこに書かれているのは、あなたのお兄さんが橋で誰かと話していたのを見たということです。彼らは別れ、お兄さんは一、二分ほどその場に立ち、もうひとりの男が視界から消えるまで見つめていた。そこで欄干に足をかけて運河に飛びこんだ。この証人はそのとき、橋にはほかに誰もいなかったと断言しています」

　オランダ語の知識はないが、それでもいくらか理解できる部分もあった。「三月三十日の夜……ブラインドを開けると……助けを呼ぶ悲鳴はなく……」

　ファン・レンクムがまた口をひらいた。「翻訳が裏面にありますよ、ミスター・ターナー」

書類を彼に手渡した。立ちあがると煙草を取りだした。誰かが火をつけてくれた。

「報奨金をつけたと言われましたよね？」

トレンは広げた手のひらで煙を払った。「それはこの証人アーレンスに明日会われて、あなた自身で判断してほしいです。正直者と評判の男で、この証言をすることで家庭生活を蝕《むしば》まれる危険をおかしているのです。数ギルダーのために誘惑に駆られることはありませんよ」

ファン・レンクムが言う。「まだ説明しなければならないことがたくさんあるのですよ、ミスター・ターナー。腰を下ろしていただけませんか」

僕は言った。「じゃあ、グレヴィルは……」

表の通りからいくつも自転車のベルの音がした。交通渋滞でいらだちが募ってきたに違いない。こぞってベルを鳴らしているからだ。

ファン・レンクムが言った。「わたしたちはもう、お兄さんが愛人との関係が終わったことでみずから命を絶たれたとは考えていません。実は一度も自殺の原因だと信じてはいませんでした」

「だったら、なぜ兄はそんなことをしたと？　なぜ？」

「どうか辛抱を取りもどしてください。酒を飲んで腰を下ろしてくださったら、続き

をお話ししますよ」

僕は座った。気分が悪い。「それで？」

「戦前はオランダ領東インド諸島への阿片《あへん》輸入は政府が独占しており、厳格に統制されていました。戦時中、ペルシャからの輸入は当然ながらすべてとまりましたが、日本が大量に持ちこみ、政策としてジャワ島での使用を奨励しました。麻薬を使用する住民は抵抗する気力のない住民だというのはおわかりですね。こうして戦後、あたらしいインドネシア政府は自分たちが二十五万トンの阿片を手にしていると知った。その販売は最初のうちは完全に監督できるよう統制され、制限されていたのです。ところが、わたしたちの政府との紛争が起こっている最中、インドネシアは武器を購入するための資金がかなり足りなくなり、この阿片の一部を国際市場へ売りに出すことに決めたのです。これが物議を醸《かも》したことは覚えておいででしょう」

「いいえ」

「とにかく、当時の混乱のなかで大量の阿片が政府の下級職員によってくすねられ、その大半が今日でも行方がわからないままなのです。今年の三月にジャワ島の当国の政府職員から、かなりの量がオランダに密輸される寸前で、それを阻止するために周到な警戒が続けられていると報告されました。その後、阿片はあるＫＬＭ航空の便で

アムステルダムに運ばれたと知らされました。だからその便がスキポールに到着すると、留め置かれてすべての乗客乗員とその荷物は捜索されたのです。ただし、グレヴィル・ターナー博士の所有物である考古学の発掘品が入った一部の箱は例外でした。彼の名声を疑うことはできなかったからです」

「それも当然だった」と、トレン。

「とにかく、五箱中の四箱が直接アムステルダム国立美術館に送られ、その場でただちに調べられました。ターナー博士が依然として所有している五つ目の箱については調べるのはもっと困難で」ファン・レンクムは袖口を見つめて顔をしかめ、エンボスの銀のカフスボタンをいじった。「さらに一歩踏みこむ前にふたたびジャカルタに電報を打ち、彼《か》の地での情報によると阿片が運びだされたとやはり確認が取れたのです。それでトレン警部ともうひとりの平服の刑事でターナー博士のホテルを訪ね、事情を説明し、五番目の箱を開ける許可をいただきたいとお願いしました。ターナー博士は断った」

僕はトレンを見た。「断った？」

「はい。彼は――疑われて怒ったのです。このように告発されるとは侮辱だと言って。わたしは説明しましたよ、告発しているのではなく、わたしたち自身の気持ちを晴れ

やかにするためだけに来たのだと。わかってください、なんとか説明しようとしたんですよ、この密輪をとめることがわたしたちの義務なのだと言って。そういう手順なんだということに、彼は賛成しようとしません。それで主張するしかありませんでした。オランダの法律によって、彼の荷物を捜索する権限がありますと。こう言われて彼はかなり不服そうに降参し、わたしたちは箱を開けました。そこには何キログラムもの阿片が入っていました」

ここで僕は酒を飲んだ。水で割られていなかったが水はいらなかった。

トレンが言う。「警察の仕事はとてもむずかしいことがあるんでして。短い時間でまとめて考えを形にする必要があります。わたしがターナー博士に会ったのはあれが初めてだった。彼は評判通りの人に見えた。誰がこんなことだと想像しますか？　しかし、そんなことを言う前にやるしかないときも少なくない。事実と証拠、頼れるのはそれがすべてだ。そして疑いようのない証拠がそこにある。阿片が見つかると、ターナー博士はとても気分が悪くなり、とても怒っているようでした。阿片についても、どうしてこの箱に入ったかもまったく知らないと彼は言いました。そこに入っているべきだったものが失われて自分も怒っていると言い張って。なにかの手違いであるが、その手違いがどうして起きたのかまったく説明できないと言うのです。わたしは供述

書を作りたいとお願いした。これについては、イギリス大使に会うまではやらないという返事でした。わたしは同意し、ファン・レンクムに電話をかけ、阿片を回収させるための電話もかけました。そしてわたしは彼をそのままにするという重大な過《あやま》ちをおかしたのです」

ファン・レンクムはカフスボタンをいじるのをやめていた。「ターナー博士を通常の犯罪者と同じように扱っていれば、彼はまだ生きていたでしょう。しかし、わたしたちはそんなことはできないと感じたのですよ。彼の卓越した業績とオランダとのつながりがあっては……じっくり考える時間をあたえたほうがよさそうでした。自白が取れるでしょうし、それと共に情報も得られます。価値の計り知れない情報が。あるいは彼自身がなんらかの行動に出るかもしれず、それも変わらぬくらい有益となるはずでした。ターナー博士の行動を見張る者をひとりつけ、ジャワ島からターナー博士に同行した人物に事情聴取をする者を二名送りました。不運なことに、その男は滞在していたホテルにいませんでした。彼はもどることなく、旅行鞄《かばん》はそのまま放置されていたのです。さらに不運なことに、ターナー博士は夜のうちに見張りの刑事をまいて、翌朝には手遅れとなっておりました」

「言い換えると」僕は言った。「兄はみずからの命を絶つことで罪に封印をした」

ファン・レンクムはつらそうな表情をしていた。「わたしたちがそのように考えていたのならば、ターナー博士の奥様、あるいはそうです、あなたに事実を伝えることを差し控えるなど言い訳のしようがなかったはずです。わたしたちは判断を差し控えることを選んだのです」

ボルスが喉《のど》から胃へと下り、燃えるようなごまかしの空元気で満たしていく。

ファン・レンクムが言った。「絶対の確信がなければ、このように高名な科学者が大変好ましくない犯罪をおこなったと告発しても、わたしたちの名誉になったはずがありません。結局はジャカルタからもどった刑事の情報で、わたしたちが発見したことにはいささか異なる裏があると示唆《しさ》されたのです」

「バッキンガムがやったことだった？」

「そうです。ジャワ島での彼の阿片供給元と当地での仲介者たちを発見しました。先週、その者たちは一網打尽にしたのです。リーダーも含めて。どうしても網にかけたかった男で、たしかあなたがヨーデンブレーと呼んでいる男です。もっとも、わたしたちはおそらく――」

「ヨーデンブレー」僕は言った。「彼を逮捕したんだ」

「ええ。彼は来月裁判にかけられることになり、きっと有罪にできるはずです。ター

ナー博士はすべてを知っていてバッキンガムを手伝ったのかもしれません。いくつかの点がそれを示唆しています。箱を開けることを断った点、ヨーデンブレーが暮らすデ・ヴァレチェスへの訪問。ですが、総合的に見て彼はぎりぎりまで騙されていたというのが濃厚だとわたしたちは考えています」

煙草をもみ消した。トレンの葉巻は端が崩れないまま長く伸びた白い灰の筒になっている。

僕は言った。「だったら、どんな理由だと思っているんですか——兄が自殺したのは？」

「彼が有罪だったからではなく、無実だと証明できる方法がなかったからですよ。彼にとって耐えられない状況、悪評、投獄、不名誉に思えるものに直面すると考え、そのときにただひとつの逃げ道に思えるものを選んだ」

長い沈黙が流れた。僕は椅子を後ろに引いたが、立ちあがらなかった。路面電車が通りで騒々しい音をたてる。

「でも、自分の命を絶つことで有罪だと思われる可能性がぐっと大きくなるのに、兄は自殺したんですよ。それでも、有罪に疑問をはさむ余地があり、無実だと考えてもいいと？」

「ええ。いまわたしたちが持っている情報から」

「となると、そのときの兄もそんなふうに考えられなかったのはどうして？」

ファン・レンクムが言った。「なにかが起こった後で冷静になるのは簡単です。〝自分はそんな方法をとったわけがない〟と言うのは簡単ですからね。でも、なにもかもがのしかかった瞬時の判断となると……わたしたちが後にどれだけのことを発見できるか彼にわかりはしなかったでしょう。それにこう申し上げてよろしければ、無罪の評決がもたらされるかどうかではなく、無実だと証明できないことが問題です。そうした場合、どれだけ自分を擁護しても、その後無実だと証明されたとしても、悪評はいつもついてまわります」

トレンが葉巻を灰皿へ動かしたが手遅れだった。白い灰が舞台の雪のようにカーペットへ舞う。彼は厄介な患者を前にした医師のようにずっと僕を見つめていた。

「こんな終わりがどういうものかわかりますよ」彼は言った。「あなたがどれだけ失望したかわかります。でも、伝えるのがわたしの義務だったんで」

「グレヴィルはイギリス大使には電話していたんですか？」

「いや」

「では、バッキンガムは？　この網で彼を捕えることはできたんですか？」

「いいえ」ファン・レンクムが言う。「そこが唯一の穴なのです。イギリスの警察が彼を追跡できるよう、伝えられる情報はすべて渡したのですが」

トレンが言った。「あなたのほうはどうですか、ミスター・ターナー？　ご自身の調べで進展は？」

僕は彼と目を合わせた。このときの彼は鋭い目をしていた。答えた。「あなたが現在手にしている証拠から――もしもよその国で彼を発見したとすれば――犯人の身柄引き渡しを進めることはできますか？」

「ええ。身元を確認できれば。ですが、それは極めてむずかしいのじゃないかと思いますよ」

17

翌日はナポリ行きの便がなかった。最善は午後三時十五分のローマ行きだったから、それに乗ることにした。こうすれば午前中、証人のアーレンスに会える。どちらにしても、急いでイタリアにもどりたい気持ちが突然失せていた。

アムステルダムでのその夜、よくある通り沿いのカフェでコーヒーを飲みながら夜《よ》更《ふ》けまで起きていた。祝日か記念日かなにかで、通りは飾りつけられて普段より多くの人が出歩いていた。通り過ぎる素朴で感じがよくて尊敬できる人々の顔をながめていると、このにぎやかで魅力的だが、やや地方の雰囲気もある都市は小さな壁《リトル・ウォールズ》として知られる地区が存在する都市と同じなのだろうかと思ってしまう。そんなことはありそうにない。こうした人々の多くがその存在を知っているなんて。グレヴィルだって知っていたとは思えない。

まだすべてがまともに呑《の》みこめていなかった。傷の部分を凍らせる凶器で刺されて

いるようだ。手足なのか内臓なのか場所を特定できない傷。外側全部でもあり、内側全部でもあった。

二、三回、すべてのことが自分にとってどんな意味を持つのか直視しようとしたが、まだ早すぎた。判断するという感覚をすっかり失ったように思える。真夜中をまわってしばらくしてからあちらこちらのカフェが閉まりはじめると、立ちあがって歩きだした。二時間以上は街をさまよっていたに違いない。ようやくホテルにもどった頃には、脚は疲れ、口は乾燥して煙草《たばこ》の吸い過ぎで苦味が残っていた。ベッドに横たわって朝を待った。

六時頃に起きだすと浴室を探した――この清潔な都市のホテルに備え付けがないとは奇妙なことだ――顔を洗ってひげを剃《そ》ると、明かりをつけてグレヴィルの備忘録の最後の部分を終わらせた。予想通り、バッキンガムへの言及で終わっていた。

「山の空気にはふさわしい二日間の狩猟からもどった。Ｊ・Ｂが行こうと説得してくれてよかった。夜は森の中で野営した。日没の静けさは恒例の虫の合唱の後にもっとも目立つ。ワウワウテナガザルでさえも長いあいだ沈黙している。もどってきて立派なアトラスオオカブトを見つけて捕まえた。Ｊ・Ｂは例の如《ごと》く一風変わった知識が豊富だ。あと二日かけてボロブドゥール遺跡を探索しようと言い張っている。そうした

いのはやまやまだが、ここにはもうじゅうぶん長く滞在した気がしている。来年もどってくるならば、ジャックも招いて同行させよう。

彼はわたしと帰国し、秋におこなわれるマッシー指揮下のユーフラテス河畔の遠征隊に職を得ると約束した。これは彼のあきらかな才能には物足りないが手始めであるし、彼が普段成り行きまかせでおこなっていることよりは絶対にマシである。別れのときが訪れたら彼がいなくて寂しくなるだろう。彼が一緒にいると辛口の利《き》いた気分転換になるし、挑戦と刺激がある。今回のような仕事において彼は完璧《かんぺき》な同行者だと思う。正反対のものに惹《ひ》かれていることは疑いようがなく、むしろ執着といったほうがあたっている」

これで終わりだった。すべてだ。でも、このノートは発掘における備忘録としてのみ意図されたもの。そこにマーティン・コクソンについてのいくつもの長い項目があるというのは大きな意味があるはずだ。グレヴィルのひたむきで、すべての集中力を仕事に注ぐところは、友人たちのあいだでは内輪のジョークになったほどだから。

十一時にアーレンスに会った。たいして得るものはなく、僕にとって証言の実感が増し、ますます決定的になっただけだった。ライツェ広場《プライン》に向かう途中、機内で読むための雑誌を数冊買った。けれど、その金は節約したほうがよかったのかもしれない。

頭のなかは空でも陸の上とまったく同じだったからだ。マーティン・コクソンはグレヴィルを殺していない、誰も手を下していない、兄は自殺したんだと絶えず自分に言い聞かせていた。自殺だ。そう繰り返すしかなかった。そうすれば、いつかそれが真実だと納得できるだろうから。ほかのことはどうでもよかった。

飛行機でアルプス山脈を越えるといつでも少し前の〈月計画〉のことを思いだす。モンブランがほかの低い頂のなかで険しい頭をもたげているのを見つめた。白い頂が連なる輪はイタリアの首にかけた真珠のネックレスだ（あるいは吊《つる》し首の縄かもしれない）。続いてオパールのように青い地中海とエルバ島、木々に覆《おお》われた山々、それにコルシカ島の雪が遠くに細長く見えた。

グレヴィルがバッキンガムに言及した部分はほかと分けるようにしていたから、ここで通して読むことができた。こうしてあらたな発見があったいまならあるいはと考えた。けれど、二度目に読んで重要性が増したと思ったのは一カ所だけ、精神的な落ち込みについての議論に触れた部分だ。「仮に真実だとすれば、人間はウィリアム・ジェイムズが語る純然たる完全な絶望に陥ることもある、ということではないか。全宇宙が苦しむ者のまわりに凝固し、圧倒的な恐怖の素材となって、突破口も終わりもなくその人間を包む。そうした存在の前では、ほかの概念や感覚は一瞬たりとも生き

ることはできないという説だ」

兄がこれを書いたのはひどい高熱で寝込んだ直後だった。後遺症からどのくらい回復できていたのか推し量ることは不可能で、帰国中の兄がどういった身体的あるいは精神的な健康状態にあったのか話せる者は誰もいない。

おそらくマーティン・コクソンを除けば誰も。

あまりに多くのことがまだあいまいだった。たぶん、この先ずっとこうなのだろう。グレヴィルが自分自身で命を絶ったということ自体が僕を苦しめる。

ローマではいくらか眠れた。おそらく疲れ果て、そのときだけはもう考えることも、考える価値のあることもないと思えた。すべてが怪しげで、腐っていて、不毛で、価値がない。すべてが黒く苦い怒りを注ぐ。

翌日はナポリ行きの汽車に、それから午後の汽船に乗った。今回は船に知人はおらず、それが嬉《うれ》しかった。誰とも話したくない。カプリ島のいかつい輪郭が迫ってくると、帰りたくないとさえ思った。たぶん、ある意味では自分のなかのまだ直視していないものへもどってきたのだ。こんな気分でマーティンに会うのは危険だろう。

マーティンはいなかった。一日中、出かけたままだという。バルコニーで腰を下ろ

してワインを飲み、雑誌を読もうとした。ホテル外の狭い路地では安っぽい柄物のワンピース姿のふくよかな女がロバに乗ろうとしていた。ロバを扱うのは茶色い顔が黄金色の巻き毛で縁取られた男で、女を手伝いながら噴きださないように努めている。女は真剣そのもので、ロバの鼻面《はなづら》を押さえている布の帽子とメガネの小柄な男も同じだった。女の露《あら》わになった肘《ひじ》のまわりでは脂肪が襞《ひだ》を作り、首と顔は赤くなって皮が剝けていた。ひどい有様だ。この旅行者たちはイギリス人とアメリカ人のどちらだろう。マーティンはどこにいるのか、どの程度彼に話せばいいのか。彼がそもそもイギリスの警察に対し、バッキンガムを知っているとみずから名乗りをあげた理由はなんだ。もしかしたら、そんなふうではなかったのかもしれない。たぶん、警察はバッキンガムと同時期にパレスチナ沿岸でおこなわれていた封鎖に彼がかかわっていたことを知っていて、情報を求めたんだろう。そしてマーティンは自分自身から容疑をそらすために情報をあたえた。

　女はついにロバに乗り、一行はよろめきながら路地を進みはじめた。女の声が聞こえた。ドイツ語だ。

「見てよ、カール！　やったわ。走りたい」

　ヴィラ・アトラーニに行くことにした。

到着する頃には日が沈んでいて、星がちらほらと距離を保ちながら遠くの空に現れつつあった。

そこにはシャーロット・ヴェーバーとチャールズ・サンベルグだけがいて、ふたりだけのひとときを邪魔したような気がした。マダム・ヴェーバーが言った。「あなた、約束を守ったのね。みんな、〝ダーリン、もどってきますから〟って言うけれどね、次に会えるのは十年後になるものなのに……イギリスはどうだった？」

「アムステルダムです。いい旅でしたよ。マーティン・コクソンを見かけませんでしたか？」

「今朝以来、見てないね」サンベルグが言う。

マダム・ヴェーバーが長いシガレットホルダーに次の煙草をねじこんだ。火をつけてマッチをジグザクに振ると、火は気乗りしないように消えた。彼女は言う。「レオニーは出かけたわ」

「出かけた？　どこにですか？」

「ローマに。なんでも友人たちがそこにいると聞いて、昨日の午後に急いで出かけることにしてね。忠告はしたんだけど。ヴィットーリオ・エマヌエーレの記念堂は暑い気候のときに見るのは本当に退屈だって。仰々しすぎてね。ギンベル、そんなお行儀

悪く嚙《か》む音を鳴らさないの。チャールズ、ギンベルになにかして」

サンベルグは足でその犬を動かした。「きみの友人のコクソンは昨日の夜ここに来た。わたしのヨットで一緒に夕食をとったよ。興味深い人物だな、あのコクソンは」

「そうですか？」

「彼は今日、釣りに出かけたんじゃないかな。今朝、彼が桟橋でボートを借りているのを見かけた。失礼、電話をかけなければ」彼は立ちあがって部屋を後にした。やはり今宵も彼はじゅうぶんに親しげだった。気にかけるくらい関心を持つ余裕が僕にあったならば、かなり混乱したことだろう。

マダム・ヴェーバーは言った。「椅子《いす》に腰を下ろしてわたしと話をしなさいよ。わたしでは代わりとしては物足りないけれど、レオニーはもどってくるから」

「どうしてそう思うんですか？」

「そんなふうに感じるから。テレパシー。フィリップ、あなたはどんな謎《なぞ》を抱えているの？　わからなくて腹立たしい」

「彼女はもどると言ったんですか？」

「わたしのためにどうかギンベルをキックして。この子、ちっともじっとしない。そうよ、出かけなければならないけれど、あなたは理解してくれると思うと彼女はわた

しから伝えるように言ったの。なんでわたしったらこの子をリビングに入れたんだろうね」

「彼女は僕が理解すると思ったんですか」

「そうじゃないの？　だとしたら、なんとも厄介ね。離れた場所ではできないこともあるから。ごめんなさい」

「あなたが悪いんじゃないです」

「それはなんとも。あのときプルーストを読んでいて、そっちに気を取られていてね。はにかみ屋の独身男みたいに彼のことは追いまわさないといけないの。フィリップ、なんとかあなたの力になりたいと思ってるんだけど」

「わかっています。ありがとう」

「外のすばらしい世界について教えて。知ればぞっとするかもしれないけれど。あなたのマーティン・コクソンは本当に才気煥発《かんぱつ》じゃないこと。あの憂鬱《ゆううつ》な黒い目。呑みこまれそう」

「彼女はローマでの住所を言い残していきましたか？」

「彼は女にとって〈ハーメルンの笛吹き男〉そのものだって考えないとね。わたしたち女は謎めいたものが大好きなのよ。大人になりきれていないところ。いえ、彼女は

住所を残していかなかったわね、フィリップ。手紙を書くと言ってた。いまのはジェーンとニコロがもどってきた音？」

ジェーンとニコロではなく、マドモワゼル・アンリオだとわかった。それで僕は夕食まで残るようにとの招待を断ってヴィラを後にすることにした。この件はまたよくよく考えねばならない。レオニーが出かけたこと（逃げたのか？）に対処するにはあたらしい脳が必要な気がした。そのことを視野に入れるには、あたらしい公平な視点が必要なのだ。問題はおそらく人生で初めて本気で恋に落ちた男のはっきりしない感情のすべてが、その点に絶えず押し寄せようとすること。恋のために、それよりも歴史があって自覚もたやすい兄への忠誠心に違いが出るべきではないし、実際そこまで行っていないものの、思考の焦点がずれて自分の判断にあまり確信が持てなくなっていた。いままで以上に、客観的になって冷静でありつづけないとならないときに。

玄関ホールではサンベルグが電話で話をしていたが、僕が通り過ぎると彼は受話器を置いて声をかけてきた。「もう帰るのかい。一杯やっていかないか？」

「いえ、結構です。今頃マーティンが僕を待っているだろうから」

彼は世慣れたふうに視線を僕に向けた。「レオニーが出かけていて残念だな」

「ええ」この件は彼と話しあいたくなかった。

「きみが旅に出る前に、彼女はどうするつもりか言い残していかなかったのか？」

僕は玄関の前で立ちどまった。「あなたがよくわかりませんよ、サンベルグ。三、四日前は僕にうろついてほしくないとあんなにはっきり態度に出していたのに。まあ、僕はうろつきまわってましたよ。それは申し訳なかったですが、あなたの承認がなくてもやっていけた。それなのに、あの憎しみをばらまく作戦は中止になったようだ。その変化がすぐには呑みこめなくて」

　彼は電話が置いてある小さな仕切りの扉を閉めて近づいてくると、玄関のドアに手を当てて夜になった外を見やった。「きみからそのことを持ちだしてくれてよかった。わたしも話そうと思っていたんだ。火曜日にレオニーからきみがここにやってきた理由についてほんの少しだけ聞いた。全部はわかっていないが、わたしが誤解していたと知るくらいのことはわかったんだ」

「どんな誤解だったのか僕はまだわかってませんが」

　彼の口角が牧神パーンのように軽快に、しかし威厳をもって跳ねあがった。「わたしはシャーロット・ヴェーバーのいちばん古い友人だ。二十年前の彼女は今日の彼女よりもなお美しいほどで、わたしは別の意味でも彼女の友人だった。彼女は何度もわたしを助けてくれたよ。時にはわたしもお返しすることができた」彼は肩をすくめる。

「だが、彼女は騙《だま》されやすい生き物でね。だからあれだけ何度も結婚を繰り返してきたんだ。なんという失敗だ。それに彼女はすぐにつけこまれる。特に偽者《にせもの》の自称美術愛好家や芸術の好事家《こうずか》に。彼女にはすべてを受け入れる大きな心があることはまちがいないが、肝心なのはそこじゃない。彼女がことごとく口先だけがうまいちっぽけな詐欺《さぎ》に騙されているのを見るとね。そういうのが大勢カプリにはやってくる。そして彼女は裕福でつけこみやすい。いまも彼女の家にはそういうのがひとりいる。恥ずかしいことにわたし自身と同じイタリア人で」

「ダ・コッサ？」

彼はうなずいた。「あの男は十二カ月にわたって彼女を食い物にしてきた。多くの事柄について彼女はわたしの話に耳を傾けてくれるが、彼女の友人をつつこうとすれば、わたしは嫉妬《しっと》していると言われて喧嘩《けんか》になるんだ」

僕は言った。「それで僕も同類だと思ったんですか？」

「そう思われて驚くか？　この上ないほど使い古された手段で近づいたね。なんとか知り合いになって、絵が描けるという口実を持ちだし、あからさまにおだてて。さらに、ホテルに遣いをやったらきみが自分自身の名前さえ使っていないとわかり、これは警察沙汰《ざた》かもしれないと思ったぞ」

「すみません。絵は本当に描くんですよ」

「ああ、そうだな。それはわかっている——いまでは」

彼は玄関の外に出て、ふたりしてしばし階段に立って静かな夜のため息に耳を澄ました。

僕は言った。「最初に会ったとき、ダ・コッサはあなたの特別な友人かと思いましたよ」

「だからわたしを嫌っていることを態度に出したのか？」

「いいえ。あなたほど簡単に僕の誤解は説明できそうにないです」

「これ以上の説明ができないのならば、これ以上に許されることもないね」

定期船がナポリ湾に入ってきた。そこは天の川を望遠鏡で見たように輝いている。

僕は言った。「いつかダ・コッサにファラリオーニ岩礁群《がんしょうぐん》の絵のようなパステル画を描いてほしいと頼んでみるといいですよ」

「なぜだね？」

「彼はあの絵を描いてなどいないから。彼はその件でも嘘《うそ》をついている」

サンベルグは僕より一段下にいて、振り返って僕と顔を合わせた。「たしかか？なぜそんな自信が？」

「彼が絵を描いているところを見ました。あなたは他人がヨットを操縦できるかどうか、どうやったらわかりますか？」

彼は考えこみながら門まで僕と歩いた。

彼は言った。「きみはレオニー・ウィンターに関心があるか？」

いまではそうした直接的な質問もなぜか気にならなかった。「はい」

彼は門を開けた。「彼女はローマには行ってない」

「じゃあ、どこに？」

「ポルターノと呼ばれる場所だ。アマルフィの上の丘にある村だよ」

「どうして彼女はそこに？」

「きみは知っているものだとばかり思っていたよ。事情は知らない」

「彼女からその村に行くと聞いたんですか？」

「いや。彼女は昨日の午後の汽船でここを離れた。その船長から彼女がソレントで降りたとたまたま聞いたんだ。ローマに行くならソレントでは降りない。その後は簡単だった。まあ、わたしはこのあたりのほぼ全員と知り合いだから」

サンベルグは厄介な敵になり得るとしたら、とても心強い友人にもなれると気づいた。

「マダム・ヴェーバーは知ってるんですか？」

「そのはずだ。レオニーは彼女の家のひとつに泊まっているから」

「彼女の家のひとつとは？」

「彼女はそこに不動産を所有している。一緒にアマルフィに行った日、それに関連した商用にわたしたちが向かったことを覚えているかな。たくさんの小さな家やアパートメントがあるんだ」

僕は黙っていた。

少しして彼は言った。「なにもマダム・ヴェーバーがきみをこまらせようとしたのではないとわかってくれるね。レオニーは数日この島を離れる必要があって、助けてくれるようシャーロットに頼んだものだとしか思えない。シャーロットに黙っているよう誓わせたに違いないんだ。シャーロットがわたしにさえ秘密にしているのなら」

僕は言った。「彼女が泊まっている場所の名がわかりますか？　どうやったら僕に見つけられるでしょう？」

彼は暗闇《くらやみ》でほほえんだようだ。「ピアッツァ・サン・ステファノ十五番地だ。簡単さ、ポルターノにはその広場と大聖堂がひとつしかないから。ポルターノを見つけさえすれば、それで見つけたも同じだ」

マーティンはまだもどっていなかったから、ひとりで夕食をとってから腰を下ろして彼を待った。この数日にわかったことすべてが頭のなかで駆け巡っている。どうしてレオニーは去ったのか、僕はどうしたらいいのか考えようとしつづけた。ぴたりとくる考えかたはあるが、気に入らないものだった。それで服を脱ぐとベッドに入り、煙草を吸ってソアーヴェを飲みながら隣の部屋で足音はしないかと聞き耳を立てた。

　気分転換のためにグレヴィルのことをなんとか考えようとしたが、いまはなぜだかその姿が思い浮かばない。どんな様子だったか思いだそうとした。あいまいになった記憶を呼び覚ますために写真を持ってくればよかった。すぐにまた一九四二年のことが甦《よみがえ》った。僕が海軍に入隊する直前に兄と会ったこと。兄は科学分野の仕事を捨てたばかりで、特殊任務部隊《コマンドス》に参加しようとしていたが、その目標はかなわなかった。当時の兄はまるで肩の荷を下ろしたばかりのようにとても意気揚々としていたが、兄が科学でどのような研究をしていたのかなにも知らない一部の友人から、愛国精神から戦うための決断だと受け取られてひどくいらだってもいたのを覚えている。兄は二十八歳と若かったから、もはや舞台裏で安全に過ごす人物でいるのは受け入れられないと気高くも決意したのだと友人たちは考えた。兄は僕にこんなふうに言っていた。

「ああ、もちろん、わたしは愛国者だ。王にも国にもほかのものにも忠誠心がある。どちらにしても、あんな敵を前にしたら誰でもそうなるしかないだろう？　だが、むしろこれは集団的な愛国精神に反する行動だよ。これは個人、つまりわたし自身、そしてわたしが信じていることへの忠誠心による行動だからだ。これは〝意思表示〟でも、勇気でも、ましてや自己犠牲でもないし、そうしたレッテルを貼ろうとするのはまったくもって馬鹿《ばか》げている。気高くなどないし、愛国心がないなどという〝意思表示〟でもない。こう決めたからといって、もっといい人間にも悪い人間にもならない。わたしは前と変わらない。自分自身の心と判断基準を知らなければ、なにも物を知らないことになる」

グレヴィルはアムステルダムでの人生最後の数分に自分自身の心がたしかにわかっていたんだろうか。

会ったときにルイ・ヨアヒム伯爵《はくしゃく》が言ったなにかがずっと引っかかっていたが、はっきりしなかった。そこで突然思いだした。「いつだってきみのお兄さんは、ほぼ不可能な課題に取りかかる人だった。対象がなんであっても、失敗したら彼はどうやって耐えただろうと、わたしはずっと考えてきたんだが……ありきたりな人間は最初からそんなリスクを負ったり、大変なことを成し遂げられると思ったりしないよ。とこ

ろが、高い理想を抱く男は、気持ちの上でのあいまいさというものがなく、妥協できないことがある。妥協できない、あるいは妥協しようとしないんだ。完全にやり遂げてみせるか、あるいは引き下がることができずに死ぬしかない」

結局はルイ・ヨアヒムが誰よりもグレヴィルを理解していたのか？

考えあぐねていると、詳細な成り行きはどうあれ、グレヴィルの死に直接責任のある男が隣の部屋に帰ってきた音がした。

数分後、僕自身の部屋の戸口に立った彼を見ると、誰だって一、二分は彼が根っからの船乗りではないことを忘れることだろう。青い船乗り用のセーターを着て、軽い足取りで気楽に立つ姿、そして指令を出すことに慣れている抑制された雰囲気なのだ。だが、忘れていられるのは、引き締まった顔の一度も日射《ひざ》しを浴びたことがないような青白さ、第十二王朝のエジプト人を喜ばせただろう品のいい高い頬骨、端麗で狂気じみた目を見るまでの話だ。彼は酒を飲んでいたらしく、それは目を見た途端にわかった。

「首尾は？」彼は言った。

「遅くまで外出していたんですね」僕は言った。「楽しい一日で？」

「なかなかね。てっきりきみは明日までもどらないと思ってた。どんなことがわかったんだ、いい知らせかそれとも悪いものか？」

彼の目を覗《のぞ》きこんだ。頑張ってはいるがやりすぎで、関心のあるふりに過ぎないとわかる。「あなたはどちらに判断しますかね」

たぶん、僕の声はいつものように気楽ではなかったんだろう。彼はフランス窓に近づいて葉巻に火をつけた。

「グレヴィルが運河に飛びおりたのを目撃したほかの証人が見つかったんです。信憑《しんぴょう》性《せい》が高い。本人に会った。それが本題。それから麻薬の密輸についての話も」詳しく彼に聞かせた。彼に真実を少しでも長く話せば、それだけ長く素知らぬ顔を続けられると思った。

話し終えると彼は言った。「それじゃ……結局彼はやったのか」

「そう。僕の——僕たちの直感はまちがっていた」

彼はマッチを投げ捨て、一分ほど両手をポケットに入れて立ち尽くした。広い肩が窓をふさぐ。彼を見つめて出方を待った。

彼は口をひらいた。「きみはどう感じているんだ？」

「頭にきていますよ」

「誰に？」

「もっぱら自分自身に。絶対だと信じきってこだわっていたから。まあ、それも煙となって消えました。グレヴィルが殺害されたのでなければ、見つけだす価値があるものはたいして残っていないように思える」

「じゃあ、これからどうするつもりだ？」

「すべてを投げ捨てる。終わったんですよ、マーティン。カタがついた。おしまいだ」

彼は振り返った。「あまり長いこと封をしていると、傷んで腐る感情というのがあるからな」

「一緒にこの白ワインのボトルを飲みきりましょうよ」

彼はきっぱりと首を振った。「バッキンガム探しを諦《あきら》めるつもりか？」

「彼を見つけられる見込みなんかありますか？　ないに等しい」

「ヴィラ・アトラーニには行ったのか？」

「ええ。レオニーはローマに向かったと聞いた」

「彼女は昨日旅立った。いなくなるまでそのことは知らなかったよ。彼女をとめることはできなかっただろうが、尾行ならできただろうに」彼は葉巻の先端を見つめる。

口の端は下がり、あきらかに苦々しく思っているようだ。「彼女にはもう会えないんじゃないか」

「彼女がバッキンガムの元に行ったと思っている？」

「……そうだ」

僕はさらにワインを飲んだ。彼は部屋の中央でどうすべきかわからないように立っている。

「グレヴィルのことは残念だ」彼は出し抜けに言った。「本当に残念だ。きみもそれはわかっているな。きみにとってどれだけ意味があることだったか俺にはわかっているから」

たぶん酒のせいだろうが、またもや彼は過剰に演じていると見えた。安っぽい同情は僕には毒のようだった。

僕は訊《たず》ねた。「今日はなにをしていたんです？　立派な魚でも釣ったとか？」

「獲物のほとんどはボートの持ち主にやって、特別いいのを数匹だけ一階のシニョーラにやったよ。心配するな、朝食に食えるぞ」

「一日じゅう、出かけていたんですか？」

「十一時頃からずっと。ほかにすることはないようだったしな。俺はきみの金と時間

を無駄遣いしていたから。グレヴィルについて――」

「明日、ボートを借りようと思っていたんですよ。そんなに長いこと海に出て、食事はどうしてたんです？」

彼は一瞬だけためらった。「ああ、アマルフィに上陸した。そこで食事をしてから少し散歩したな。いいところだな。行ったことはあるか？」

「ええ」そう答えた僕は皮膚を刺されるように感じていた。彼を見た瞬間その表情を読み取って、彼はこの日をレオニーと過ごしたんだと確信した。彼から直接そう聞いたかのようにそれがわかり、レオニーは彼の元にもどったのだとわかった。

彼が部屋を後にしてから、僕はベッドにもどって腰を下ろした。灰皿には彼の葉巻の灰が白いピラミッドを作っていた。煙のにおいがまだ部屋に漂っている。窓に近づいて庭へと灰皿を傾けた。もどってくると煙草に火をつける。手がちっとも安定しない。いまではこれからどうするかわかっていた。

そっと部屋を後にして廊下を進み、ホテルのロビーに向かった。隅に電話ボックスがある。ヴィラ・アトラーニにかけた。間に合った。サンベルグはまだそこにいた。僕は言った。「こんな時間に電話して本当にすみませんが、船外モーターつきのボ

ートを貸してくれると言ったのを覚えていますか？」

「もちろんだよ。いつ借りたいんだ？」

「明日はどうでしょう。明日の朝。一日、釣りをしたいんですよ。あなた自身が使わないならですが」

「あれは友人たちに役立ててもらうためにあるんだ。エルネストがヨットにいるはずだ。朝、わたしより早く到着したら、わたしの許可をもらっていると彼に言ってくれ」

「どうもありがとうございます。せめて一匹は釣りたいですね」

「それはさほど野心的ではないね」

「野心的かもしれませんよ」

間が空いた。「なるほど。きみの目的はそういうことなんだね？」

「穿鑿《せんさく》しないでくれてどうも」

「穿鑿してないんじゃない。慎ましいだけさ。そういえば、今夜ダ・コッサがやってきたとき、あの絵のことを話題に出したぞ」

「どうでしたか？」

「わたしは鞭《むち》を手に入れたようだから、注意深く使うとするよ。大いなる喜びを得ら

れそうだ」

「幸運を」

「きみにも幸運を」

部屋にもどるとセーター、デニムのズボン、古いテニスシューズに着替えた。それから腰を下ろして彼の部屋の明かりが消えるまで待った。その後、彼が寝つくだろう時間までさらに三十分待った。

また階段を使う必要はなかった。青の洞窟《どうくつ》へ行った日の朝、簡単にバルコニーを伝って下りてから前庭を横切った。今夜も同じことをした。

深夜二時近くにマリーナ・ピッコラに到着した。月は沈んでいたが、入江のなかに錨《いかり》を下ろしたヨットが見えるだけの明かりはあった。そこまで泳ぐつもりでいたが、必要なかった。借りる予定の搭載艇は石造りの桟橋沿いに係留され、誰でも楽々と盗めそうだった。マダム・ヴェーバーが言ったように、カプリ島ではそうしたたぐいの犯罪は起こらない。

ヨットに人が起きていることを示す明かりは灯《とも》っていなかったし、あれこれ調べ、やりたかったこともほんの十分ほどでできた。

それから宿にもどって休んだ。熟睡とはいかなかったが、朝まで途切れ途切れにまどろむことはでき、ひとつの悪夢も覚えていない。たぶん悪夢は翌日のために待ち構えているんだろう。

18

彼の部屋のバルコニーで一緒に朝食をとった。彼は妙な気分のようで、緊張しすぎているが物静かで、目が暗くなっていた。

食事の終わりがけに切りだした。「サンベルグが今日モーターボートを僕に貸すと言ってくれたんですよ。ファラリオーニの外側のものに上陸できないか試してみようかと」

「この島は岩だらけだが、そいつもやっぱりただの岩じゃないのか？」

「そうですけど、青い蜥蜴《とかげ》が有名だっていう話で」

「よっぽどスコッチのほうにそそられるね。銘柄はなんでもいい」

「でも、帰国すると決めるまではなにもすることがないし、レオニーがもどってきたときのために一日か二日は帰るつもりはない。一緒にどうです？」

彼はしばしば無言で食事をして、かなりうつろな目で青い水平線を見つめていた。晴

れ渡った日だが少し霧が出ている。「やめておこうかね、フィリップ」

「なにか問題でも？」

「問題？　そんなものはない」

「あなた、無口なようですけど」

「俺は大丈夫だ」

「時間を無駄にしていると思ってます？」

「いいや。どうしてそんなことを言う？」

「自分が気持ち晴れやかとはいかないので」

「それはわかるぞ、フィリップ。きみの気持ちはわかる」

　本当に？　そう思った。

　最後には一緒に来るよう説き伏せることに成功し、長居したくなったときのためにサンドイッチを持参して十一時ごろにふたりでマリーナ・ピッコラのビーチへ向かった。サンベルグの姿はなかったがすでに訪れた後で、エルネストはボートの件についてすべて知っていた。僕はエンジンをかけてそびえ立つ岸壁からゆっくりと離れていった。ビーチからジェーンが疲れたように手を振った。

　この時期にしては暑く、霧はまだふしぎな感じで垂れこめていた。やかんが見えな

くなるほどの湯気のようだ。なんの動きもないかと思えば、次の瞬間には思いがけず一部が海や陸のほかの箇所へと漂う。沖合では高速モーターボートが海に大きな白い傷を刻んでいたのを憶えている。操縦している男は轟音《ごうおん》をあげながら霧のなかを大喜びで進み、突然反対側へ舵《かじ》を切っていた。この霧のなかで彼とぶつかる手こぎ舟がいたら災難だ。たっぷり距離を置いたところに数隻《せき》の漁船が浮かび、そのさらに向こうでは二隻の沿岸航行船が入江を離れるところだった。

マーティンは青いTシャツとリネンのズボン姿で舳《へ》先《さき》に座った。彼は操縦しようと言ったが、これは僕の仕事だと断った。今日の彼はとても無口だったが、ボートの底で釣り糸を見つけるとすぐにほぐし始め、自分の煙草《たばこ》の煙が目に漂ってくるたびに顔をしかめた。

しばらくして彼は顔をあげて言った。「ずいぶんと大回りしてあの岩礁群《がんしょうぐん》に行くんだな」

「まだ岩礁群には行かないですよ。たっぷり一日使えるんだから」

「きみが船長だ、好きにしろ」

エンジンが若干ドドドと音をたて、僕は振り返ってそいつをいじった。絶対に不具合は起こしたくない。

「こんなに急にレオニーがいなくなったのはおかしい」僕は言った。

「そうか？　想定しておくべきだったと思うが」

「ゆうべは、彼女がバッキンガムの元に行ったと思うと話してましたね」

「あり得ると思った」

「でも、彼女はあの男から遠ざかるためにオランダを発《た》ったんですよ」

「彼女からそう聞いたのか？」

「彼女の残した手紙がそうだと証明してる」

　彼はねじれた釣り糸の端をたぐり寄せ、輪っかになった部分を引っ張りだした。

「たぶん、女というものはバッキンガムみたいな男を完全に切り捨てることができないのさ」

「そこがふしぎでたまらないとよく思いますよ」

「そことは？」

「なぜ多くの女が詐欺師《さぎし》や悪党に騙《だま》されるのか」

「きみが悪と呼ぶものはいつだって善より魅力的だから」

　エンジンの音を響かせて入江のさらに先へ進んだ。僕は振り返らなかったが、視界の端にファラリオーニ岩礁群がかろうじて見えた。いまが決断のときだ。

僕は言った。「グレヴィルについて考えていたことがあって」

「おいおい、その件はすっかり話しあったはずじゃないか。まだ言うべきことがあるか？」

「僕にはわからなかった。兄が無実であれば、警察がホテルにやってきたときになぜ協力しなかったのか。当然の流れに反することだ。でも、いまはそう思わない。警察がやってきて、証拠のすべての断片が兄の頭の奥にはたぶん浮かんだと思います。木箱にかんするバッキンガムの奇妙な振る舞いだとか、ジャワ島で、あるいは空港の職員のあいだで囁《ささや》かれていたこと。そんなすべての断片が合わさって兄は突然、荷造りされた木箱に自分の発掘品と共になにが入れられたか気づいた。それでとっさにバッキンガムをかばおうとしたんですよ。彼のやったことを許すわけではなく、友情から彼が逮捕されないようにしてやろうとして、まず自分の保身を考えることもなかった」

「きみは想像力がたくましいな」

「すべて想像とはかぎらない。グレヴィルが日記をつけていたのは知っていますか？」

彼は腕を掻《か》くとその部分を見つめてたっぷりと間を空けた。「いいや」

「型通りの日記ではなかったけれど。仕事の備忘録に過ぎないが、兄はこの男のこと

で頭がいっぱいだった。だから断片をつなぎあわせるのに役立つ。グレヴィルがバッキンガムについて、道を踏み外した格別に優秀な男だと見なしていたことには自信がありますよ。失望させられたと知ったときも、そんなことは構わずに友情から、そして深い献身の気持ちと信頼からこの男を守りつづけた」

「きみはすべてを知っているようだな」

「すべてじゃない。警察がグレヴィルを残して去ってからのことはわからない。バッキンガムは警察がやってくると聞きつけたに違いないと思っていますよ。おそらく彼らが去るまでホテルを見張り、公衆電話から連絡してなにがあったのかたしかめた。きっとグレヴィルがとても怒っていると知り、その夜にデ・ヴァレチェスの橋で落ちあう約束をした。実際にそこで会ってから、自分がどれだけ深くかかわってしまったか、どれだけ騙されてバッキンガムのカモになったかに気づき、グレヴィルはそんな状況に耐えられないと悟って自殺した」

　マーティンは釣り糸を海に投げ入れた。「なぜだ？」彼は残忍な口調で言った。

「どういう意味です？」

「なぜだと言ってるんだ。きみが話したことに運河に飛びこむほどの根拠のある動機がひとつでもあるか？」

僕は彼を見つめた。彼はあたらしい煙草を取りだし、まだ半分ほどしか吸っていない前の煙草を近づけて火をつけた。

僕は言った。「状況そのものが動機のようなものでしょう。志の高い人間は失墜からは誰よりも遠い存在だ。混乱から自殺を最善と考えてしまったんですよ」

彼は吸いかけの煙草を投げ捨て、それが僕のほうに流されていくのを見つめた。

「いいだろう、きみの兄さんは信仰篤《あつ》い狂信者でユーモアのひらめきや心のバランス感覚がなかったと。膝丈《ひざたけ》のチノパンとサングラス姿の聖テレジアだ。ほかでもない自分自身によって迫害された十字架の聖ヨハネだ。前もって俺たちがそいつに気づいてなかったとは残念だ。たくさんの厄介事が省けただろうに」

「なにを泣き言をこぼす必要があるんですか。兄が運河に飛びこんで、あなたはたくさんの厄介事が省けたくせに」

彼はあたらしい煙草をゆっくりと折り、ついにはふたつにちぎった。まず白い包み紙を、次に丸めた煙草を投げ捨てると腕の筋肉が波打つ。表情にあきらかな変化はなかったが、骨格がさらに鋭く、こめかみがさらにくぼんだように見えた。

彼は言った。「いつわかった？」

「火曜日のパンカルからの手紙で」

「その前は――」

「ああ、思い当たる節があるにはあった。直感が。その程度のものです」

「いつ？」

「最初に。イギリスのあなたの自宅でテーブルに置いてあった葉巻の缶。エル・トロです」

「理由は？」

「あれはオランダ南部ハペルトのクラーセンが作ったものだった。グレヴィルが手に入れられるときはいつも愛飲していた銘柄だ。兄からもらったんですか？」

「そうだ」

「あれはイギリスではどこに行っても手に入らない」

　彼は陸地を、続いて僕を、さらにきらめく空っぽの海に視線を走らせた。すべてを慎重に判断している。「じゃあ、俺がオランダ行きを呑《の》んだとき、驚いたんじゃないか？」

「あなたがなんらかの形でかかわっているのであれば、僕がなにを見つけだすか不安なんじゃないかと考えた。でもいままでは、その点においてはあなたに不安要素はまったくなかったとわかる」

彼は凄《すご》みのある目つきで僕を見つめる。「まったくなにもないね」

「だったら、どうしてオランダに来たんです？」

「そんなことが関係あるか？」

「レオニーの行き先をたどるため？」

彼は肩をすくめた。「彼女はなにも言わずに姿を消した——そんなふうに思えた。彼女がどうなったのかわからなかった。イギリスに帰国して彼女の母親に会ったが、居場所をどうしても教えてくれなかったんだ」

「あなたは一日早くアムステルダムを離れてしまった。不用意だった」

「ジャワ島から刑事がもどってくると知って、離れる頃合いだと知ったんだよ。それにヨーデンブレーと接触した後では、奴《やつ》が口を割らないかと心配になった」

僕たちは暑い日射《ひざ》しを浴びながら黙って座っていた。高速モーターボートは楽しむのに飽きてナポリのほうへ消えていた。僕たちはおたがいに表情を崩さないようにしながら憎しみの視線を送りあった。

僕は口をひらいた。「あなたがデ・ヴァレチェスで演じた茶番のせいで、僕は真相に近づくのが遅れた。あのときは直感がまちがっていたと思った」

「どの茶番だ？」

「あなたがヨーデンブレーとの接触と呼んだものですよ」

「あれが茶番と感じたかどうか奴に訊《き》けよ！」

「だったら、どうしてあなたはあんな行動をとったんだ？」

「話してもきみは理解しようとしない」

「話してみればいい」

「またの機会に」

「またの機会なんかありません」

　僕は針路を変え、カプリ島に向かってゆっくりと大きな弧を描いてもどるようにした。針路の右に霧が流れてきた。彼は振り返った。いまではカプリ島が僕の視界に入り、彼の視界から消えたからだ。突然、緊迫した身振りを見せて彼は言った。「フィリップ。なにかたくらんでいるのなら、いますぐやめろ」

「あなたをカプリ島に呼んだときも、真相に近づくのが遅れた。あなたがバッキンガムであれば、レオニーと対面させてショックで確実に彼女が本当のことを暴露するよう仕向けようとした。でも、そうならなかった。どうしてなのかわからない」

「俺が行くからと彼女に電報を打っておいた。きみから住所を知らされてすぐ、ナポリ空港で」

間が空いた。

僕は言った。「こうやって誰もいない広い場所にいて、もう隠すこともない。最後にあなたがグレヴィルと会ったとき、なにがあったんです？」

彼はためらいながら僕を見やる。本当のことを話すのを拒否するんだろうと思ったが、たぶん僕とできるだけ長く話しをつづけるべきだと考えたのだ。

「橋で待ち合わせをした。俺が彼をこんな厄介事に巻きこんだと責め、彼を絶対に助けろと言われた。俺にどんな返事ができると？　麻薬密輸という退屈で憂鬱《ゆううつ》な商売を彼に悟られることなく逃げ切りたいとずっと願っていたさ。少しでも運があればやりきれたはずだった。俺はなんとかして彼の寝室にあるあの木箱に近づこうとしたが、彼はまったくその機会をくれなかった。警察が動く前にブツを取りだしてヨーデンブレーに届けることができたはずだったんだよ。あの日の午後、警察が実際に動いて、俺はなんとかグレヴィルをひとりで連れだすようレオニーを説得した。その手はずだったのにしくじった。ああ、しくじったんだよ。俺はグレヴィルにそう話した。俺が彼を利用していたからって驚くことはなにもないと話した。一瞬だって、俺自身の性格や俺自身の人生哲学について欺《あざむ》いたことはないと言ったさ。今度のことに説明をつけようと自分なりに凝ったごまかしの信念を作りあげたいのなら、自分自身の喜びの

ためにそこに俺を当ててはめてみればいい、最初のテストでその信念が崩れて終わっても、俺の責任じゃない。彼が失望したのなら、責められるべきは彼だけだってな！」

流れてきた霧がずいぶんと近づいてきた。「そうしたら、兄はなんと？」

「きみが予想するだろうことさ。俺はどうするか選ばないとだめだと言われた——俺自身の信念に向きあう挑戦のようなものだと。俺はそんなものなどないと彼に言い、彼をそこに残して去った」

「それで兄は確信した」

「なにを確信したと？」

「あなたが考えを変えて自首することなどないと」

「ああ、そうさ。そこは疑問の余地がないようにして彼とは別れた。モラルの問題は彼のものであって、俺のものじゃなかったからな。自分のモラルを満足させるよう好きなことをしろと彼には言った。よしと思えば警察に行けばいいし、結局のところ警察は彼の言い分を信じるかもしれん。あるいはそうしたくないのなら——彼はいつだって主義と自己犠牲の高潔さについて語り、他者のために最高のものを諦《あきら》めていた。ふむ、それが口先だけじゃないと示すチャンスが巡ってきたわけだ。試練は俺だけじゃなく、彼にとっても存在した。〝人がその友のために自分の命を捨てること、これ

よりも大きな愛はない〃（ヨハネの福音書より）という戯言《たわごと》に意味があるとしたら、いまが証明するチャンスだと！」

僕はマーティンを見つめた。「グレヴィルが求めていたものを手に入れたのなら、同じものが手に入ればあなたも文句ないですね？」

彼は自分がこまったはめに陥っているとわかっていた。これまでに何度も追い詰められたことがあり、霧に取りかこまれたいま、そのときが迫っているとわかっていた。

「いいえ」彼に全身を探るように見られて僕は言った。「銃もナイフも持ってない。グレヴィルの死について、あなたを絞首刑《こうしゅけい》にすることはできない。結局のところ、あなたの責任じゃなかったんですからね？　まあ、これだって僕の責任でもない」

彼は腰を下ろし、僕を見つめた。奇妙なほど敏感さを際立《きわだ》たせる表情になっている。まるで危険が迫って感覚が研ぎ澄まされたようだ。

日が照ると僕は言った。「ドブネズミは泳ぐ。あなたも泳ぐんだ、この人でなしめ。グレヴィルは泳ごうとも思わなかったが」

僕は床に手を伸ばして水抜きの栓を引き抜き、海に捨てた。彼が近づいてくると、ヨットの端へとよろめき、彼がつかみかかろうとする手を蹴《け》って、海に飛びこんだ。

水面に浮かぶと、すっぽりと霧に呑まれていた。ボートはまだ浮かんでいるがみるみる沈んでいく。彼はボートに乗ったままだが、重量を軽くしようと船外モーターをねじり外そうとしていた。びくともしない。昨夜僕がそのようにしておいた。僕は船首をつかんで身を乗りあげた。体重でボートを揺らしながら這《は》いあがると、彼が振り返って僕を追い払おうとしたが、ボートは僕たちの下で沈んでいく。僕がふたたび海に飛びこむと彼はバランスを崩して前のめりに転んだ。僕が水面に浮かぶと彼も海のなかにいた。霧は薄いものでしかなく、カプリ島の隅が見えた。霧が頭上を流れていく。ボートはあっという間に沈んだ。そのはずだ。船尾の座席の下に重い石がいくつも置いてあったから。泳いで帰るには相当時間がかかるはずだ。

彼のほうへ泳ぎ、潜って目を開けると、彼はすぐ上に見えた。片脚をつかんで引っ張りはじめた。もう片方の脚に蹴られないようにするのは大変だった。もう息ができなくなるまでつかんでから、手を離して水面にあがった。目がちかちかして大きく息を吸う。彼が数秒後に水面にあがってきた。僕を目にしたが襲ってこない。その代わりに島へ泳ぎはじめた。僕もそれに続いた。

霧から離れたところで、彼に追いついた。ふたたび潜る。だが、今度は彼が戦ってきた。かなり苦労しながら動いて水中で回転し、両手を僕の首に伸ばしてくる。つか

む隙《すき》をあたえずに僕は逃げてどうにか彼の頭上にまわった。彼の後頭部を蹴って水面にあがった。

今度の彼はあがってくるのが遅く、咳《せ》きこんでいた。僕のすぐ近くに泳いできて目が合う。彼はなにも言わず背を向け、岸へと泳ぎはじめた。しばらく僕は距離を保った。一、二度と彼は振り返った。後ろに僕がいるとわかっている。島はまだずいぶんと先だった。

僕は潜って彼の足首に手をまわした。彼はスローモーションのようになりながらも必死に脚を蹴りだすが、僕はあくまでも強情に足首を握っていた。僕たちは沈んでいく。彼は身体《からだ》を二つ折りにして僕のあごの下をつかんだ。頭を後ろへと押していく。離そうとしない。こうやってグレヴィルは死んだのだ。水が口にも、肺にも、頭にも入り、みずから命を諦めた。脳にも水。ここの水はきれいだが、人間の心臓にとってはよくない致命的なものだ。マーティン・コクソンは僕と一緒に沈んでいく。彼の意志に反して。命には命で償う——旧約聖書の律法はすばらしい。ただし、ひとつに対してふたつの命ではない。それは律法でも常識でもおかしいから。

足首をつかむ手をゆるめると、ただちに彼も僕の首から手を離した。一瞬、彼の顔が僕の目の前に近づいたが、僕は水面へと泳いだ。さらに上へ。じきに彼は命をなく

して漂うだろう。

　僕は水面には出たが、時間がかかった。水と空気を同時に呑み、咳きこんでえずいた。このまま漂って浮かんでいればいいだけだ。つかのま、気を失いそうになった。ふたたび日が射して波の轟音《ごうおん》が叫んでいる。頭に霧がかかったようになっているのは、疲れ切ったため、そしてついに終止符が打たれたためだ。

　彼の手が僕をつかんだ。止《とど》めを刺したと思っていたが、彼は最後の力を温存していたのだ。僕は抵抗しようとしたが彼はあまりに力強かった。この最後の攻撃で彼は何人もの声でしゃべっているように思えた。そこでなにかが僕の腋《わき》の下にかけられ、僕を海から引きあげた。甲板に乗せられ、そこでは日射しが帆の後ろからあたって影を作っていた……

　漁船と釣りあげたばかりの魚というわけだ。僕はあえいで日射しのなかでぐったりと横たわった。男が僕を覗《のぞ》きこんでイタリア語で話しかけたが、主な関心は別のものへと移っていた。ほかのふたりが船首に身を乗りだして海にいる誰かにサブマシンガンのように話しかけている。続いて残るひとりも移動し、僕は横たわったまま、ひどく苦々しく思いながらマーティン・コクソンが救出される音を聞いていた。

　彼の影が甲板を暗くし、彼は僕の近くに力なく横たわった。遭難仲間だ。彼らはい

い仕事をした。このイタリア人漁師たちは。僕が身じろぎしたのを目に留め、いくつも質問を投げかけてきた。時間はかかったが、ボートにまだ人は乗っていたのかと聞いているのだと気づいた。首を振ると彼らは満足した様子で僕のことは休ませ、マーティンの手当にかかった。

　彼は本当に気を失っていて顔色が悪かった。一瞬、僕は使命をまっとうしたのであり、この邪魔は手遅れだったのだと思った。けれど、漁師のひとりは人工呼吸ができ、五分ほどすると彼は意識を取りもどしてきた。そこでひとりがかがんでちっぽけなキャビンに入ると、カップをふたつとキャンティのフィアスコを手にもどってきた。マーティンは最初は飲めなかったが、僕はいくらか飲んでマシになった。身体は、ということだ。

　イタリア人のひとり、船長らしい小柄で肉づきのいい男が僕の隣にしゃがむと癖のあるイタリア語で質問した。僕がわからないと首を振ると、彼は考えこんでまず自分を指さし、船を含めるように丸を描いた。「サレルノ」

　僕はわかったとうなずいた。次に彼は僕を指さした。「カプリ？」

　ためらった。マーティンが回復しつつある。僕たちはここから後もどりすることはできない。進むしかなかった。

小柄な男が質問を重ねた。「ソレント？」

「いや」僕は衝動的にこう言った。「アマルフィ」

彼は金の糸切り歯を見せて満面の笑みを浮かべた。たぶん僕が理解したからだろうし、そこならば彼が住まいに帰る経路沿いだからでもあるだろう。彼は操舵《そうだ》手《しゅ》に呼びかけた。まるで僕たちが下手な操縦で失ったのは誰の船なのか、彼らが陽気に予想しているかのように聞こえた。

体力はすぐにもどってきた。シャツとズボンも灼熱《しゃくねつ》の日射しで乾きつつある。マーティンの下には血のように黒ずんだ水のシミがあり、サンダルからは蒸気があがっていた。漁師たちは彼を座った姿勢にしていたが、僕からは顔が見えなくなっていた。どんな顔をしているのか見てやりたい。ここで初めて彼の声が聞こえた。彼はいくらかイタリア語を話せたらしい。

誰かをよく知るようになってから突然その人物を殺そうとして、もう少しというところで失敗し、また顔を合わせるしかないとはなんとも言えない。参考にできる前例もなければ、やんわりとごまかすこともできない。剣を鞘《さや》から抜いてしまった後だ。この場合は気まずさを一掃する暴力や怒りもなかった。そうした敵意はまったく共有されていなかった。僕たちのあいだの反目はそうしたたぐいのものじゃない。たとえ

過去が許せるものであっても、この先にも問題が起こる。僕たちのあいだにグレヴィルのことがなくても、まだレオニーの件がある。そんなふうに感じていた。彼も同じだとわかっている。

そうだと思っていた。けれど、彼の顔を見てもう自信が持てなくなった。

19

彼は言った。「俺は――きみと話をしたい」

僕は彼をまともに見ることができるよう場所を変えた。彼のくちびるは補修に使うパテのように灰色だ。

彼は言う。「誰かを殺したかったら、ルールにのっとって戦うのは過ちでしかないぞ」

「心配はいりません。また挑戦するので」

彼は前腕で口元を拭《ふ》いた。僕の隣にはふたりのイタリア人がしゃがんでいたが、英語はまったくわからないようだ。

彼は言った。「また挑戦する……なるほどな。だが、いますぐは無理だろう。だからいいことを教えてやる。きみは知りたがりだからな」

「もう必要なだけはわかったようですけど」

「まだだ」彼は喉《のど》を鳴らし、しばし横になった。それから身体《からだ》を起こし、座る姿勢になろうとした。イタリア人のひとりが手を貸した。マーティンは会釈《えしゃく》し、二本指で長めの髪をかきあげた。「きみがボートを沈める前に言いたかったことだ。グレヴィルと俺についてきみが思いこんでいるひとつふたつの誤解をときたい。俺が彼を利用したときみは考えている。まあ、そうだ。俺が彼を失望させたときみは考えている。これもそう。全部その通りさ。だが、俺が彼のことを気にもしていなかったと思っているのなら、見当違いも甚だしい。彼には生涯、出会った誰よりも、畜生、好感を抱いていたんだぞ。正確に言いなおせば、生涯に出会ったどんな男よりも。そして俺は同性愛者じゃない。いくらきみでもそれはわかるな」

彼は目を閉じた。小柄な船長が横を通り、僕たちに笑顔を向けた。大物を釣りあげたみたいに誇らしげだ。たぶん彼は本当にそう思っている。

僕はマーティンに言った。「なにが言いたいんです？」

「簡単なことだ。グレヴィルと俺は出会い、二カ月もあのいまいましい蒸し風呂《ぶろ》で苦労を共にした。あのあたりにいた白人はふたりだけだった。最初は彼につきあうしかなかった。阿片を持ち帰るただひとつのチャンスだったからな。だが、少しすると、そうしたいと望んだんだ。ピテカントロプス・エレクトゥス（ジャワ原人（ホモ・エレクトゥス）の旧学名）のさ

らなる標本を求めて毎日を過ごしていた。始まりはそんなふうだった。だが、最後には俺たち自身の究極の目的《ファイナル・コーズ》として考古学にさらなる時間をつぎ込むようになった。それもたんなるアリストテレス哲学の目的因《ファイナル・コーズ》（物事の存在目的）などという意味に留まらない。あれはもっと——俺が伝えようとしていることが理解できるか？」

「その話を信じる気になれば理解できたかも」

　彼は黙ったままだったから、聞こえていたかどうかも定かではなかった。

「彼は俺が出会った誰よりも優れた男だった。人間が違っていたし、脳も違っていた。とんでもなく賢かった。俺たちは毎晩とにかく話しあった。地上のあらゆる話題についてな。おたがいの存在によって自分たちの脳を研ぎ澄ました。俺がそれまで存在することを知らなかった分野にまで議論は及んだ。たぶん、彼も同じだった。高等数学ではそうした興奮を手にすることができるだろう、頂をひとつずつ乗り越えて。いままで握ったどんなものよりデカいものに手が届くあの刺激がわかるだろう」

　気まぐれな風が頭上で帆をはためかせ、船の木材をきしませた。本土に近づいている。

「あれ以来、そいつが恋しくてたまらない。もちろん、俺たちは口喧嘩《くちげんか》もした。彼の物事についての見方は俺とは正反対だった。だが、戦士のことは尊敬できるものだ。

しばらくすると、そうした反発はおたがいを結びつけるようになる。激しくぶつかればぶつかるほど、彼の資質をますます知って理解できるようになる。争いには親密さがある。たとえ彼が主張することに異議を唱えていても、彼がそうしたことを主張している理屈は認められるんだ。彼は利己的ではないし、堕落していなかった」

「あなたはそれだけ兄のことを大切に思っていたのに、失望させ、騙《だま》し、自分が窮地に立たせておいてなにもせず、兄なりの方法でそこから抜けださせた。そういうことで？」

　彼はポケットを探ってびしょ濡《ぬ》れの煙草《たばこ》を取りだすと、眉間《みけん》に深い皺《しわ》を寄せてそれを見つめた。「俺は善行をしているなどとは言わないが、一貫性はあると言わせてもらう。きみが固定観念で思い描いたささやかなジキルとハイドには似合わないか？　俺は一貫性があるから、彼を失望させた。だからなんだ？　言ったはずだぞ、俺の考え、信念について一瞬だって彼を騙したことはなかったと。あの阿片は莫大《ばくだい》な富となる価値があった。俺は全財産をつぎ込んだ。危うく喉まで切り裂かれそうになった。そいつを最寄りの川に捨てるべきだったと言いたいのか？」

「そうですよ」

「そして生涯持ち続けてきたすべてについての意見も一緒に捨てろと言うのか？　彼

の元へ向かい、〝親愛なるグレヴィル、俺は善人の魂によって悔い改めたよ！〟と言えばよかったのか」

　彼は静かに話していたが、体力が回復したらしく怒り狂った仕草で煙草を海へ投げ捨てた。手が震えている。

　僕は言った。「つまり、兄よりも理論的立場のほうが重要だと言いたいわけだ」

「理論的立場など知ったことか！　どうして俺の意見に嘘《うそ》偽りないことを否定するんだ。たまたまきみの意見と違っているからって」

「ということは、自分自身にどうしても譲歩しようとしなかったから、あなたはいままでに出会った誰よりも大切に考えた――そうでしたよね？――その男に自分自身の卑《いや》しいちっぽけな犯罪の尻拭《しりぬぐ》いをさせ、裏通りの運河で自殺させた」

「俺は彼を裏通りに置いてきた！　それがすべてだ。激しい口論になったことは話したな。俺は計画全体が台無しになって頭にきていた。彼が俺に荷物を触らせるというたったひとつの行為を許してくれていたら、俺たちは切り抜けられたはずだと感じてもいた。それなのに彼は俺に自己犠牲を期待しているようで腹が立って仕方がなかった。俺は考えるつもりもなかったことなのに。どうして俺がそんなことをしないとならない！　彼をその場に残してイギリスへもどった。モーターボートでな。二日後に、

彼が死んだと知った。彼が自殺したなどとは一瞬だって信じなかった。ヨーデンブレーが陰にいることは確実だと思った。ヨーデンブレーか彼の手下のひとりが。どこの知性ある男があんな馬鹿げたことをする」

　イタリア人たちは僕たちからさりげなく離れていた。おそらく沈んだボートについて言い争いをしていると思ったんだろう。ひとりはじっと本土を見つめている。

　マーティンは息遣いに負けそうな小さな声でふたたび話した。「知性ある男があんな馬鹿げたことをするとは信じられなかった。昨日までは」

「誰か人のせいにできるはずだと思っていたんですね」

「納得のいく説明がつけられると思っていたんだよ。きみは納得がいくのか、こうなったいまでも？　そもそも、きみと一緒にオランダへもどる危険を選んだのはなぜだと思う？　きみに見つかるほど俺自身の情報を広めたのはなぜだと思う？　レオニーを見つけるためか？　彼女は枝葉の問題だった。いずれ自分で見つけられたさ。きみが諦《あきら》めそうになったとき、調査を続けろと励ましたのはなぜだと思う？　俺たちはふたりとも同じことを証明したがってたからさ。俺たちはふたりとも同じことを信じていた、あるいは信じたがっていたからだ。そうじゃないか？」彼は上体を起こし、後ろの木箱にもたれて囁《ささや》いた。「俺の信念への挑戦だと彼は言った。まったく、なんと

いう主張の仕方だ！　彼の自殺はなにも証明せず、なにも正当化しない。なにひとつ。意味あるものを無駄にする行為でしかない。意思表示のためにそいつを捨て去り、無駄にして。だから俺には理解できない。彼が自分の命を捨て去ったことが」

　この一、二分の彼はとても痛切だったから、僕は納得できた。大切に思っていないことに対してここまで痛切になれる者はいない。その瞬間、僕たちのあいだの対立関係は消えたように思えた。僕たちには共通の目的があった。いまでは共通の敗北をわけあっている。

　しばらくして僕は口をひらいた。「ねじれた形で筋のようなものが見いだせるかもしれない」

「頼むから、やっていいことだったなんて言うな」

「言いませんよ。ただ、どうにかして兄の視点で考えようとしている。たぶん、あなたが言ったことになんらかの真実があると見いだした、あるいは見いだしたと思ったのでは。試練はあなただけじゃなく、兄にも存在したという点。自分なりの選択だったのかもしれない。はっきりとはわからないが。そんなふうに兄に説明したんでしたよね？　人がその友のために自分の命を捨てること、これよりも大きな愛はない、と」

「やめろ、俺は怒っていたんだ。口喧嘩をしていたんだぞ。人はいつも結果を考えながら言葉を放つわけじゃないだろ！」

「そうですが、あなたは実際にそう言った。だから兄は突然思ったのかもしれない。いまこそ試練のときが訪れた、これから自分はどうしようかと。どれだけ失望させられても、この男は友人だ。こうした話題について自分たちは何週間も意見を戦わせてきた。自分はどうしたらいい？」

「彼は自分の行動で俺を救うと思っていたとでも？　そんな馬鹿な——」

「僕はグレヴィルのしたことが理解できなかった。兄の抱いていた信念を考えると、自分の命を奪うなんて。いまではわかるようになってきた。そうした信念そのものが、そしてあなたが、彼を自殺に追いこんだと。キリスト教徒にとって自殺は最大の過《あやま》ちですよね？　でも、自殺と自己犠牲の境界線はどこか？　このふたつはほぼ矛盾する事柄になり得る。ほら、たしかオーツという男がいましたよね。探検家スコットの最後の南極遠征隊でテントを後にした人物（重度の凍傷で遠征隊の負担になると考え、みずから姿を消した）。彼がしたことをなんと呼びます？」

　長い沈黙が流れた。マーティン・コクソンは言った。「まったく、きみはたまにグレヴィルそっくりになる。彼が話しているようだし、すべてをモラルの問題にする彼

のいまいましい癖も同じだ。すべては俺のためだったと言いたいんだろ。もしも俺のための犠牲だったとしたら、俺をなにから救うためのものだったんだ？　逮捕と投獄？　彼の助けがなくても俺は逃げ切れたさ。警察のお尋ね者になること？　俺はすでにお尋ね者だった。偽名でな。いいや、救うのではなく、彼は俺に重荷を負わせたか、負わせようとしたのさ、この……このことで。そんなことをするなんて我慢のならないことだ。なんで俺がそんなものを一生背負っていかないとならない！」

「背負わなくていい」僕は言った。「鼻であしらうこともできる。すべては兄によるあなたの評価が正しかったかどうか次第だ」

　気づかぬうちに海岸に近づいており、アマルフィの向こうのそそり立つ崖《がけ》が目に留まった。崖の陰に入ると、船長がやってきてマーティンになにか言った。マーティンは鋭く僕を振り返った。

「なぜ、俺たちはアマルフィから来たと言ったんだ？」

「カプリにはもどりたくなかったから――まだ」

「なぜだ？」

「僕たちのあいだではまだなにも決着がついてませんよね？　現実に引きもどしてすみませんけど」

彼は僕を見つめた。剣士のように油断のない表情だ。ここで彼は手を貸してもらい立ちあがった。僕は自分で立った。シエスタの時間で誰も埠頭《ふとう》を歩いておらず、壁の日陰で昼寝する男がふたりいるだけだった。どこを見ても誰もいないようだったが、海岸通りで一台のバスが揺れながら、いまにも出発するところだった。

僕は船長と握手をかわし、たどたどしい二言三言で助けてくれた礼を伝えた。彼はにっこり笑うと僕の肩をポンと叩《たた》いた。マーティンはまったくの無言だった。

埠頭についてもう下船というときになって、彼は振り返って言った。「この男たちはサレルノから来ている。なぜきみはアマルフィを選んだ？」

「レオニーはここにいるんですよね？」

20

弱って足取りもおぼつかない僕たちは救われた戦友のようにして共に埠頭《ふとう》に降り立ち、漁船をながめた。微風に吹かれながら風上へと向かい、ナポリ湾の南側の岬沿いを自身のディーゼル・エンジンの力で進んでいく。船長の名前はついぞわからず、彼の船の名前を見ていたとしても忘れてしまった。マーティン・コクソンと僕はふたりだけで立ち尽くし、午後の暑い日射《ひざ》しの下でまだ元気のない状態だった。

彼は言った。「俺たちのあいだでこの件は大きくなった」

「大きくなりすぎた。だからこそ、ここではとめられない」

彼は僕を見つめた。「どうしようって言うんだ。この埠頭で、爪《つめ》で引っ掻きあうのか」

「いや。僕はレオニーを見つける」

「よく聞け」彼は言った。「この件に彼女を巻きこむな。レオニーをかかわらせるな。

彼女はグレヴィルとはなんの関係もない」

「そうですけど、彼女は僕とは関係あるから」

「きみはそんなふうに思っているが、まったくなんの意味もない。彼女は俺の元にもどってきた。近づかないよう警告するからな」

僕は髪をなでつけて整えようとして、ハンカチを取りだして絞ったが、すでに乾いていた。僕が背を向けると彼は言った。「どこへ行く?」

「もう言いましたよ」

「彼女を見つけたら、どうするつもりだ?」

「マーティン、あのバスに乗りたければ好きにするといい。僕にはとめられない。あなたは自由に動ける。でも、僕についてきたら得るものがあるでしょうね。僕が生きているかぎり、あなたはお尋ね者になるかもしれないんだから」

僕は埠頭の端まで歩いてバスを通り過ぎ、町の中心へと曲がると大聖堂を横目に、レオニーがスカーフを購入していたあの狭い通りの坂をあがっていった。足取りを保つだけで精一杯だった。彼がついてきているか、振り返ってたしかめることはしなかった。

スカーフの店はほかのすべての店と同じく閉まっていたが、年長のふたりの子供た

ちがドア前の階段で子猫と遊んでいて、僕を見分けた。僕はかろうじて必要なだけのイタリア語は知っていた。「ポルターノはどこ《ドーヴェ》」すると、「ゆっくり《レント》、ゆっくり《レント》」というふたりの返事に包まれた。

ひとりがごくわずかな英語を知っていて、最後には僕も理解した。車道をたどりたければ、海岸通りにもどって隣の村へと一キロほど進み、時計塔のある教会から内陸へとぐっと曲がれと。だが、のぼり坂を気にしないのなら、この道をこのまま進んで干上がった河床をたどり、廃墟《はいきょ》になった二軒の粉ひき小屋のうち、ふたつめまでやってきたら、右手に車道が見えるはずだから、あいだのでこぼこの地面を越えて車道に行けと。

僕はふたりに礼を言って先を進もうと振り返ったら、マーティンが道の突き当たりに立って僕を見つめていた。

通りは険しい坂ですぐに山道となり、両脇《りょうわき》は最初オレンジとブドウの森だったが、その後、びっしりと雑草が生えた土地に変わり、崩れたコテージが数軒現れ、瓦礫《がれき》のなかで餌《えさ》をついばむ雌鶏《めんどり》がいた。そこで川床が見えた。小石に覆《おお》われて雑草が生え、谷の先へと曲がりくねって進んでいる。

一度足をとめたが、彼の姿はまったく見えなかった。日射《ひざ》しが七月の日中のように

照りつけ、じきに坂をのぼる僕は汗びっしょりになった。あたりは荒れ果てた寂しい田舎となり、廃墟となった最初の粉ひき小屋にたどり着く頃には、ほかに民家はまったく見当たらなかった。谷の両脇は急激に狭くなっており、いまでは峡谷のようだ。その頃にはほぼなにも考えていなかった。自分のやるべきこと、そのための努力で頭はいっぱいだったのだ。第二の粉ひき小屋が視界に入る頃には、とても疲れたと感じていた。またもや足をとめてマーティンの姿が見えないかと待ってみたが、彼は現れなかったから先に進んだ。

第二の粉ひき小屋を一周して様子を窺《うかが》った。茂みで羽ばたく鳥の一羽もいない。ここかしこで、まだ見慣れた風景の合間に、変わった動物が聞き耳を立てているような形のサボテンが生えている。川床は曲がりくねってのぼり坂になっているが、聞いた話では……そのとき車道が見えた。

それは頭上、二、三百フィートの高さにあった。山腹の勾配《こうばい》は急で、緑の低木林は鋭い岩の絶壁で途切れている。あきらかに少年たちはここをよじ登るのだ。ほぼすべてのイタリアの子供は猿顔負けにこうしたところを登れる。けれど、簡単なこととは言えない。

ゆるんだ大岩や茂みの深いところを避けてかなりジグザグに半分ほど登ったところ

で、手を止めて谷を見おろした。マーティンの姿は相変わらずまったくない。僕の挑戦に応じなかったようだ。彼がそうすると思っていたなど僕は愚かなんだろう。それでも……

今度は顔をあげると、頭上の車道から彼が僕を見つめていた。

最初は僕のルートより近い道を見つけたのだろうと思ったが、おそらくあのサレルノ方面行きのバスに乗ってから山の麓《ふもと》までやってくると、車道を歩きでやってきたのだと気づいた。だから先回りできたのか。あきらかに僕より先にレオニーの元に行きたがっている。

歩みを進め、彼には別の理由があると気づいた。彼は隣の手すり壁に大きな石を三つ、四つ置いていた。それぞれ重さが二十ポンドありそうだ。彼が呼びかけた。「聞こえるか？」

僕は答えず、よじ登りつづけた。

彼は言った。「引き返せ、フィリップ。警告したはずだ。こっちに来るな」

進みつづけていると奇妙な瞬間が訪れた。マーティン・コクソンについてなんの感情も抱いていなければよかったと思ったのだ。冷静に客観視できれば十倍もマシだっただろう。でも、それができなかった。古く根深い好意は嫌悪《けんお》をさらに厳しく激しい

ものにする。僕が海での揉《も》み合いで失敗しなければ、漁船が現れる前に彼の人生は終わっていただろう。いまのような憎しみをまったく感じずにいられれば、石や岩をつかむこの両手はもっとしっかりしていたはずだ。

近づくにつれて彼が顔に浮かべた汗が見えた。彼が言う。「きみが来ることができるのはそこまでだぞ、フィリップ」

僕たちは見つめあった。手すり壁まではまだ二十フィートほど登らねばならない。僕がさらに数歩進むと、彼が最初の石を投げた。僕は下草へと身を伏せ、石は僕の頭からかなり離れたところを飛んでいき、山腹にぶつかって転がっていった。伏せたまま左右を確認した。じりじりと横に進んで百ヤード先の車道に出ることはできそうだが、どうやっても彼に追われそうだ。さらに二歩進むと、また石が近くにぶつかった。

「次のできみは終わりだ」彼は言った。

僕も同意見だったから数秒ほど静かに伏せた。現在いる場所は一部なら身を隠せるが、多少の幸運があれば彼は僕の脚をとらえられるかもしれず、そう考えるとよろしくない。

そこであらたな経路を選んでじりじりと進みはじめた。彼からおそらく見えるだろ

うが、それでもなかば身を隠せてはいる。横へと十ヤードほど進んだところで顔をあげた。彼も移動しているだろうと予想したのだ。けれど、ここからは手すり壁が数フィート程度見えるだけで、そのかぎられた場所に彼の姿は見当たらなかった。

僕はいつ石が飛んでくるかと身構えながら進み、ついにまったく身を隠せない場所に出るしかなくなった。彼はあの手すり壁から消えてどこにもいない。残りの石も見えないから、ことを急《せ》いたり緊張したりしないよう、一、二分ほどじっくり考えようとした。ここからはまだ二十フィート近く移動が残っている。呼吸が整うまで待ってから急いで行動したとしても、彼が頭に石をぶつけようと上で待ち構えているかもしれないが、その危険を承知で動く覚悟はあった。

呼吸が整ったから、全身の力を振り絞って飛びだした。

無傷で手すり壁にたどり着き、震える手でつかんで乗り越え、最悪の場合に備えて身構えた。

車道には誰もいなかった。道路の上に突きだした崖《がけ》を見あげ、次のヘアピンカーブのほうも見た。有利な場所を大いに活用することもなく諦《あきら》めるとは彼らしくなかったが、どうやら実際にそうしたらしい。彼のしたことは僕を五分足止めしたことだけ。どこかに罠《わな》があるとしても、わからなかった。

次のヘアピンカーブにやってきたが、車道は急な坂になっていて先がはっきりと見えない。さらに五分、坂をあがってからようやく、前方にちらりと彼の姿をとらえた。彼は早足で僕をかなり引き離すことに成功していた。僕も急ぎ足で進もうとしたが、一、二分ほどして諦めた。

僕たちはいまでは谷を抜け、車道はおそらく標高七、八百フィートほどだった。遠くで海がぼんやりときらめき、周囲は長生きした巨人の筋肉のようにこぶになって群がる山ばかりだ。車道横の葉叢《はむら》は埃《ほこり》で灰色になり、ここかしこの崩れた壁はコテージが壊れたことを物語っている。住んでいた人たちはどうしていなくなったのか。このあたりの産業がほかに移動したのか、それともなにかの疫病《えきびょう》が百年前に彼らを襲ったのか。

二度目に彼を見かけたとき、僕はだいぶ差をつけられていた。ずっとほぼ早足で動いていたに違いなく、溺《おぼ》れかけた後でもそのぐらいできる彼の体力のほどがわかる。僕はスパートをかけ、グレヴィルのことを考えようとした。そうすれば、正しい炎をくべることができるように思ったからだ。ふしぎなことに憎しみでは火がつかないようだったが、決意はたしかに役立ち、もっと冷静になることができた。

このように考えながら角を曲がると、人の住む家が一軒、さらにもう一軒が目に留

まり、突然僕はポルターノにいた。

この頃には、千フィート下でアマルフィは午後の影のなかへと入っていることだろうが、サン・ステファノの広場では昼の太陽がこれでもかと照りつけていた。埃っぽくてがらんとしており、数羽の鳩《はと》がゆるんだ石畳のなかで餌をついばんでいるだけだ。広場の中央で五、六本のプラタナスの木がしおれ、葉の一枚もそよいでいない。広場の二辺には小さな家が並び、もう一辺にはこうした場所につきもののカフェと店がいくつか、残りの一辺に大聖堂があった。黒と白の大理石の風変わりなのっぺりとした教会で、隣に鐘塔があり、背後にはオリーブの木立が急勾配の坂に並んでいる。大聖堂の前に車が一台と三、四台の自転車がとまっているのが、さらに下方の粉ひき小屋やコテージと違って、人がここを離れていないただひとつのしるしだった。

腕時計で時間をたしかめ、ふしぎに思った。もうシエスタの時間を過ぎていたからだ。それなのに身じろぎしているのはツバメだけだ。この鳥たちが動きのなさも静けさも砕いて大聖堂の円蓋《えんがい》や鐘塔のまわりを飛び、まっすぐに突進し、カーブを描き、絶え間なくさえずり、秩序も法則もなしにおたがいの飛翔《ひしょう》を交差させ、また交差させ、石板のようにして空に意味のない線をすばやく殴り書きする。マーティン・コクソンはいなくなっていた。たぶん三分は僕に差をつけ、どうやらその時間を有効に使った

らしい。ピアッツァ・サン・ステファノ十五番地と、サンベルグが話していた。広場をぐるりと歩いていくと十番地が見えた。ということは、もうひとつの角だろう。予想していたような一戸建てのヴィラではなく、屋根が低く狭い二階建ての角のアパートメントで、バルコニーには鉢植えのハイビスカスがいくつか置かれていた。ドアに近づき、鋭くノックした。

　返事はなかった。暑い日射しと埃と静寂だけ。またノックしてからドアノブをまわしてみると開いた。上に向かう階段があり、いまいる階にもうひとつドアがあった。階段を選んで途中まであがったところで、下のドアが開き、黒い服の老女が疑わしそうな怒った表情でこちらを見た。

「シニョーラ・ウィンターは？」僕は声をかけた。

　予想通り、イタリア語でまくしたてられたが、大聖堂《ドゥオーモ》という言葉は聞き取れて、震える手が指し示す方向は簡単に理解できた。「男は？」僕は訊《たず》ねた。「シニョーレ・コクソン。その男はどこに？」

「はい《シ》、はい《シ》、はい《シ》、はい《シ》」彼女はうなずき、もどかしそうに指さした。マーティンが実際にここに来たのであれば、彼女を煩《わずら》わせたのは五分間でこれが二回目となる。指さす手は上下に揺れるようになり、僕に帰ってほしがっていると示していた。

背を向けて広場を横切り、大聖堂をめざした。ツバメがたてる音は蜜蜂《みつばち》の羽音のように静寂をさらに際立《きわだ》たせている。二羽の鳩が警戒しながら僕の足元からじわりと離れた。僕は大聖堂の扉を押し開けて足を踏み入れた。

21

埃《ほこり》っぽくて誰の姿もなく、静まり返って強烈な日射《ひざ》しに照らされた広場から、人で満たされ、ざわついて明るい大聖堂に入ったときのことは忘れられないだろう。砂漠で発電機を見つけたような気分だった。アマルフィからここまでやってきて、マーティンを別にすればたった三人にしか出会わなかったのだ。扉の近くに六人ほどの男たちが立っていて、振り返って僕を見つめてから、また祭壇に視線をもどした。葬儀がおこなわれている。

本当は、大聖堂は人で満たされてはいなかったが、最初はそう見えた。中央の身廊にはおそらく五十から六十人がいた。一分前まで五マイル四方に六十人もいるとは思っていなかった。柩《ひつぎ》は絹の棺台に載せてあった。人よりも蠟燭《ろうそく》の数のほうが多く、黄色い光が宝石をはめた十字架や聖母マリアや絢爛《けんらん》に飾られた聖人たちに控えめな輝きを投げかけている。嘆く遺族が身につけるどんよりした黒は地上と天界のあいだの対

比を強調していた。

ほんの一分でレオニーを見つけた。黒髪の人々のあいだで彼女の金髪は異質だった。群衆の端にいて、ねじれたロココ様式の柱にもたれている。そしてマーティンが隣にいた。ふたりとも扉のほうを見ていて、ふたりともすでに僕を目にしていた。

僕は少しずつ彼らのほうへ近づきはじめた。容易ではなかった。ちょうどそのとき、たっぷりした白い祭服姿の神父が棺の上で香炉を振っており、会葬者たちは膝《ひざ》をついて十字を切っていたからだ。

僕が近づくのを見たレオニーはマーティンに鋭くなにか告げ、彼は反対方向へと人混みを離れはじめた。去る前に彼女の手を握ったようだ。彼は人混みを抜けると側廊から明かりの灯《とも》っていない聖母礼拝堂のひとつへと向かった。

イタリアの教会は儀式のあいだも人が動きまわることに寛容だが、道を空けてくれと頼まねばならない人々から一、二度は渋い顔をされた。レオニーも僕に合流しようと移動していた。僕がこのまま彼を追いかけようとした場合に備え、引き留めるためだ。

会葬者にかこまれたまま僕は言った。「おあいにくさま。参列する葬儀をまちがえてるよ。僕はずっと静かな葬儀を手配したんだが」

彼女は僕の目を見つめた。「マーティンから話は聞いたわ。成功しなくて本当によかった」

「きみはそんなふうに感じているのか？」

「そんなふうにしか感じるはずがないでしょう。フィリップ、旧約聖書の〝目には目を〟はこの件ではますます悪い結果しか生まない。どうか話を聞いて」

「彼が逃げる時間稼ぎのため？」

「結局は逃げ道なんかない。でも、たとえそんなものがあったとしても……」

　僕たちは小声で話していたが、周囲の人々はこちらを見つめて顔をしかめている。

　彼女が切羽詰まった口調で言う。「聞いてほしいの、フィリップ。あなたには彼を追わないでほしい。マーティンに復讐《ふくしゅう》しても今更どうにもならないもの。グレヴィルの死についてすべての真実がわかることは今後もないでしょうけど、彼が亡《な》くなったのはマーティンの望みや選んだことが原因じゃなかった。もちろん、マーティンのしたことが最低だというのはわかる。でも、このふたりの男たちは違う基準で生きていた。品行の基準という意味よ。あなたのお兄さんの反応——彼の自殺——はマーティンのしたことを誇張し、拡大して、情けない悪巧みであったものをもっと大きなものにしてしまって……」

彼女は口をつぐんだ。会葬者たちが僕たちに向きなおったからだ。どうやらこちらを取りかこんで抗議し、いただけないと身振りされるのかと思ったが、葬儀が終わって棺が扉へと運ばれていくのだと気づいた。僕たちが黙って見つめていると棺は真紅のカーテンの向こうに消えた。会葬者たちもそれに続いてもぞもぞと移動を始め、外に出ようと押し寄せた。少しのあいだ、僕たちは離ればなれになった。彼女への思いはこの数時間ほどくすぶっていたが、ふたたびその姿を目にして燃えあがっていた。けれど、彼女はマーティンを守ろうとし、あきらかに彼に同情し、僕に反対し彼の味方をする。そのこと自体が逆効果で毒となり、そんな彼女は本人がなによりも避けたがっている反応を僕から引きだし、なかば捨てかけた僕のなかの目的がふたたび甦《よみがえ》った。

　人が次第に少なくなり、砂時計のくびれを通る砂のように、五十粒、二十粒、ついには最後の一粒が通っていった。大聖堂に残ったのは蠟燭を吹き消す神父、僕自身、そして暗くなっていく大聖堂のなかで白く目立つレオニー、どこかにいるマーティンだけとなった。

　僕は側廊を移動した。彼女が通せんぼしようとやってきた。

「この件にはかかわらないでくれ、レオニー」

「やめて、フィリップ。あなたは――頭がおかしい」

「そうさ。これはうちの家族の欠点でね。僕はそこを目一杯、利用するつもりだ」

彼女を押しのけたら、腕を引っ張られた。「あなたは馬鹿《ばか》よ、本当に頭がおかしいはずないでしょ！　あなたほど心の釣り合いが取れた人はほかにいないわ、フィリップ。あなたほどいい人もいない。こんなことに流されて極端に走ってはだめ。そんなのは価値のないことよ。なんの価値もない」

神父は最後の蠟燭の火を消し終えていた。どうやら僕たちの声は特に警戒も関心もかきたてなかったようだ。彼は祭壇の上の明かりを消して僕たちをちらりと見ることさえなく、去った。

大聖堂はふいに暗くなった。ここはもはや祈りのための場所ではなかった。人がいなくなってみると、床全体が東へとのぼり坂に傾斜していることに気づいた。奇抜な説教壇が扉近くにある。ねじれた脚をうずくまったライオンが支え、二輪戦車のような石の本体をおそろしいガーゴイルで飾ってある品だ。着想においてはキリスト教徒よりもアッシリア風だ。そして僕の衝動を表現したかのようでもある。どちらも古くからあるものに由来していた。

そこでマーティンのたてる音が聞こえた。彼の足音が石の階段で鳴る。高い祭壇の

裏、大聖堂のいちばん奥にいるような音だった。

僕はレオニーから腕を振りほどいた。おそらく、そのとき彼女の表情を見ていればすべての話は違っていたはずだ。

僕は坂になった中央の身廊を進んだ。

いちばん明るい時間帯でも、蠟燭がなければここは暗い大聖堂のはずだ。日が射すような高い位置に窓がほぼない。そして、いまは背後の険しい坂の影に入ったばかりのようだ。

僕はかなりの大声を出した。「マーティン！」

彼は返事をしなかった。僕は大きな祭壇近くで足取りをゆるめた。危険を察知したからだが、どこにその危険があるのかよくわからない。僕の知るかぎり彼は武器を持っていないものの、代用できるものがこうした大聖堂にはたくさんあるはずだ。石の床をサンダルがコツコツと進む音から、レオニーが追ってくることがわかった。

祭壇の裏にまわったところで彼を目にした。地下聖堂に続いているらしき数段の階段のいちばん上に立っている。反対側にも同じような階段がある。薄明かりでは彼の顔がまともに見えず、顔を横切る影と暗い眼窩《がんか》しか見えなかった。手にはなにも持っていない。

彼は言った。「やあ、フィリップ」

「どうも、マーティン」

「レオニーはきみを思い留まらせることができると思っていた。自分の影響力を過大評価していたようだな」

僕は言った。「外に出るか、それともここで決着を？」

「俺はきみと戦うつもりはない」

「戦うはずです」

「説明はしたはずだ」

「話し合いで収めるには手遅れですからね」

そのとき、マーティンとレオニーのどちらにもこれ以上の時間をあたえないことが極めて重要だと思えた。あたえてしまえば、ひとり対ふたりだから策略で負ける。僕はゆっくりとマーティンに近づいた。

彼の元にたどり着くと、彼は階段の位置から前進し、突然、両手を拳《こぶし》にして襲いかかってきた。驚きはしなかったが、必要以上に顔や頭に拳をくらった。汚く、卑怯《ひきょう》なキックが飛んでこないかと警戒したからだ。

そうしたものは飛んでこなかった。しかし、さらに追い打ちをかけて最初の猛攻の

勢いのままに僕を倒そうとしていることは見て取れた。彼は体力の半分を使い切っていたからだ。よろめきながら僕は後ずさりをして聖ペトロの彫像にぶつかり、椅子《いす》がひとつキーッと音をたてながら石の床を滑っていった。続いて手すりにぶつかった僕は首を振って頭をはっきりさせてから、彼に立ち向かった。拳と拳のやりあいだ。この戦いにグローブはなく、骨と骨のぶつかりあいだった。疲れ切って最後の冴《さ》えた一撃を奪われた古代の戦士たちのように。

そのとき、僕は目の前の彼を突き飛ばし、ふたりして蠟燭が載ったテーブルへ倒れかかった。蠟燭はすべて傾いて何本もガタガタと床に転がった。テーブルがひっくり返り、彼は滑るように離れ、振り返って階段をよろめきながら地下聖堂へと下りた。レオニーが僕になにか叫んだが、僕は彼を追った。

そこは地下聖堂ではなく墓で、守護聖人の聖遺物が保管されていた。石棺の上にひとつきりの点のような青い照明が灯っている。彼に手を伸ばす暇もなく、彼は墓の前の岩棚にたどり着いていた。そこにはさらに蠟燭が並んでいたが、長い鋳鉄の蠟燭消しも置いてあった。彼はそれを拾いあげて振り返った。僕は足をとめ、彼と見つめあった。

彼の顔には血が流れていた。鮮血で汚れている白い顔。彼はまるで奇跡のように液

化する蠟の聖人めいて見えた。

僕は彼に近づいた。彼は鋳鉄の蠟燭消しを構えた。僕はためらいながらもう一歩進んだ。突然、人を馬鹿にする真似《まね》をして、彼は蠟燭消しを放り捨てた。そいつはガシャンと大理石の床に落ちた。彼は背を向け、もうひとつの階段へと歩いた。大聖堂のなかへともどる階段だ。

僕は彼をつかまえ、ふたりして派手に倒れこんだ。ふいに膝がせりあがってきて、彼はその気になれば脚も使って戦えたんだとわかった。だが、もう手遅れだった。僕は彼の喉元《のどもと》をつかんでいて、彼自身の手は振りほどけるほどの力がない。そのとき、彼は僕を見るとかすかにほほえみ、敢《あ》えてそれ以上は抵抗しようとしなかった。

僕は喉をつかんだままだったが、すぐさま、もう締めあげることはできないとわかった。最後には心が筋肉に指示を出すしかないが、心がそうしようとしない。こうして目的を果たすことを最後になって拒絶して僕を裏切っているのは彼ではなく、僕自身だった。

僕はいきなり手を放した。手が不潔であり、邪悪な行為のためにそこだけ罪があるように感じた。数秒か、あるいは数分そのままだった。どちらだったのか知らない。もう息もつけず、耳では鼓動の音が響いていたからだ。

「だめだ」僕は言った。「あなたの務めは……生きつづけることだ」

僕は立ちあがり、震えはじめた。墓所の壁にもたれてガタガタと震え、最初は人を絞め殺そうとしたことのまぎれもない反動に身を任せていたが、次になんとか震えをとめ、身体《からだ》の制御を取りもどそうと苦労した。彼は僕が手を放したときにいた階段にそのまま横たわっていた。まだ身体を動かしてもいない。

地下墓所がぐるぐるまわるように見えはじめ、僕はよろめきながら階段をあがり、滑り落ちようとする世界にしがみついた。階段をあがりきる。そのちょっとした上昇は地獄を後にしてのぼってきたように思えた。誰かが僕になにかを言っている。

「いいや」彼女に言った。「僕は彼を殺さなかった」

彼女は両手で顔を覆《おお》った。「ああ、本当によかった！」

「そうだね」僕は愚かなことを言った。「それに尽きる」

「怪我《けが》をしてるわ、フィリップ。手当をさせて」

「いや、大丈夫だ」その一瞬はたしかにマシに感じた。大聖堂がこれほど傾いていなければいいのにと願うだけだ。さらに傾いていきながら、僕は上にもどってきて初めて彼女をはっきりと見た。僕は憎んでいるものだけではなく、愛しているものも殺そうとしていたらしい。

「フィリップったら、わたしがどれだけ必死に――」

「彼の元へ下りるといい」僕は言った。「彼には助けが必要だと思う。そして、その助けを彼にあたえる人物はきみなんだろう?」

彼女はゆっくりと僕を見た。「そうよ。わたしが彼に助けをあたえる人物。彼は夫なんだもの」

22

海岸へと下りる道中のことは、あることを除いてほとんど覚えていない。たしか、彼女をその場に残し、すぐにそのまま大聖堂を後にした。僕が去る前に、彼女はほかにもなにか言っていたが、どういった内容だったかわからない。

衝撃を受けたことはよく覚えている。また殴られたように感じながら、太陽の下に出た。暑さはやわらいでいたが、まったく光がなくて、なにかおかしいように思える。ツバメはまだ突進し、旋回し、さえずって、誰にも読めない空の落書きで忙しくしていた。僕の顔をなにかが伝っていて汗だろうと思った。誰もいなくて埃《ほこり》っぽい広場をまっすぐに突っ切り、村を後にしたところでなにかが手に落ちて、見ると血だった。

そこでハンカチを取りだし、彼の拳《こぶし》が作った裂傷を押さえようとした。人々はまだ埋葬に立ちあっているに違いない。手当をするあいだ、まったく誰にも出会っていないようだからだ。僕は足をとめなかった。パンチドランクというのがどういうものか、

生まれて初めて知った。脚は動きつづけ、ずっといまにもつまずきそうだったが、動きをとめることはなかった。もちろん、マーティンの拳だけでパンチドランクになっているのではなかった。

はっきり覚えているのは、かなり歩いてから断崖《だんがい》の縁に沿ってヘアピンカーブになった車道に出たことだ。高低差はおそらく百フィートほどあり、底には日射《ひざ》しで色あせた大きな頭蓋骨《ずがいこつ》のように、白い巨岩がばらばらにいくつも転がっていた。ついにそこで足をとめると手すり壁に身を乗りだし、すべてについてとても明瞭《めいりょう》に考えた。

これでおまえの人生も地に墜《お》ちたと思った。すべてを失った。グレヴィル、レオニー、なによりも大切に思うようになったすべてのものを。手がけたすべてにおいて、ことごとく失敗したあげく、自分自身を裏切って終わった。これはどん底だ。断崖を見おろして考えた。これが自分の命を奪うときだ。こんな命にもはや少しも魅力はない。そうとも、逃げたいと思わせる口に残る毒より、そのほうがはるかにマシだ。これが逃げ道だ。それで決まりだ。

そこでふたたび断崖を見おろして考えた。その瞬間は本気ですべてを終わらせたいと考えていたが、実行するには考えるだけではなく、衝動も必要だ。けれど、そのための衝動などはこれっぽっちもなかった。ここに二十四時間立っていても、手すり壁

に片膝《かたひざ》を乗せることさえないだろう。つまりこんなふうに考えること自体がその考えを論破している。僕は大々的なやりかたで人生に失敗することさえないだろう。

ひとりで苦笑いを浮かべて考えたことを覚えている。たぶんおまえは自分で思っていたより、アーノルドに似た部分が大きく、グレヴィルにはそこまで似ていなかったんだ。だから、成功した画家になれなかったんだろう。これが普通で平凡なこと、両足を大地につけていることの強みだ。

だから僕は歩みを進めた。

たしか一時間ほどかかって車道をアマルフィへと下り、そこで幸運に恵まれた。ソレント行きと書かれたバスがやってきたから片手をあげた。僕はひどい有様だったから運転手はびっくりしてバスをとめて乗せてくれた。車掌が手を貸し、ずらりとつり革につかまる乗客たちのなかへ入れてくれ、誰かが僕に席を譲ってくれた。質問されても首を振り、ただ二、三回、〝事故《アクシデンテ》〟とだけ言った。誰かが僕の運賃を払ってくれようとしたが、僕はポケットに皺くちゃの千リラを一枚見つけ、ソレントまでの支払いをすませた。そこまで行けば、船を雇えるだろう。

ソレントまで何マイルかかるのかわからないが、あの道はヨーロッパでも有数のじつにすばらしいものだ。まるでイタリアの道路建設者すべての英知があそこで花開い

たようだった。標高千フィートの断崖絶壁まで六フィートもないように見え、ヘアピンカーブの多くがとても鋭利なので、バスはとまって崖《がけ》の端へとバックして切り替えさねばならない。時折、鮮やかな色をした漁村へと急降下するが、すぐにもとの高さへと舞いあがる。

バスに乗ってまもなくして、気分が悪くなってきた。バスの揺れとねじれた海と空のパノラマが吐き気をさらに強めた。そのときは思い浮かばなかったが、その日は朝食にバターロールをひとつとコーヒー一杯をとったきりだった。バスをとめて降りねばならないかと何度も考えたが、どうにか座席に収まっていた。十分ほどして車掌が前にある箱から救急キットを運んできてどうしてもと言い張り、絆創膏《ばんそうこう》を僕の頬に貼《は》り、額とくちびるの腫《は》れた箇所になにかヒリヒリするものを塗った。

今なら、最初にマーティンを殺害しようとした後にふたたび挑戦したのはまちがっていたとわかる。最初の精神をすり減らした経験だけでたくさんだった。ついに大聖堂で沸き起こった最後までやり遂げるという衝動は、彼との関係、彼がしでかしたこと、彼が体現している事柄に決着をつけるという必要性から生じたものだった。けれど、最初から失敗に終わることは運命づけられていたのだ。

レオニーのことや、これほどまでに混乱した彼女の結婚について考えまいとしたが、

無理だった。今では彼女が僕に語った話を異なる観点から見ていた。こうなると彼女たちの行動は筋が通るもので、僕の行動は無茶苦茶もいいところだった。結婚はもちろん、この上なく神聖なものではないが、彼女が彼の落ち度にもかかわらずまだ彼を愛していることはあきらかだ。

ソレントに到着したのが何時だったのか覚えていないが、まだ太陽は沈みきっていなかった。夕方遅い時間の日射しで崖がバターのような黄色に見えたからだ。バスは埠頭《ふとう》近くでとまり、僕はおぼつかない足取りで長い石の埠頭を歩き、かなり弱って頭がふらふらするように感じたが、いまにも吐きそうだという気分からはありがたいことに解放されていた。出航準備をする小型ボートが数艘《そう》とベンチ近くで噂話《うわさばなし》をしている男たちの集団がいたものの、すぐさま僕の目に留まったのは、港に浮かんだヨットだった。水着姿のままの男たち三人が乗っていて、そのうちふたりが帆をあげている。このヨットはマリーナ・グランデで見かけたことがあったから、できるだけ急いで声の届く範囲へ歩き、大声で呼びかけた。

彼らはアメリカ人で、みんなとても若かった。僕が事故にあって本土に打ちあげられたという話をすると、彼らはいいとも、自分たちは十分後にカプリに向けて出発するから、ケンがヨットできみを送るよと言ってくれた。

しくおこなわれればそもそも起こりえないことだが——もっと小さな結果に落ち着いただろう。兄の死、この腐敗した事件全体はふたつの行動規範、すなわち人生とおこないにおけるふたつの異なる基準がぶつかりあった痛ましい悲劇だったのか？　警察に密輸を嗅《か》ぎつけられてから、マーティン・コクソンは彼にとって深すぎる水のなかでもがいてきた。

　彼らの友情がなければ、あとの展開もなかっただろう。だとしたら、お互い様だったのではないだろうか？　グレヴィルがあまり突き詰めて考えない者だったら、こうはならなかっただろう。マーティンがあまり突き詰めて考えない者であっても、こうはならなかっただろう。これはどこを取っても真実だ。

　今日は思ってもみなかったほどマーティンについてずっと深く理解した。彼はグレヴィルの死という毒牙《どくが》をはたき落としたが、毒が残りつづけた動物のようだった。それはここまで起こったことがすべて裏づけている。僕にぶつけるにはあまりにも離れた場所に投げられた石、侮辱するように床へと捨てられた鋳鉄の蠟燭《ろうそく》消し。そのあいだも僕とは卑怯《ひきょう》なことをせず戦っていた。あれは妙なことだった。彼はフェアに戦ったのだ。

　人で埋め尽くされたような中央広場を僕はかきわけて歩いた。照らされた闇のなか

考えつくかぎりの口実をつけると彼らのひとりが板チョコを二枚わけてくれた。カプリ島とのあいだを隔てる海をなんとか越えて暗闇《くらやみ》に包まれる頃には、僕はケーブルカーのなかに立っていた。水位計の目盛りぐらいのスピードで港からカプリの町へと登っていく。

闇のなかで港を見おろした。上からながめると小さなナポリのようにきらめいている。観光シーズンがそろそろ始まる頃となり、レコードの音楽が埠頭脇《わき》の二軒の酒場から流れてくる。僕のすぐ横では荷物を抱えたふたりの老女たちが小声で話し、隣の仕切りではフランス人旅行者のグループが釣った魚をめぐって言い争っていた。

レオニーと大聖堂で会ってすぐ、彼女がマーティンとグレヴィルについて語ったことを考えた。あのときは怒っていたから一蹴《いっしゅう》したが、ここにきてあの主張がふたたび頭をもたげた。マーティンとグレヴィルは違う基準で生きていたふたりの男たち。彼女はそんなふうに言わなかったか？　マーティンに失望させられたことに対するグレヴィルの過激な反応が、マーティンの罪を本来の罪より大きなものにしたというのは真実か？　こそ泥を重窃盗に変えるように？　グレヴィルほど突き詰めて考えない者が同じ目にあったのならば、友情を卑劣に裏切られても——いずれにせよ、物事が正

で声が低くざわついている。船いっぱいの乗客があらたに到着したようだ。僕はホテルに続く路地の入り口で身動きがとれなくなった。人々がひっきりなしに交差していくようで、そこを横切る術《すべ》がない。まるであたらしい思考がやってきて、古い思考を侵害し、混乱させているようだ。煉瓦《れんが》を運ぶ三人の男たちも重い荷物のために腰をかがめ、人混みを横切ろうとじっと待っている。誰かが物珍しそうに僕の顔を見つめた。そこで、僕たちは横切ることに成功し、ホテルに続く三階建ての高さの峡谷のような路地に突っこんだ。

　フロントで部屋の鍵《かぎ》を頼むと、かなり驚きの叫びをあげられた。怪我《けが》の手当をしようと言われたが、まっすぐに部屋へ向かって鏡で自分を見つめると、たしかにひどいことになっていた。ルームサービスで紅茶とケーキを頼み、それを運んできたボーイがコクソン中佐は夕食までにもどるのかと訊《たず》ねた。僕はいいやと答えた。マーティンはホテルの寝室に荷物を置き去りにして逃げたことが何度あるのか。もう、どうでもよくなった。少なくとも、この日はそんなことに頭を使いたくなかった。

　三十分ほど温かい風呂《ふろ》に浸《つ》かり、なにもかも湯に溶かしだそうとした。しばらくするとあるものについてはそれができた。最初にサンフランシスコで電報を受け取って以来、僕のなかに居座りつづけていたものだ。

電話が鳴った。

鳴りやんでくれと願いながらしばし待ったが、いつまでも鳴っている。風呂からあがるとタオルをつかんで寝室へ向かった。

「もしもし」

「もしもし」僕はまた待った。男の声だが、ここで通話は途切れたようだった。おそらく誰かが交換台で通話を混線させたようだ。そこで声がもっとはっきりと聞こえた。

「フィリップ・ターナー？」

「そうですが？」

「フィリップ、チャールズ・サンベルグだ。きみがもどって嬉《うれ》しいよ」

「あの――はい。僕はもどりましたが――」

「シャーロットが夕食にきみを招待したことを覚えているかね？」

「そうでしたか？　いや、覚えてないです」

「まあ、時間はたっぷりある。八時三十分まで食事は始まらない。もちろん、来るね？」

僕が言い訳に用意していた話はこの誘いには効き目がなさそうだった。「すみませんが、行けません。でも、あなたとはいつか話し合いをしないとならないんですよ、

チャールズ。あなたのボートのことで——」

「よかった。では、三十分後に来てくれるね？」

「話さないとならないことがあって。今日、あなたのボートが沈んでしまいました。たぶん、ドルで弁償する手配を取れるはずです。ただ、かなり待たせることになってしまいそうです。本当に申し訳ありません」

間が空いた。「それは悲しいね。わたしも残念だ。きみが言うように、わたしたちでなんらかの手配ができるだろうね」

彼の声からあることを聞き取った。「もう知っていた？」

「これは電話で話しあうようなことではなさそうだよ」

「そうですね。朝になったら伺います」

「わたしは朝には出かけてしまうつもりなんだよ」

僕は床を見つめた。紅茶なのか、温まったからか、休息なのか、なにかが根底をあるべき場所へともどしていた。まだ疲れて仕方がなかったけれど、朝の本土行きの汽船を逃したくない。「たぶん、今夜遅くに一、二分ほど寄れるかもしれません」

「シャーロットはきみには特に夕食に来てほしがっているんだぞ。ラングドン・ウィリアムズが同席するんだ。かなり特別な機会だ。きみは夕食に来ると約束したはずだ

しね」

ウィリアムズはシャーロットが僕と初めて出会ったときに話題にしていた画家だ。意味のないことで雑談をするよりも気乗りしないことがあるすれば、それは芸術についての雑談だった。「残念ながら、いまの僕はかなり見苦しくて。顔を怪我したんですよ」

「気の毒に。だが、きみは来るべきだね。きみを数に入れて客が偶数になるようにしたんだから」

電話が一、二度、雑音を響かせた。「なるほど……行きます。どうもありがとうございます」

受話器をもどすとふたたび鏡の前に行き、これほど気の弱い自分を呪《のろ》った。夕食会など、今夜はいちばん避けたいものだ。でも、ほかになにができた？　サンベルグにはボートの負い目がある。

絆創膏をはがしても、もう血は流れず、幸運なことにバスの車掌が塗ったのはヨードチンキではなかった。それでも打ちのめされたミドル級のボクサーに見える。

身支度を始めた。

まさにそのとき、僕は永遠にレオニーを失ったのだと気づいた。

気づかせたのは、たぶんあの電話だったと思う。電話が鳴ったことで、もしかしたらという完全に枯れてはいなかった期待を呼び覚まされたに違いない。このとき、初めてそんな期待は枯れ果てていたと気づいた。静けさに自分がどれだけ期待を募らせていたか、初めて気づいた。希望は一歩ずつどこかへ去っていたのだ。

清潔なシャツを身につけて気力を保とうとしたところで、スーツケースの底にあるグレヴィルの備忘録に目を留めた。それを拾いあげて裏返す。ボール紙の装丁はひび割れていて、ボロボロと崩れてきた。まるで熱帯の極端な暑さに破壊されたようだ。その瞬間、グレヴィルにもう一度別れを告げている気分になった。今回は取り消せない形で。

ネクタイを締め、髪をとかしてジャケットを着ると、ホテルを後にして思った。彼女に言っておくべきことがあった。もっと違う話しかたで。僕は冷静さを失っていた。もしも彼女に言えたなら……彼女をここに残し、あんな幻影を追ってアムステルダムに行くべきではなかった。どうして彼女のパスポートはまだウィンターの名前のままなのか。おそらく、わざわざ変更しないでいたところに、彼の電報を受け取ったんだろう。どうして僕は彼を呼んだりしたんだ。彼がバッキンガムだろうがコクソンだろうが関係ない。僕は頭がおかしくなっていた。だが、もう済んだこと、終わったこと

だ。どちらにしても、彼女は彼のもの、ずっと彼だけのものだ。彼女はその点をはっきりさせた。彼女は幻影だった。もう考えないようにしよう。でも、アムステルダムに発《た》つ前の夜、廊下で彼女に言えたなら……そうしたら正しいことを言っただろう。とにかくそうしてみるべきだった。だが、気持ちを伝えようと考える余地を彼女は僕にくれていたか？　そうだと思う。彼女が口にしたことではなく、態度から……

　ポルターノから下る道は、いまヴィラ・アトラーニへ向かっている道と比べると花に覆《おお》われていた。

　メイシーとギンベルが僕に吠《ほ》えて歓迎する頃には、足取りがまたふらつくように感じていた。あたりはだいぶ暗くなっていて、いつものように騒がしい客人たちが見えた。ナポリの大船主カスティリオーニ、マドモワゼル・アンリオ、先日のパーティでふざけた帽子をかぶっていたおっかない女。ラングドン・ウィリアムズは機嫌のいいときでもほとんど話さない内気な男という記憶があり、この客人たちのなかで彼は身構えているようだった。

　カクテルを飲んでおしゃべりした。まだサンベルグの姿はない。シャーロットは僕の顔について同情してくれたが、どうしたのかと問い詰められなかったから、彼女もまた問題があったのだと察しているようだ。しばらくして、帽子の女——もっともこ

のときは帽子をかぶっていなかった——が押しかけ、キンゼイ・レポートの人間女性における性行動について僕に話しはじめた。彼女には先日の夜、目をつけられたように思っていた。いまの彼女の話しかたからは、彼女が僕のことを医療関係者、精神科医と思っているのか、それともキンゼイ博士はまちがっていると証明するために木《こ》っ端《ぱ》みじんにされるのを待っているだけの次の男でしかないのか、よくわからなかった。彼女にはいま話している相手はなにも見えていない人間以下の存在で、子供じみた行動をとる男だと話すべきだと思った。本当に。

　チャールズ・サンベルグの姿がないまま、夕食が始まった。

　いまの僕のように、たまにこんな状態になる人もいるだろう。腹が減っているのに食べられず、疲れて身体《からだ》がつらいというのに休めない。おそらく、そんなときには外出して人と会って気晴らしするのがいいんだろう。ただし、そんな気分にはなれない。来なければよかったと思い、自分にできはしないことばかりをやりたいと切望するが、できたとしても楽しめないのだ。何度かシャーロット・ヴェーバーに見られているのは気づいた。僕の隣にはジェーン・ポーリンジャーが座っているが、彼女は話しやすいとは思わなかったはずだ。

　最初の一皿を食べ終えようかというときになって、マダム・ヴェーバーがドアのほ

うを見て言った。「ああ、来たわね、チャールズ。みんな飢えかけていたから、もう始めておいた」続いて彼女は僕ににっこりと笑いかけた。まるで、ご覧なさい、やっぱり来るだけの価値はあったでしょと言いたげだ。

男は全員が立ちあがった。サンベルグはご婦人を連れていたからだ。彼女は動揺からかためらいつつも、僕の向かい、ダ・コッサの隣の席に腰を下ろした。それはレオニーだった。

23

彼女は僕がここにいることを知らなかった。その場でためらったことからそれがわかった。彼女は少々顔色が悪くなり、顔を背けるようにしている。パンチドランクのあいだは次の衝撃を感じることができないのか知らないが、だとしたら、僕はパンチドランクじゃなかった。このショックをしっかり感じていたから。心拍異常《DAH》でどこかの病院にかつぎこまれるレベルだ。

一分ほどしてからだろうか、彼女はシャーロットになにかを言って食事を始めた。僕は彼女がここにいるなんてあり得ないとだいぶ馬鹿《ばか》なことを考えていたのを覚えている。あるいは、その日の午後のあれだけのストレスと暴力は幻想か太陽が見せたまやかしだったかと。

僕は彼女ばかりを見つめていたに違いない。ベルトが僕に料理を運んできたとき、彼の邪魔をしてしまい、フォークを落としてしまった。マダム・ヴェーバーはレオニ

ーが今夜もどったばかりだと話していた。ダ・コッサが照準を少し変えてローマはどうだったかと訊《たず》ねはじめた。彼女は彼からの質問をかわしつづけ、ついにはめずらしくいらだった様子のシャーロットが彼をさえぎった。

ここで僕は初めてチャールズ・サンベルグを一瞥《いちべつ》した。彼はいつものようにハーパーズバザー誌が考える裕福な男がリヴィエラでの休日で着るべきものといった服装をして、人を殺してきたとも、ミサに出てきたともどちらとも受け取れる気楽な表情を浮かべている。

視線をレオニーにもどした。ダ・コッサの好奇心から解放された彼女は、襟の高い青緑色のシルクのワンピース姿で静かに腰を下ろし、いまでは食事をしているふりさえしていなかった。繊細でわずかにやつれて、エル・グレコの描いた天使のようだ。

誰かが僕の腕に手を置いた。僕はジェーンを見つめた。「なんだい？　聞いてなくてすまない」

「ハミルトンが、あなたはもっと長く島に滞在できるかと訊ねていたんだよ」

「明日、出発しないといけないんだ」

ダ・コッサが満足そうに言う。「じゃあ、あの――肖像画はあまりうまくいかなかったんだな？」

僕は返事をしなかった。

「そのことは気にしないでと言ったでしょう、あなた」マダム・ヴェーバーが言った。

「ずっと肖像画を描くには向いていない天候だったからね。夏めいて。ひなたぼっこをしたくなるものよ。去年のこの時期なんてイグルーが必要になるくらいだったのに」

「フィリップはもどってくるよ」と、サンベルグ。

ラングドン・ウィリアムズが言った。「きみがすっかり絵を諦《あきら》めたわけじゃなくて、わたしは嬉《うれ》しいよ、ターナー」

「もちろん」マダム・ヴェーバーが言う。「わたしが本当に彼に描いてほしいとずっと思っているのは、レオニーの肖像画なんだけれどね」

沈黙が流れ、イタリア人給仕がサイドボードの前を移動してボトルがカチャカチャと鳴る音だけがした。帽子の女がシニョール・カスティリオーニにこう話している。「……そして百人中、十二・五人の女が結婚生活からまったく喜びを得ていないみたいなの。キンゼイ・リポートにはそう書いてあるのよ。わたしはよく、こうした統計学者はどこから〇・五なんて半端《はんぱ》な数字を出してくるのか謎《なぞ》だと思っていてね……」

僕は突然、鋭い口調でレオニーに訊ねた。「マーティンはどこだ？」

彼女はそれまでまったく僕を見ようとしなかったが、ここですばやく顔をあげた。

僕は言った。「彼はきみと一緒に来なかったのか？」

「彼が来ると思っていたの？」

「まあ、そうだよ」

こうした数少ない言葉に関心を引くどんな要素があったのかわからないが、なにかそうしたものがあったに違いない。僕たちが銃を突きつけて脅したかのように、誰もがしゃべるのをやめたのだ。

「レオニーはわたしに電話してきたんだ」チャールズが穏やかに言う。「シニョール・カスティリオーニの高速モーターボートを借りて、彼女を連れてきた」

「あなたが――彼女をポルターノから連れてきた？」

「そうだ。彼女は身のまわりの品をまとめたがってね」

「そうですか……」

はっきりと間が空いてから、誰かがまた会話を始めようと決め、食事は続いた。

「どうしてマーティンも一緒に連れ帰らなかったんですか？」三分ほどして僕はチャールズに訊ねた。

「彼は肋骨《ろっこつ》にヒビが入っている。数日は安静にするしかないだろうね」

ジェーンが僕に言った。「それって、あなたの友達のマーティン・コクソンのこと？　彼、事故にあったの？　初耳だよ」

「たいしたことはないんだ」サンベルグは相変わらずなにも情報を漏らさず、話を丸く収めていく。

「……もちろん、わたしは医療の訓練なんかしてないけれどね」帽子の女がシニョール・カスティリオーニに言う。「でも、あんなふうに一般市民の縮図を作ろうとしても、個人的なことを話そうと同意するのは外向性のある人だけよ。それにねえ、外向性がある人はどんな人かわかっているじゃないの……」

次の料理が僕の前に置かれた。レオニーがまた僕を見た。今度は目を逸《そ》らさなかった。僕たちは見つめあう。鼓動がかなり激しくなっていく。

僕は話しかけた。「もっと早く言ってほしかった」

「なにを？」

「彼がきみの――」

「そうしたらどうなったというの？」

「僕は希望を抱いたりしなかった」

彼女は頬を赤らめた。

「彼をきみの人生に連れもどしたことをどれだけ後悔しているか、きみにはわからない」

「これでよかったのよ」

「避けられないことだったろうね。遅かれ早かれこうなった。きみがそう思っているのなら。今夜は彼の元にまたもどるのか？」

「ええ……」

「そうか……」

ジェーンが僕の腕に触れた。「ミスター・ウィリアムズがあなたに合衆国のことを訊ねてるよ」

「すみません、聞いてなくて」

彼はほほえんで質問を繰り返した。僕は答えた。「向こうではまったく絵を描いていませんでした」

一、二秒ほど沈黙が流れた。それをシニョール・カスティリオーニの声が切り裂いた。「でも、マダム。あなたが話しているこの調査ですがね。このご婦人がたの性生活についての調査ですが。アメリカのご婦人たちだと言われましたね？　そして多く

の女性たちが冷淡だと告白していると？　それでしたら、イタリアのご婦人たちとはずいぶん違っていると申し上げましょうか」彼は忍び笑いを漏らした。「イタリアのご婦人たちは――英語のスラングでなんと言いましたかな？　こちらではソース・ピカンテ（ホットソース）と言いますが」

「あつあつ《マスタード》」サンベルグが教えた。

「ああ、それだ、チャールズ。ありがとう。マスタードなので」

僕はレオニーに言った。「きみたちはきっといくつか計画を立てたんだろう。どうするつもりなんだ？」

「それはあなた次第のところがある」

「僕次第？　どうして？」

「あなた、彼に言ったんでしょう。あなたが生きているかぎり……？」

「あれか、忘れてくれ。彼には好きなようにさせるといい。復讐《ふくしゅう》にはうんざりだ」

「そう聞いてとても嬉しい」

「今日の午後、僕は復讐に振り切りすぎて説得に耳を貸せなかった。きみが僕をとめようとしたのは正しいことだったが、きみの言うことにとにかく耐えられなかった。手に負えなくなっていた。僕にはもうなにもできることがない」

彼女は妙な声で言った。「ああ、フィリップ。あなたがわかってくれれば――」

彼女は黙りこんだ。

「続きを聞かせてくれ」

「いやよ」

「みなさん」シャーロット・ヴェーバーが言った。「会話が少し丸裸になったと思わないこと？　誰も気にしてないかもしれないけれど。ミスター・ウィリアムズ、あなたのパリでの展覧会について話して。わたしは記事をひとつ読んだだけなので」

給仕がレオニーの前からまだ残っている料理を下げようと腰をかがめた。彼から料理についてなにか質問され、顔をあげたときの彼女の目は照明を受けてきらめいた。彼が去ると、彼女は額にいつも落ちかかる無造作にカットされた髪をかきあげた。一瞬、マーティンの癖を思いだした。もっともこのふたつはまったく似ていなかった。彼女はふたたび僕に視線を向けた。そのときまで、礼儀正しい会話をおこなうなど無理だと感じているのは自分だけだと思っていた。けれど、彼女はなにか言いたいが、同時にこれ以上話したくもないという葛藤《かっとう》を抱いているのだとわかった。そのしるしが彼女のくちびるにも目にも表れていた。

「聞かせてくれ」僕は言った。

「話せない」

「いや、話せるとも。聞かせてくれよ、レオニー」

「あなたがわたしを責めていることはわかっているの。わたしが彼の味方をするから」

「違うよ、そういうことじゃない」

「彼がここに最初にやってきたとき——最初のチャンス——カクテル・パーティ中に庭で、オランダのことを彼はなにもかも話した。わたしが言いくるめられたなんて思わないで。そんなことはなかったから。でも、心から驚いたのは彼が真実の姿をさらしていたこと。嘘《うそ》で固めるのじゃなく。アムステルダムで彼に永遠に別れを告げたのは、彼が嘘つきだと思ったからだった。でも、ここでの彼は違っていた。あんな彼は見たことがなかった。グレヴィルが自殺したとき、破壊したのは本人だけじゃなかったのよ。そして結婚というのは、その人のいいところとだけ結婚するのじゃない。すべてを受け入れるの」

　イタリア人給仕が僕に料理を運んできた。僕は首を振った。

　彼女は続きを話した。「わたしは彼を弁護しているんじゃない。いつもの彼は他人のことなんか全然気にしないのに、彼はあなたと一緒にいることを歓迎しているよう

にさえ感じたの。あなたがグレヴィルに少し似ているところがあるから。彼は自分が失ったものをあなたに見いだそうとしていた」

「ねえ」ジェーンが言った。「あなた、誰かの奥さんだって言った？　再婚したの？　それとも再婚して離婚した？」

レオニーは話そうと息を吸ってシャーロットを一瞥した。「失礼」その声はひび割れていた。「わたし、ちょっと……」

彼女は椅子《いす》をきしませて立つと、ドアへ急ぎ部屋を後にした。

また沈黙が流れた。そこであの帽子の女が言った。「ほかの人の家での口論は大好きよ。皿を割られる心配をしないで、気楽に興奮できる材料をくれるんだから」

「フィリップ、わたしが思うに――」シャーロットが切りだし僕は立ちあがった。

「失礼」僕もドアへ向かい、途中もう少しでベルトにぶつかって皿をひっくり返しそうになった。

けれど、廊下に出てみると誰もいなかった。一分ほど耐えがたい時間が流れた。彼女はたぶん寝室にあがってしまったんだ。そのとき、広いリビングから音がしたように思い、そこへ急いだ。けれど、誰もいなかった。部屋を後にしようとして、サンベルグにぶつかりそうになった。

彼は言った。「落ち着いて。この件はもう少しゆっくりいこうじゃないか。時間をかけて。人生はとても長い」

　僕は説得されてしぶしぶリビングにもどった。彼が照明のスイッチを入れ、僕に煙草《たばこ》をすすめた。

　ぎこちなく煙草を受け取って見つめると、手が震えていた。「あなたの夕食を台無しにしないでくださいよ、チャールズ。すみませんが、僕は気分が——席を立つしかなくて」

　彼はほほえんだ。「もどってきみ自身も食事を済ませたらどうだね。そのあいだにわたしが彼女を説得して同じようにさせるから」

　僕は首を振った。「ありがとうございます。でも、僕は本当に——いっぱいで」

「たぶん、いろいろな意味でだろうね」彼も煙草に火をつけ、手入れのされた指で慎重にそれを持っている。「きみに伝言がある。きみの友人のコクソンから」

「伝言？　僕に？　あなた、彼に会ったんですか？」

「そうだよ、アパートメントで。わたしたちはとても長いこと話をした。これをきみに渡してくれと言われた」

　彼が差しだした少し皺《しわ》の寄った紙切れを僕は見つめた。鉛筆で走り書きしてある。

「クアーレー・ウィティア・スア・ネーモ・コンフィテートゥール？　クイア・エティアム・ヌンク・イン・イッリース・エスト。マークシマ・エスト・エニム・ファクタエ・インユーリアエ・ポエナ、フェキッセ（セネカ『倫理書簡集』、『怒りについて』より）」

「僕はラテン語があまり得意じゃなくて」

サンベルグは紙切れをふたたび手にした。「こいつは……こう書いてある。〝自分の罪を誰も告白しないのはなぜだ？　まだ罪のなかにあるからだ。人を傷つけたことに対する最大の罰は、そのおこないをしたという事実である〟と」

紙切れはまた僕にもどされた。僕はこれを数回折りたたんだ。渋い口調で言った。

「敵が反省したと思って見くびるのはまずい過《あやま》ちですよね？」

「きみはまだ煙草に火をつけてないな」

僕は暖炉に近づき、ぐっと身を乗りだした。「あなたのことがまたよく理解できなくなりましたよ、チャールズ。あなたとシャーロットがこのことについてどの程度知っているのかわかりませんが、助けるためにあるいは邪魔するためにあなたたちがどれだけ頑張っても――」

「邪魔するためではないよ、絶対に」

「じゃあ、ポルターノでレオニーをひとりにして、マーティンが彼女の元に行くよう

手はずを整えたのはどうしてです？　あなたもシャーロットもそのことはなにも知らなかったとでも？」

「そのような手はずなどなかった。レオニーは今夜、わたしにその話をしたんだ」

「でも、彼らのあいだにはなにか手はずがあったに違いないんだ！　マーティンは昨日、一日中、彼女と過ごしたんですよ！」

「彼女が選んだことではないよ。どうやら、ダ・コッサがコクソンに彼女の居場所を漏らしたらしい。彼はシャーロットが転送しようとした手紙の住所を見て、それをコクソンに教えた」

　僕は言われたことを呑《の》みこもうとしながらサンベルグを見つめた。「でも、当然彼女は彼の元にもどったんだと思いましたよ！　その通りなんでしょう？　そうでなければ、どうして彼女はポルターノへ行ったんですか？」

「彼女はそうすることで、物事を見つめなおそうとしたんだろうね」

「見つめなおす？」

　彼は煙草の火をもみ消し、最後に螺旋《らせん》を描く煙をながめた。「驚くことかね？」

　少しして僕は言った。「すべて誤解していました。彼女のことも。でも、結末は同じだった」

「彼女はその件をわたしと話しあうことを拒否したよ」

彼が驚いた目をしたので僕は振り返り、ベランダの物音を聞きつけた。扉に向かって走ると、ベランダの端に彼女が見えた。庭へ下りていくところだ。

四歩目ぐらいで彼女に追いついた。

「レオニー」

彼女はびくりとして立ちどまり、手すりにもたれた。僕たちはまだ窓からの明かりには照らされているが、話は聞かれない位置にいる。

僕は言った。「聞いていたのかい？」

「フィリップ、今夜あなたに会うなんて思っていなかったの！　あなたをここに連れてくるなんて、チャールズは卑怯《ひきょう》よ！」

「そうかもしれない。すまない。でも、いまこそきみと話したい」

「今日はおたがいに言いたいことを言いあったんじゃない？」

「傷つくことならば、そうだ。でも、そんなふうにして終わらせていいのか？」

彼女は答えなかった。怒っているようにも、妙なことに、怯《おび》えているようにも見える。

僕は言った。「僕の失敗がわかるかい？　きみがポルターノに行ったのは、マーテ

ィンとよりをもどすためだと思ってしまった。僕が背を向けたとたんに、なにも言わずにきみは去ったんだと思った」

「そしてわたしが思ったのは……それはどうでもいいこと。なにも変わらないものね」

「僕にとっては変わるさ」

一秒ほど間を置いて彼女は言った。「わたしは自分自身の心を決めないとならなかったの。それも急いで。ほかの人の考えに邪魔をされずにね。はっきり決めないとならなかった」

「それでいまは？」

「そうね。いまでは、はっきり決めた」

「それはアムステルダムのときとは異なる選択だった」

「ええ。そうするしかなかった」

「きみが話を続ける前に、これだけはきみに言いたい。僕はきみを愛していて、これまでどんな人に感じたこともないくらいきみを求めている。僕にはこんなこと、初めての経験だ。でも、それはきみにまちがったことを選んでほしいという意味じゃない。きみが自分の行動に見合うくらい彼のことを大切に思っているのなら、僕の言ったこ

となにも気にしないでいい。ほかのことなど重要じゃないから」

誰かが窓の明かりの前を通り過ぎた。二階の部屋へあがるサンベルグだった。

僕は言った。「でも、きみがマーティンを哀れに思っていて、彼を助けられると思っているのなら、彼の元にはもどらないでくれ。彼と結婚していて、結婚の責任を果たさないとだめだと思っているのなら、彼の元にはもどらないでくれ。それではじゅうぶんじゃないんだよ、レオニー。それだけでは。それだと結局、きみは自分自身を傷つけるだけになる」

間が空いた。呼吸を繰り返す彼女を見つめた。僕自身のものと同じようにむずかしそうな呼吸だ。

僕は言った。「彼を愛しているのか？」

彼女は舌先でくちびるを湿した。「わたしはもう選んでしまった」

「レオニー。逃げつづけるのはやめてくれ。僕を見て」

そこで彼女は僕を見た。「フィリップ、わたしは逃げてなんかいない。でも、彼を失望させることはできないのよ。多くの意味で、彼が悪い人だというのはわかってる。でも、彼にもいいところがある。グレヴィルもそれがわかっていた。そしていまのマーティンは方向性をなくして流されているの。彼と初めて会ったときのわたしのよう

に。女だってフェアにやるときもあるのよ。いくらわたしでもできない。沈みかけた船を見捨てるなんて」

「彼を愛しているのか？」僕は言った。

彼女は僕に向けて目を見ひらいた。「いいえ！」彼女は怒って言う。「全然、まったく、あなたが言うような意味では」

「レオニー」

「でも、だからと言ってわたしは初心《うぶ》だとか、彼を全然気にしていないということにはならない。彼がどうなるのか心配しているの！　彼を知っていることの罰と恩恵のひとつよ。たいていの人はそんなふうに感じるの。わたしは人よりもそう感じる。妻だから。いまここでわたしが彼から離れたら、寝かしつけることのできない幽霊がついてまわる！　わたしのただひとつのチャンスは、いま彼の元にもどること。そしてうまくいくと祈ること」

ベランダできしむ音がしてチャールズ・サンベルグがゆっくりと階段を下りてきた。

「お邪魔するよ。部外者が口出しするのは礼儀にかなったことではないが、きみたちが決めたことに関心があってね」

僕は言った。「今夜、レオニーを連れてマーティンに会いに行くつもりです」

「フィリップ、いいか」

「ああ、もう喧嘩《けんか》なんかやめて。もう終わってしまったことよ」

「馬鹿なことをするんじゃない」サンベルグが言う。

　僕は彼を見た。

「わたしがきみの立場なら」彼は言った。「レオニーを連れて朝いちばんの飛行機でイギリスへ帰り、それからアメリカへ向かう。彼女が来てくれるならば」彼は片眉《かたまゆ》をあげた。「彼女が来ようとしなくても、たぶん彼女を連れて行く」

　レオニーは言った。「いいえ、チャールズ。そんなことはできないの。フィリップに説明していたところで――」

「きみたちがポルターノへもどれば、マーティンが情に訴える闘いに勝つだろう。それが彼の本質に備わったことだ。ああ、闘うことで彼を責めはしないさ。そうしない者がいるかね？　彼が自分の本質にしたがうからと言って彼を責めはしない。自己中心的でひとつのことしか見えない本質だがね。いいかい、フィリップ。聞いた話から想像するに、きみのお兄さんはそのエゴイズムに大きなひびを入れた。結果として、マーティン・コクソンは人生の転換期を迎えたということかもしれないね。だが、彼が本当にあたらしい生きかたを見つけるとしても、それは彼が自分で、自分なりの方

法で見つけるしかない。レオニー、いまの彼と一緒に行動し、彼を慰めて支えになれば、グレヴィル・ターナーが成し遂げたかもしれないことを、おそらく帳消しにする見込みが高いだろうね。フィリップと行きなさい、そこがきみの居場所だ」

彼女は震えていた。「わたしは約束したの。今夜もどると約束したのよ。どんなことでもそれは変えられない！」

「なるほど」サンベルグは言う。「わたしがきみの代わりに行こう。なにがあったか彼に話すよ。わたしは心が広くてね。彼女をイギリスへ連れて行きなさい、フィリップ」

「いい、え！」彼女は言った。

「はい！」僕は激しい口調で答えた。「チャールズは正しいよ、レオニー。たとえきみが個人的にそれほど僕のことを好きじゃなくても、イギリスはきみの故郷なんだから僕と帰ろう。やりなおすんだ。きみ自身で。それがアムステルダムできみが決めたことであり、それは正しい」

「あのときは正しいことだった。将来的にはそれが正しくなる日も来るかもしれない。でも」

「レオニー、いまこうするのが正しい。来てくれるかい？」

彼女は返事をしなかった。

僕は言った。「僕のことは少しでも好きかい？」

「マーティンに少しでも気持ちを残した者を自分のそばに置くなんて、できないことだとわからないの？」

僕は言いかけたことを呑みこんだ。自分たちがここまで踏みこんだ話ができるとは信じられなかった。すべてはまだ際《きわ》どいバランスにかかっていると承知していても。

もちろん、たとえ一瞬はそのバランスが僕のほうに傾くかもしれないと思ったとしても、彼女は重大な点を指摘した。彼女とマーティンのあいだをいきなり完璧《かんぺき》に切り裂くことはできないだろう。法律上のつながりはたいしたことではないだろうが、一夜にして外せないのは実質的なかかわりという錨《いかり》だった。それはあきらかだ。でも、その後はどうなる？　寝かしつけることのできない幽霊。

僕は言った。「きみが僕にあるものをあたえることができるならそれでいい」

彼女はそこで僕を見やった。

僕は告げた。「献身でもなく、友情でもなく、同情でもなく、きみの愛の一部を」

彼女は突然、低い声で言った。「あなたにあたえるのはわたしの愛の最大の部分」

サンベルグは表現豊かなジェスチャーを見せた。「何時にきみたちを船に乗せよう

か？」

「でも、わたしはフィリップとは行けない！」彼女は抵抗した。「ふたりとも理解していないようね！　いま、マーティンを失望させたら、わたし自身も失望させることになる。それはやりなおすための方法じゃない。いつか幸運にもあなたの元へ行けるとしたら、フィリップ、まっさらな状態でなければ」

　長い沈黙が流れた。

　サンベルグは言った。「こんなふうに言わせてくれ。きみがいま、きみの考える理由でマーティン・コクソンの元にもどれば、きみはグレヴィル・ターナーと同じようなことをするわけだ。同じ男が原因でそうするんだ。マーティンが人生でかかわってきた人々は多かれ少なかれ、自分を犠牲にしてきたんじゃなかろうかね。グレヴィル・ターナーはそれを過剰《イン・エクセス》に、あるいはいと高き《イン・エクセルシス》行為としてやった。どちらなのかは、わたしにはわからない。だが、どちらにしても犠牲には変わらず、そんなことはやめる頃合いだよ」

　しばらくして、彼女のなかで固い意志がゆっくりと崩れてきたのを感じ取った。動きまではいかない筋肉の状態から察した。チャールズは短い語りのなかで、マーティンのことをもっとよく知っている彼女が反論できないことを言ったのだ。

「レオニー」僕は言った。「きみが気持ちを伝えてくれた後では、もうどんな言い訳も通らない」

「あんなこと言うべきじゃなかったけれど——」

「もう、取り消せない」

「取り消したい言葉はなにもないから」

　僕はサンベルグに視線を向けた。「いつの日か、あなたと——シャーロットになんとかお返しできたらと思いますよ。今夜僕たちを助けてくれたことで」

　レオニーが言った。「チャールズ……」それで黙った。まだ抵抗しようとしたのだが、負けるとわかったのだ。

　サンベルグは立ち去る様子を見せた。「いいかね、フィリップ。心に誠実であることは最近ではあまり流行《はや》らないし、少々危険になることもある。きみたちふたりにとって、それはずっと危険なことだったんじゃないか。たぶん、きみたちがおたがいに向けていつもそうするよう心がけるなら、もっとすばらしい見返りがもたらされるとわかるはずだ」

　ここで彼は僕たちを残して家へ引き返し、客人たちに合流すると、ほほえみ、あるいはうなずき、または意味ありげな一瞥をシャーロットに向けて満足させた。

解説

三橋 曉

一九四五年九月。ホロコーストや核兵器使用をめぐる忘れてはならない教訓の数々を残し、第二次世界大戦は終戦を迎えた。一説によれば、非戦闘員を含め世界人口の約二・五％の人命が失われたというが、しかし、この二十世紀最大の悲劇ともいうべき大戦争からわれわれ人類が何かを学んだかというと、甚だ心許ないと言わざるをえない。

ここにご紹介するウィンストン・グレアムの『罪の壁』は、その第二次世界大戦からおよそ十年後の物語だ。ロンドンのホッダー&ストートン社から出版された本書が書店に並んだ一九五五年は、戦前から国家と国民を率いたウィンストン・チャーチルの引退というイギリスの戦後史におけるいわば節目の年でもあった。国内情勢はというと、〝ゆりかごから墓場まで〟をスローガンに掲げる福祉施策とエネルギーやインフラなど基幹産業の国有化によりゆるやかな復興の道を歩む十年が過ぎ、その間には

エリザベス二世の即位などもあった。

　一方で、世界はエスカレートする東西冷戦のただ中にあり、この年、アメリカと北大西洋条約機構（ＮＡＴＯ）に対抗し、ソ連が東欧七カ国とワルシャワ条約機構を結成し、安全保障という美名を冠した軍事同盟として両者は対抗を深める。植民地の相次ぐ独立でかつての大英帝国の権勢は失われつつあったが、アメリカ、ソ連に続く第三の核保有国として、イギリスはＮＡＴＯ内でも依然重要な位置を占めていた。『罪の壁』は、そんな時代を背景としている。

　物語は、主人公フィリップ・ターナーの帰郷から始まる。かつて画家を志した彼も、三十歳となった今は航空機の製造会社で働いており、二週間前に三人兄弟の二番目の兄グレヴィルが急逝したとの知らせを受けると、出張先のカリフォルニアでの仕事に区切りをつけ、慌《あわ》ただしく帰国した。グレヴィルは科学の世界から転向した考古学者で、発掘作業のためジャワ島に滞在していたが、ジャカルタから戻る途中、出土品を博物館に託すために立ち寄ったオランダで、運河に身を投げたという。

　兄のポケットから男女の別れ話をしたためた手紙が見つかるが、署名にあった謎の女性レオニーの行方は杳《よう》として知れず、グレヴィルの同行者だったという英国人ジャ

ック・バッキンガムの所在も摑《つか》めなくなっていた。十歳年上の兄を崇拝する主人公は、すぐさま現地に向おうとするが、政府関係者の薦めで消えた英国人と面識があるという元中佐マーティン・コクソンを訪ねる。スコットランド貴族の血を引くその男は、亡兄と同じ戦争経験者で、若々しく教養もあり、頼りになりそうな人物だった。男は考えた末に、オランダへの同行を承諾する。

　冒頭の二つの章を簡潔に抽出してみたが、言うまでもなく主人公はターナー家の三男フィリップだ。しかし、章を追うごとに物語の中心を占めるもう一人の人物の存在感が浮上してくる。四十回目の誕生日を迎えてまもなく謎の死を遂げた、フィリップの兄グレヴィル・ターナーである。弟にとって、心が広く、才気に富み、活気溢《あふ》れるこの理想の兄は、物理学者として最先端の科学分野で才能を発揮していたが、その後、考古学に鞍《くら》替えした経緯があった。

　オックスフォード大学に学び、前途有望な物理学者だったグレヴィルは、第二次世界大戦のさ中の一九四二年、突然、研究のすべてを投げ打ち、軍隊に入隊してしまう。一九四二年といえば、敵国ドイツの核開発の可能性を危惧したアメリカが、イギリスやカナダといった連合国側の叡智《えいち》を結集し、本格的な核兵器の研究に乗り出した年だ。マンハッタン計画とも呼ばれるこの原子爆弾開発への道が、グレヴィルに人生の大き

な方向転換を決意させたのである。

　そんな善意に満ちた高潔な人物が、なぜアムステルダムの裏通りで運河に浮かぶ死体と成り果ててしまったのか。謎の手紙を携えてグレヴィルを宿泊先のホテルに訪ねてきた金髪の若い女レオニー。そしてジャワで知り合い、発掘を手伝うことで親交を深めたというイギリス人ジャック・バッキンガムは、どこに消えてしまったのか？　死者として登場し、不可解な謎に取り巻かれたグレヴィル・ターナーを不在の主人公として、『罪の壁』の物語は静かに動き始める。

　本作は原題を *The Little Walls* という。日本語にすれば小さな壁だが、グレヴィルが最期《さいご》を遂げた運河が流れるアムステルダムの港に近い一区画の呼称デ・ヴァレチェス（De Walletjes）も、オランダ語で小さな壁を意味する。

　ご存じのようにオランダは、同性婚や安楽死、麻薬、妊娠中絶といった他国ではタブーとされることの多い事柄も合法化されてきた大らかな国柄で、売春という性産業についても容認の姿勢をとっている。フィリップとマーティンが赴く事件現場のデ・ヴァレチェスは、オランダで最初に歓楽街が出現したエリアで、今も合法的なドラッグを販売するコーヒーショップや多くの性風俗店が立ち並んでいるという。

そこに足を踏み入れたマーティンが、いきなり引き降ろされた近隣の窓のブラインドを指して、「モラルの壁」と呼ぶくだりがある。またフィリップも、後にアムステルダムを再び訪れ、表通りの賑《にぎ》わいを眺めながら、同じ市内の一区画に小さな壁《リトル・ウォールズ》のような場所があることが信じ難いという思いを抱く。『罪の壁』という邦題は、市民生活の日常と歓楽街という非日常の間には見えない壁があり、それが善良な市民の罪の意識で作られていることを暗示する。人の心には小さいが簡単に突き崩すことができない壁がある、という事実に改めて思い至る読者もあるだろう。

ところで、明確にパートが分かれているわけではないが、この『罪の壁』は、六章までのオランダ編と、七章以降のイタリア編の二部構成と捉えることもできる。謎の女レオニーの手がかりを追うフィリップとともに、やがて舞台は風光明媚《めいび》な南イタリアへと飛ぶ。そのイタリア編は、分量にすると二倍半近くものボリュームがあって、兄の死に憑《つ》かれたフィリップの旅も、ここからが正念場となっていく。

舞台となるカプリ島は、イタリア半島の西側に面したティレニア海のオリーブグリーンの海に囲まれたリゾート地だ。牧歌的な佇《たたず》まいを残したこの美しい島を、一九五〇年代に母国を追われ、イタリアに亡命したチリの詩人パブロ・ネルーダの史実に材を採った映画「イル・ポスティーノ」（一九九四年）の舞台として記憶されている方

も多いだろう。

あたりには、世界的に知られる景勝地も数多い。かつてはベネチアやジェノバと並び称され、東方との交易で海の共和国ともいわれたアマルフィも登場するし、珍しい青い蜥蜴《とかげ》が姿を現すというファラリオーニ岩礁群や、幻想的な美しさをたたえる青の洞窟ことグロッタ・アッズーラも、物語の重要な舞台となる。

また本作は、イギリス本国と同年にアメリカでは短縮《アブリッジ》版が刊行されており、その際のタイトルは*Bridge to Vengeance*（復讐《ふくしゅう》への架け橋の意）だったという。一見、舞台がイタリアに移って以降の展開を踏まえているようでもあるが、真相究明という名の弔いの旅を続ける弟の心中に湧き上がってくる感情の昂《たかぶ》りは、復讐心とはやや異なる。しかしそれは次第に激しさを増しながら、彼を無鉄砲ともいえる行動に駆り立てていく。

一旦は別れたマーティンを呼び寄せ、再び合流したフィリップは、兄の死と前後してオランダで消えた謎の人物たちの正体に迫っていくが、その過程ではこれまでとは明らかに違う感情にも苛《さいな》まれる。マリーナからは彼方にナポリを望めるこの島で、降りそそぐ陽光と海を渡る潮風に煽《あお》られるようにしながら、いよいよ物語は核心へと迫っていくのである。

このあたりで、作者のウィンストン・グレアムについても触れておこう。かつては判で押したようにヒッチコックの映画「マーニー」（一九六四年）の原作者という紹介がなされてきたが、残念ながら今回もまた既訳書や、本文庫カバー袖《そで》の著者紹介以外に付け加えるべき情報はほとんどない。その旺盛な創作意欲と英米での人気のほどは、編集部が用意してくれた巻末の著作リストをご覧になれば一目瞭然だろう。

五〇年代からは映画化されたものも少なくなく、日本でも公開された「マロニエの別れ道」（一九七〇年）もその一つだが、作者の長篇が翻訳紹介されるのは、その原作『盗まれた夜』以来で、四十二年ぶりとなる。既に二〇〇三年に著者も亡くなっているが、原著刊行から六十八年という歳月を経て『罪の壁』が日本の読者に届けられた理由は、本作が長らく幻の作品だったからに他ならない。

本稿の冒頭で当時の世相に触れたが、実は一九五五年は、その二年前に発足したばかりの英国推理作家協会（ＣＷＡ）が創設した文学賞から最初の受賞作が出た年でもある。その栄冠に輝いたのが本作であり、ナイオ・マーシュの『オールド・アンの囁《ささや》き』、マーゴット・ベネットの『飛ばなかった男』、リー・ハワードの『死の逢《あい》びき』といった他の候補作を押さえての受賞だった。

後にゴールドダガー賞の名で親しまれるＣＷＡの最優秀長篇賞は、当時はまだクロスド・レッド・ヘリング賞と呼ばれていたが、その年に英国で出版されたミステリーの最高峰という評価を得たにも拘《かか》わらず、なぜか日本では紹介されないまま歳月が流れてしまった。この度やっと陽の目を見たのは、昨春に始まった〈海外名作発掘 HIDDEN MASTERPIECES〉という新潮文庫内の新企画のおかげである。

ＣＷＡ賞は、創設されて最初の十年間の受賞者の顔ぶれに、ジュリアン・シモンズ、エリック・アンブラー、ライオネル・デヴィッドスン、ジョン・ル・カレら、後の巨匠たちが並ぶ誉高き賞だが、初期のこの賞は当時過渡期にあったミステリー界に新風を吹き込み、その新たな可能性を広げる要素に重きが置かれていたのではないかと思う。最初の受賞作『罪の壁』からも、その方向性は十分に察せられる。

発端は元原子物理学者の謎の死で、核兵器開発をめぐる謀略スリラー風に物語が始まる。しかし舞台が南イタリアに移ると、今度は新たな局面が浮上する。既にデビューしていたヘレン・マッキネス（『ザルツブルグ・コネクション』ほか）の国際色豊かなスパイ小説を思わせる部分もあれば、後にＣＷＡ賞だけでなくエドガー賞にもノミネートされるメアリー・スチュアート（『この荒々しい魔術』ほか）のロマンチック・サスペンス風の味付けもある。舞台となったその土地の魅力をあまねく伝える手

腕は、パトリシア・モイーズ（『死人はスキーをしない』ほか）らに影響を与えたと言われても信じてしまいそうだ。

その面白さは、エンタテインメントの要素だけに留まらない。ベケットの『ゴドーを待ちながら』にも繋《つな》がる中心人物の不在については先に触れたが、第十五章では、カプリ島のヴィラで女主人の老嬢を囲む十二人のディナー・パーティが催され、そこで犯罪と精神医学をめぐり侃侃諤諤《かんかんがくがく》の論戦が交わされる。話題の中心は精神分析学の祖フロイトだが、父親の不在を兄のグレヴィル、さらにはマーティン・コクソンで埋めようとするフィリップが、やがてある女性をめぐる複雑なトライアングルに搦《から》め捕られていく展開は、エディプス・コンプレックスをめぐる一種の変奏曲という解釈も可能だろう。

このように『罪の壁』は、物語の読み解き方のさまざまを読者に次々投げかける。残念ながら作者のグレアムは、その後も、『マーニイ』や『幕が下りてから』などのスリラー作品を手がけるものの、ミステリーの世界に完全に錨《いかり》をおろすことはなかった。一九七〇年代に入ると、以前から手がけていたコーンウォールを舞台にした歴史シリーズに専念し、TVドラマ化なども追い風となり、作家として大きな成功を収めるのである。

このように『罪の壁』のＣＷＡ賞受賞は、英国推理作家協会の選択眼が確かなものだったことを雄弁に物語る。ややもすると、盛りだくさんの面白さに目眩《めまい》を起こしそうだが、その中核を占めるのは、運河に浮かんだ死体の謎を追う犯罪小説のスリルと、男女三人の愛と友情を描く懐《なつ》かしき冒険小説の香りだろう。本作の真の価値は、そこにあると思う。

その色褪《あ》せないソフィスティケイトされた面白さを、どうかお楽しみください。

（令和四年十月、ミステリー評論家）

ウィンストン・グレアム著作リスト

【長篇小説】

The House with the Stained-Glass Windows（1934）
Into the Fog（1935）
The Riddle of John Rowe（1935）
Without Motive（1936）
The Dangerous Pawn（1937）
The Giant's Chair（1938）※一九七五年に大幅なリキャスト版を *Woman in the Mirror* として刊行
Strangers Meeting（1939）
Keys of Chance（1939）
No Exit（1940）
Night Journey（1941）『夜の戦いの旅』大庭忠男訳（ハヤカワ・ミステリ）

My Turn Next（1942）※一九八八年に*Cameo*と改題刊行

The Merciless Ladies（1944）

The Forgotten Story（1945）※米題 *The Wreck of The Grey Cat*

Ross Poldark: A Novel of Cornwall 1783-1787*（1945）※米題 *The Renegade*

Demelza: A Novel of Cornwall 1788-1790*（1946）

Take My Life（1947）

Cordelia（1949）※一九八〇年に*Jennifer*の題名で独語版刊行

Night Without Stars（1950）※一九五一年にアンソニー・ペリシエ監督により同題映画化

Jeremy Poldark: A Novel of Cornwall 1790-1791*（1950）※米題 *Venture Once More*

Fortune Is a Woman（1953）※一九五七年にShe Played with Fireとしてシドニー・ギリアット監督により映画化

Warleggan: A Novel of Cornwall 1792-1793*（1953）※米題 *The Last Gamble*

The Little Walls（1955）本書 ※一九五七年に米国ではBridge to Vengeanceの題名で短縮版刊行

The Sleeping Partner（1956）※一九六二年にSócio de Alcovaの題名でホルヘ・カハン監督によりブラジルで映画化

Greek Fire（1958）

The Tumbled House（1959）

Marnie（1961）『マーニイ』田中西二郎訳（ハヤカワ・ミステリ）※一九六四年にアルフレッド・ヒッチコック監督により同題映画化（邦題は「マーニー」）

The Grove of Eagles（1963）

After the Act（1965）『幕が下りてから』隅田たけ子訳（ハヤカワ・ミステリ）

The Walking Stick（1967）『盗まれた夜』岡本浜江訳（早川書房）※一九七〇年にエリック・ティル監督により同題映画化（邦題は「マロニエの別れ道」）

Angell, Pearl and Little God（1970）

*The Black Moon: A Novel of Cornwall 1794-1795**（1973）

*The Four Swans: A Novel of Cornwall 1795-1797**（1976）

*The Angry Tide: A Novel of Cornwall 1798-1799**（1977）

*The Stranger from the Sea: A Novel of Cornwall 1810-1811**（1981）

*The Miller's Dance: A Novel of Cornwall 1812-1813**（1982）

*The Loving Cup: A Novel of Cornwall 1813-1815**（1984）

The Green Flash（1986）

*The Twisted Sword: A Novel of Cornwall 1815-1816**（1990）

Stephanie（1992）
Tremor（1995）
The Ugly Sister（1998）
*Bella Poldark: A Novel of Cornwall 1818-1820**（2002）
（＊印はコーンウォールを舞台とした歴史小説〈ポルダーク〉シリーズ）

【短篇集】
The Japanese Girl and Other Stories（1971）

【ノンフィクション】
The Spanish Armadas（1972）
Poldark's Cornwall（1983）
Memoirs of a Private Man（2003）※自叙伝、遺作

【単行本未収録短篇】
"Crystal Clear"（1936）
"Mystery at Brome"（1938）

"The Sunchurch Wonder"（1958）
"The Man from the Moor"（1959）
"The Circus"（1974）「サーカス」中村能三訳（ハヤカワ・ミステリ文庫／ジョージ・ハーディング編『眼には眼を イギリス・ミステリ傑作選'74〔*Winter's Crimes 6*〕』所収）
"Nothing in the Library"（1987）「図書館にないもの」中村保男訳（ハヤカワ・ミステリ文庫／ヒラリイ・ヘイル編『ポメラニアン毒殺事件 イギリス・ミステリ傑作選'87〔*Winter's Crimes 19*〕』所収）
"Eclipse"（1999）
"The Horse Dealer"（2002）
"Meeting Demelza"（2003）※〈ポルダーク〉シリーズのスピンオフ短篇

【戯曲・脚本】

Screenplays: Take My Life（1948）※ヴァレリー・テイラー、マーガレット・ケネディとの共作による映画脚本のノヴェライズ
Shadow Play（1978）
Circumstantial Evidence（1979）